ちくま文庫

ノラや

内田百閒集成9

目次

ノラや

内田百閒集成9

編集　佐藤　聖
資料協力　紅野謙介

猫

このあいだの日曜日に、一寸《ちよつと》外出した時、風邪をひいたのかも知れない。この二三日、何となく気分がわるく、夜になると、いくらか熱も出るらしい。

下の部屋で夕飯をすませた後、宿の女中の買って来てくれた漢方の風邪薬を飲んだり、夕刊を見たりして、それから二階の部屋に落ちついたのは、もう九時近い頃だったと思う。火鉢の底から埋火《うずみび》を起こし、新らしい炭をついで机に向かったけれど、どうも気持がはっきりしなかった。本を読むでもなく、物を書く興も起らず、ただぼんやりして、いつまでも、散らかった机の上を眺めていた。

辺りは静まり返っていた。二十幾つの客室のうち、ふさがって居るのは五つか六つだけなのだが、その部屋部屋の人達も、どこかへ出かけて行ったのか、それとも寝てしまったものか、何の気配すらしなかった。家の人は茶の間に、女中達は帳場に、例の如く転寝《うたたね》をしているに違いなかった。薄暗い家の中が、締まりもなく取り止めもなく、ぼんやりと原っぱか何かのように、広がり放題に広がっている様に思われた。しかし私は机の前に坐ったまま、からだを固くしていた。時時悪寒がするらしく、直ぐその後では、又そうでもなかった様な、不思議な気持がした。

何となく、いつもと違ったところがあるらしかった。机の上、身のまわり、部屋の隅隅を眺め廻して、私は何の変った事もないのを確かめた。しかし、かすかな、風のような、得態の知れない不快な感じが、どこからともなく湧き出して、いつ迄も私を落ちつかせなかった。

不意に、隣りの部屋で、人の坐り直したような気配がした。

隣りは北向きの八畳で、私の部屋とは、壁と床の間とが境になっていた。長い間、明き間になったままで、今夜もたしかに燈《ひ》はともっていなかったと思うのだけれど、或《あるい》は私の下に下りているうちに、何人《たれ》か客があって、その人はもう燈を消して、寝ているのかも知れない。隣りに明かりのさす時は、丁度私の坐っている位置から真向いにあたる床わきの柱と壁との隙間に、向うの明かりが、切れ切れの条《すじ》になって見える事があるのだけれど、今夜はその隙間の在りかさえもわからなかった。人の気配は、それきりしなかった。

暫らくすると、玄関のたたきに靴の音がした様だった。その前に、入口の硝子戸を開ける音が聞こえた筈なのだけれど、私はその物音には気がつかなかった。それから、ことりと云う音が聞こえた。洋杖《ステツキ》を式台に靠《もた》せかけた音に違いなかった。それで私は、「岩佐が来たのだな」と思った。

間もなく階段を上がる重重しい足音がして、人の気配が障子の外に近づいた。案内もなく上がって来るところから見ても、岩佐に違いなかった。

「御免下さい」と云う聞き馴れた声が聞こえた。そうして、彼が這入《はい》って来た。

「もっと早く上がろうと思ったんですけれど、他へ廻ってたもんですから」

「何か用事でも出来たのかい」と私が聞いた。つい二三日前にも来たばかりだから、不思議な気持がした。

「いえ、別に用事じゃないんです。一寸帰り途だからお寄りしたのです」

そう云って、額《ひたい》を手巾《ハンケチ》で拭いた。

「もう何時頃か知ら」

「ここの時計は、さっき十一時を打った様です」

「そんなになるのかな。道理で静かだと思った」

「今夜は温かいですね。外套が邪魔になる位ですよ」

「そんなに温かいか知ら」

「ええ、それに曇ってるんです。空は真暗です」

「夕方までは、いい天気だったのだろう」

「そうでしたね。しかし、今にも落ちて来そうな模様ですよ」岩佐は、左手で胸を押えて、顔をしかめた。

「肋《あばら》が痛いんです。去年兵隊に行ってた時、馬に蹴られたところらしいんですけれど、大丈夫でしょうか」

「その時は何ともなかったの」

「熱は出なかったのですけれど。久保にお会いになりましたか」

「こないだの日曜に、一寸見舞ってやった。そんな大病人のようには見えないね」

「あれで、もう再起の見込みはないのだそうです。本人もそれは承知しているらしいんです」

暫らくして、岩佐は坐り直した。「それじゃ、もう失礼します。あんまり遅くなりますから」

「本当に用事じゃないんだね」と私は念を押した。

「ええ帰り途だから、一寸寄ったのです」と岩佐は同じ様な事を云った。「それではお休みなさい」と云って、起《た》ち上がった。そうして、私の部屋で外套を著《き》て、帽子を手に持って、出て行った。私はいつもの習慣で、送りには起たなかった。

岩佐の帰った後で、二三度、窓硝子に風のあたる音がした。

それが止むと、急に、私はのぼせて来るような変な気持がした。

それから段段に、上ずった様な、顔の乾く様な、いやな感じがつのって来た。じっと坐っているのが胸苦しくなった。しかし、起ち上がって、どうする事も出来ない気持だった。風邪薬を飲んで、いつ迄も起きていては、何にもならないから、早く寝てしまいたいと、さっきから思っているのだけれど、そう思いながら、どうしてもその気持にはなれなかった。それどころでなく、いきなり入口の障子を押し明けて、外に飛び出したい様な、いらいらした気持が急に起こることがあった。そうして又直ぐに消えた。その後で、障子の白ら白らした面を見ると、妙にむかつく様な、又ぐったりした様な気持がした。

そうして、私は、今帰って行ったばかりの岩佐の事を、丸っきり忘れているのに気がついた。無暗《むやみ》にいらいらする気持と、岩佐の来た記憶との間に、何のつながりもないのが気になり出した。

「岩佐が来て、帰りだから寄ったと云って、今帰って行った」と私は考えて見た。

しかし、何だか、はっきりしなかった。

「だれも来やしないのではないか」

私は急に身ぶるいをした。

「岩佐なんか来やしない。何だかそんな気がしただけなのではないか。来た迹《あと》が、なんにもない、座布団はどうだ」

私は、急いで、火鉢の向うの座布団を押えて見た。

「人が坐ったらしくない。岩佐が来たと思った前と、今と、部屋の中になんにも変ったところがない。自分が、ただそう思っただけだ」

私は、もう一度身ぶるいした。私は一生懸命になって考え込んだ。

「ことりと云う音を聞いて、すぐに岩佐が洋杖を置いたのだと思ってしまった。だから岩佐が上がって来たのだ。本当は、あの音は帳場で何かの倒れた音かも知れない」

「靴の音を聞いたように思うけれども、表の戸の音はしなかった。たてつけの悪い戸が開いたなら、その音の聞こえない筈がない」

「ここの時計は、もうさっき十一時を打ちましたと云ったようだったが、外から這入《はい》ったばかりの者に、どうしてそんな事が云えるだろう」

「玄関を出て行く音がしなかったようだ。矢《や》っ張《ば》りそうだ。だれも来たのではない」

「それとも」と思いかけて、私は手足や顔に、粟粒がざらざら出来ているのを感じた。

その後を考えつめる事が出来なくて、ただ、もやもやした無気味なものの中を手探りしている時、いきなり表の硝子戸を破れるように叩く者があった。

私は、自分の座を飛び上がる程、びっくりした。

寝惚《ねぼ》けた女中が、うろたえた声で、「はいはいはい」と云い続けざまに返事をした。乱れた足音が玄関に這入って来た。ひそひそと話し合う声が、二階まで聞こえた。

そうして女中が先にたって、階段を上がって来出した。女中の後に従う二人の足音が、男と女とにはっきり聞き分けられた。お連れ込みの客に違いなかった。

階段を上がり切った女中は、二人を案内して、私の部屋の方に通じる廊下を近づいて来るらしかった。私は何故か胸先がどきどきする様に思われた。

女中の足音が、隣りの部屋の前で止まると同時に、障子の開く音がしたと思ったら、「あれっ」と云う声が聞こえた。

その拍子に、私は急にほっとした気持になった。

続いて、「ああ、びっくりした」と女中が云った。「いつの間に這入っていたのか知ら」

「何だい」後からついて来た男の客の声がした。

「猫なんですの。いきなり人の足許《あしもと》をすり抜けて、飛び出すんですもの」

「家の猫かい」

「いいえ、家に猫はいないんです。どこかの野良猫でしょう。本当にびっくりした。いつから、この中にいたんだろう」

「いやねえ。猫が一人で蹲踞《しゃが》んでいたお座敷なんか」と女の客が云った。

「出て行ったのだから、いいじゃないか」と男が応えた。

「でもまだそこいらに居るかも知れないわ」

「いるものか」と私は腹の中で云った。辺りが急に広広と、爽やかになった気持だった。

二人の客が、隣りの部屋に落ちついた頃、窓の外に雨の音が聞こえて来た。ざあざあと云う音が、家の廻りを取り巻いた。時時窓が、かたかたと鳴った。しかし、私は静かに雨風の趣《おもむき》を楽しむ気持になっていた。

暫らくして、女中が隣りの床を敷きに来た時、その帰りを呼び止めて聞いて見た。

「さっき岩佐君が来たのを知ってるかい」

「いいえ、ちっとも知りません。入らしたのですか」

「岩佐君の帰った後を、だれが閉めてくれたんだろう」

「知りませんわ。そうそう、まだ今のお客様の後を閉めなくちゃ。随分遅くまで起きていらっしゃるんですのね」

そう云って、女中は下りて行った。

梅雨韻

座敷に坐って、何か考えていると、膝の下の床下で、猫が動いた様に思われた。

それから暫らくすると、変な、かすれた声で、けえ、けえと鳴いた様な気がした。

ふらふらと起《た》ち上がり、庭に下りて、縁の下を覗いて見たら、矢《や》っ張《ぱ》り猫で、子供が三匹いるらしい。私の姿を見て、きっとなり、身構えしている気配である。薄暗いところで、まん丸い眼を紫色に光らし、咽喉の奥かどこかで、ふわあと云うのが、小さな声の癖に何となく物物しかった。

親猫がいないので、腹がへったのかも知れないと思ったから、魚の骨を持って来てやったところが、子猫は私の影を見ると、また急に眼を光らし出した。三匹とも脊を低くして、顔を上げ、それから背中を高くして、へんな声をしている内に、いきなり前脚をあげて、立ち向かう様な風をした。

魚の骨を投げ出して、座敷に帰り、もとの所に坐って見ると、動悸がはげしく打っている。段段胸の中がわくわくして来て、ほうって置かれない様に思われ出した。もう一度庭に下りて、縁の下に這《は》い込《こ》み、三匹ともつまみ出して、坂の下の空地に捨てて来た。

雨ばかり降りつづいて、朝だか晩だかわからなかった。知らない人が訪ねて来て、世間話をいつまでもした。

「時に」とその客が云った。「おからだの方は、如何ですか」

「相変らずです。まあ半病人で、鬱鬱と暮らして居ります」

「段段お顔が大きくおなりの様ですね」

「重ぼったくて困ります。病気の所為《せい》ばかりでもありますまい」

客の眼が、きらりと光った様だった。

間もなくその客がいなくなって、雲がかぶさったなりに、雨も降り止んだ。家のまわりが白けた様に、よどんでいる。いつかの猫が大きくなって帰って来た。二匹しかいなかった。庭に廻って、縁の下に這い込みそうだったから、私は縁側から飛び下りて、その横腹を蹴飛ばした。二匹とも、ぎゅうと云って、くたばりそうにしながら、まだそこいらを這い廻っているから、頸を摘まんで、両手に一匹ずつぶら下げて、空地に捨てて来た。大きさは親猫ぐらいだったけれど、非常に軽くて、手ごたえがない様であった。

又雨が降っている。夜通し天井裏に雨漏りがしていた。

どこかで芭蕉布の暖簾が、雨風にあおられて、ばたばたと振れている様だった。その間から、恐ろしく色の白い顔が、覗いたり隠れたりした。何の顔だか解らなかった。頼みもしないのに、大工がやって来て、庭の板塀を直している。金鎚でかんかん敲《たた》くので、八釜《やかま》しくて堪《たま》らない。その響きで、庭樹の枝から、芋虫がみんな振い落とされて、勝手な方に這い出した。大きいのは空気枕ぐらいもあり、目があって、こちらを見ながら、少しずつ動いている。私は身体が硬張って、呼吸が苦しくなって来た。

風が吹き止んで、辺りが、しんしんと静まり返った。矢張り雲をかぶった儘《まま》に雨が上がって、軒の下が妙なふうに白けている。庇《ひさし》の裏に地面の影が映って、浪が動くように揺れている。目先がくらくらするように思われ出した。

急に恐ろしい気配がするので、私は慌てて起ち上がり、表の戸を開けて、外に出ようとしたら、出会いがしらに、大きな白い物が、目の前に起ちふさがった。牛ぐらいもある大きな猫が、私の身体を押しのけて、家の中に這い込み、私が倒れた拍子に、胸の上を蹈みつけて、縁の下の方に行こうとしている。

白猫

玄関脇の帳場で、不意に女中達のけたたましい叫び声が聞こえたと思ったら、入り乱れた足音が、ばたばたと廊下を走って来た。広い中庭をはさんで、硝子戸に囲まれている縁板を踏み鳴らす音が、家の中じゅうに響き渡って、物物しい騒ぎになった。

六畳の部屋の窓際の机に靠《もた》れて、ぼんやり夕刊を眺めていた私が、何だか解らない癖にはっとして、いきなり起ち上がり、あわてて入口の障子を開けた途端に、燈りを背中に遮って、薄暗くなった足もとを、薄白い大きな獣が、尾を曳くような速さで馳け抜けた。

すぐその後から、女中が二人、一人は物差を振り翳《かざ》して、足音荒く追っかけて走った。

「何だ。猫か」と、私が思った拍子に、いやな気持がしたので、振り返って見たら、向うの廊下の薄暗い曲り角に人が起っていた。

「猫なんですよ」と云った。そうして、その人影がこちらに近づいて来た。今、私の部屋の前を走って行った女中のお元であった。それが後の方から歩いて来た。

「おや、お元さん、今猫を追っかけて行ったのではなかったのか」

「いいえ」と云って、お元が笑った。「どうかしていらっしゃるんでしょう」

「なぜ」

「ほほほ」

私は、ぞっとして、その途端に声が上ずった。

「おい」

「何ですの」

「貴様は」

「まあ、いやだわ」

あわただしい足音が、二階の廊下を伝って、頭の上を、どたどたと踏み鳴らした。

そうして、どこかの部屋の中に消えたと思ったら、

「あら、あら、あんな所から」

「まあ、気味のわるい、横に飛んだわ、宙《ちゅう》を泳いでる様ね」

そんな声が、窓から外に向かって響いているのが聞こえた。

玄関の三和土《たたき》の土間に足音がして、「お客様よ」と云うお神さんの声が聞こえた。女中が出迎えたらしく、お愛想笑いに続いて、何だか二言三言話し声がした。廊下を伝って、私の部屋の方角に近づいて来た。先月以来空いている隣りの部屋に案内するらしい。女中が先にたって、入口の障子を開けた。暗かった隣りの窓先に燈りが射して、庭の黒い土が、浮かび上がるように、ありありと見え出した。

まだ春とは云われないのに、時候にしては暖か過ぎる晩で、部屋の中が何となく、もやもやする様だった。私は窓を開けて、暫らく張出しの縁板に腰を掛けていたけれども、隣りに這入《はい》った客が、外を覗いた時、顔を合わせるのがいやだから、窓を閉めて、机の前に返った。

隣りの部屋で、ひそひそ話しの声がした。女中が幾度も行ったり来たりして、火鉢を運んだり、お茶を出したりして、しまいに寝床を敷く物音が聞こえた。それと入れ違いに、お神の足音がして、宿帳を出しているらしかった。

「すみません。警察がやかましいものですから。それでは、奥様の居らっしゃる先も、八王子でよろしいので御座居ますね」

「ああ、いいですよ」

癇高い男の声が、急にはっきり聞こえた。

「そうだ」とまた男の声がした。「一体、そんな事を別別に書く必要はなかったですね。あんまり正直すぎて、変に思われても困りますよ。それに、事によったら、ずっと十日ぐらい、このまま御厄介になるかも知れませんからね」

「左様で御座いますか。御都合でどうぞ御ゆっくり。それでは、お休みなさいませ」

「おつれ込みかな」と私が考えているところへ、女中のお房が床を取りに来た。隣りの壁を指さしながら、小さな声で、

「変なのですよ」と云った。

「何が」

「だってね、奥さんの方が、もう四十を越しているらしいのに、白粉をべたべた塗ってるんでしょう。著物《きもの》だって、そりゃ派手なのよ。そうして、何だかいやだわ、旦那様が若くて、青い顔をして、片っ方の眼がちっとも動かないんですの」

「どうして」

「どうしてだか解りませんけれど、入れ目か知ら。何しろ御夫婦ではありませんわね」

「僕には解らない」

「きっと変なのですよ」そう云ってから、急に内証声を止めて「まあ、さっきの騒ぎったら」と云った。

「お帳場にいたら、いきなり大きな猫がお玄関から馳け込んで、お帳場に這入って来るんですもの、下の廊下を一廻りして、追い廻したら梯子段を伝って、二階の廊下をまた一廻りして、十四番が空いてたら、その中に這入ってしまったんですわ。お元さんが物差で以てひっぱたこうとすると、いきなり二三尺飛び上がって、夕方お掃除の時、開けたままになっていた窓から、すうっと飛び下りてしまったんですよ。何だかいやだわ。白いかたまりが空中をふわふわと流れた様に思われましたわ、猫って何となく」

「お元さんが、二階まで追っかけて行ったのか」と私がきいた。

「お元さんが、あら、そうじゃなかったか知ら、あんまりあわてて大騒ぎしたもんだから、何だかはっきりしなくなったわ。まあ、どうして、そんな真蒼な顔をしていらっしゃるの、おお厭だ」

お房が急に坐り直すような恰好をした。その途端に、帳場の方から「お房さん、お湯が煮立っていますよ」と云うお元の声が聞こえた。

隣りの部屋には、それきり、ことりと云う物音もしなかった。私は遅くまでかかって、会社から持って帰った校正をした。夜が更けるに従って、段段暖かくなって来た。遠くの方で、風の音がする様に思われたけれども、私の部屋の窓は、しんしんと静まり返っていた。

　寝る前、厠《かわや》から帰って来て、私の部屋の並びの廊下に曲がった途端に、隣の部屋の障子がさらりと開いて、女の姿が廊下に出た。すれ違うまで顔を見ながら近づいたけれど、何故だか、輪郭は、はっきりしなかった。しかし何となくだだっ広い、大きな顔が額から禿げ上がり、浴衣の上に、宿の男物の褞袍《どてら》を羽織っている様子が、普通の女の感じとは違っていた。すれ違う時に、会釈をしたらしいので、私も挨拶を返そうとした拍子に、女は急に足を早めて、小走りに向うへ行ってしまった。大きな白い顔ばかりが私の目に残って、寝つくまで、いやな気持がした。

　あくる日の晩、夕食の後で、机の前にぼんやりしていると、急に隣りの部屋で、大きな声がし出した。さっきから、女中が出たり這入ったりして、お酒を運んでいるらしかった。男が酔払ったのか知れないと思っていると、いきなり女の声が聞こえて来た。

「こう云う事があるかと思ったから、そら、前前から、わたしが云ってるじゃないか。その位の応対が出来ないで、みすみす、どうするんです。わたしは」

「まあ、まあ」と男が云った。無理に声を押えている様な気配だった。「一体お前さんが、後の話をどうつけているんだか、そうなれば、一通り出なおして」

「馬鹿な事をお云いでない」

それからまた声が大きくなって来た。しかし、調子の癇高い割りに、云っている事は段段解らなくなって来た。そうして、話しはちっとも纏まらないらしく、いつまでたっても止めなかった。

私はしまいに、うるさくなり、今晩も校正の残りがあったのだけれど、変に訛りのある調子に気が散って、仕事も出来ないから、マントを羽織って、ぶらりと外に出た。

今日もまた夜になってから、却て暖かくなった様な気がした。思いがけなくも、明かるい月が空を照らし、片側町の屋根瓦に光りが流れて、水を撒いた様だった。

暫らく方方を歩き廻って、私の宿のある小路に曲がりかけると、急に脊の低い男がすれ違って、あわただしく向うの横町の方へ道を横切った。

宿に帰って、部屋に這入《はい》って見たら、もう床が取ってあった。後からお房が這入って来て、小さな声で「お出かけになった後で、大変だったのですよ。お隣りで喧嘩が始まって、その揚句、旦那の方が怒って、飛び出してしまいましたわ、たった今の、ついさっきなんですよ、だからお床も取りに行かれやしないわ。困っちまうわ」と云った。

「だって、もういないのなら、いいじゃないか」

「でも、あの女の人、何だか、そりゃ変なんですよ。真白に白粉ぬって、もうお婆さんなのに、人の顔を傍からじっと見て、にやりにやりして、何だか好かないわ」

隣りの部屋は静まり返って、物音もしなかった。

それから幾日目かの日曜日の午後、私は矢張り会社から持って帰った校正を見ていた。隣りの男は、いつの間にかまた帰って来て、毎晩遅くまで、何だかひそひそと二人で話し合っていた。

女中が廊下を走って来て、隣りの部屋の障子を開けた。来客を取り次いでいるらしかった。急に隣りの部屋の気配が、あわただしくなって、女があたふたと廊下に出て行った様子であった。迎えに出たのかと思うと、そうではなくて、厠の方の廊下に足音が消えた。その後に、男の客が二人這入ったらしかった。すぐに障子を閉め切って、何だか話し声がし出した。小さな声なので、ちっとも聞き取れないけれども、大分話しが縺れている風であった。

女は部屋を出たきり、帰って来なかった。私があんまり退屈したので、廊下に出て、ぶらぶら歩いていると、ふと二階の廊下の硝子戸の内側に人影がしたので、その方を見上げたら、隣りの女が荒い縞の著物を著《き》て、後向きにじっと立っていた。

お客は夕方近くまで帰らなかった。その間じゅう、女は二階の廊下にいたらしい。

会社が遅くなって、辺りが暗くなりかけた頃、電車の終点で降りたら、急に大雨が降って来て、季節外れの稲妻が、ぴかりぴかり光り出した。下宿までの道のりは、十分ぐらいもかかるので、懐に余分の金を持っていたのを幸い、私はすぐ近くの一品料理屋に這入って、雨止みをする事にした。

顔馴染の給仕女が傍に来て挨拶をした。

「まあ、暫らく、大変な降りになりましたのね」

「さっきまで、いいお天気の様だった、いや、そうではなかったのかな。家の中にいると、どうもお天気の事なんか、よく解らないね」

「さっきまで日は照っていましたけれど、何だか黄色っぽい、いやな色をしていましたわ、おや雷さまよ」

その途端にまた鋭い電光が往来を走って、烈しい雷の音が、前の響きに追っかぶさるように鳴り渡った。

奥の方の卓子《テーブル》にいた客の席で、お皿の破れた音がした。

「あら、駄目よ、こちらは」と云う女の声が聞こえた。迷惑らしい、とげとげした調子だった。

「すみません」と男が変に丁寧な調子で云った。「後で弁償します」

「いくら弁償なさるったって」

女の声の切れない内に、またお皿の割れるいやな音がした。

「あれ、だれか一寸《ちよつと》」

男が不意に起ち上がった。まともに私の方に向いた顔を見たら、片方の眼が電燈を反射して、鏡の様にきらりと光った。青黒い額から耳の辺にかけて、べっとりと濡れた髪が、小さな房を幾つも垂らした様に塊まっている。

「酒を持って来て下さい」とその男が起ったままで云った。声柄から云っても、私の隣室の男に違いなかった。

料理場から出て来た亭主らしい男が、その前に起ちはだかって、何か云っているらしかった。

私は久し振りに、少し酒も飲みたいと思って這入ったのだけれど、すっかり厭な気持になったので、そこそこに合の子弁当を食ってしまった。

向うの席にまた腰を下ろしたその男が、盃を手に持ったなりで、頻りに私の方を見るらしかった。

会社の居残りで遅くなり、晩食もすまして帰って来た。

終点から下宿に帰るまでの道には、方方に空地があった。燈りの少い町外れの宵は変に淋しくて、空地の前を通る時は、大きな穴の縁を伝うような気持のすることがあった。月が遅くなって、空も真黒だった。低いところに雲があると見えて、時時薄白い条《すじ》が暗い屋根の上を流れた。終点辺りの町の明かりが、どうかした機《はず》みで、雲の襞に映ったり消えたりした。

何処かで犬が鳴いていた。ふと気がついて、その鳴き声を耳で追う様な気持で歩いていると、何だか珍らしいものを聞く様に思われたりした。

下宿の手前にも空地があった。私の部屋の窓は暗く、隣りの窓には美しい燈火が、溢れるように映っていた。

私は部屋に落ちついて、一服した。犬が鳴きながら、こちらに走って来る様に思われた。

帳場から、女中の足音が近づいて、隣りの部屋の入口の障子をさらりと開けた。

「おや」とお房が云った。「どうもすみません。お一人でお床をお取りになったのですか」

「いや、いいですよ」

隣りの男の声がした。癇の高い声を押さえたような、落ちついた調子で云った。

「外に用事もないんだから」

「お淋しいでしょう。奥様はまだお帰りになりませんですか」

「今晩は多分帰らない筈です」

男はそう云って、坐り直した気配がした。

「明日の朝早く帰って来ますよ」

「まあ」とお房が云った。何かお愛想を云おうとしている様であった。しかし、そのまま障子を引く音と同時に、「お休みなさいませ」と云ったきりで、一旦帳場に引返して、それから私の所の床を取りに来た。

隣りの壁を指さして、小指を横に振りながら「朝早くから、いないんですよ」と云った。

「また喧嘩でもしたんだろう」と私も小さい声で云った。

「何ですか、朝の御飯もたべないで、どこか行ってしまったんですよ」

お房は押入れから、寝床を出す物音にまぎらしながら、つけ加えて云った。

「うちの人だれも知らないんですよ。いつ出て行ったのだか」

お房の出て行った後で、私は暫らくぼんやりしていた。少し風邪でも引いたのではないか知ら。身体のどこかが寒い様に思われた。

寝る前に嗽《うが》いをしておこうと思って、私が起ちかける途端に、隣りの障子がさらりと開いた。私はその音を聞いた拍子に、何故だか非常にびっくりして、起ちかけた膝が、ぴくんと跳ね上がるような気がした。

隣りの男が廊下に出て、向うに歩いて行った。私が何の気なしに、洗面所に行こうとすると、私より先に隣りの男が洗面所の前に起った。そうして、頻りに眼を洗っていた。電燈が薄暗いのと、顔を伏せているために、よく解らないけれど、片手の指を眼の中に突込んだり、出したりしているらしかった。入れ目を洗っているのかも知れない。私はその横で嗽いをする気がしなくなって、そのまま部屋に帰って来た。

私の部屋の障子と並んで、隣りの障子にも、内側の燈が一ぱいに照らしている。私が部屋に這入《はい》ったら、急に隣りの空地で犬が吠え出した。そうして、二声か三声で、またすぐにその鳴き声が遠のいて行った。鳴きながら走っているのが、何だか仲間を呼び立てている様に思われた。

隣りの男が帰って来て、暫らくすると、立てつけの悪い押入れの襖を開けて、又閉めた。がりがりと云う音が聞こえた拍子に、私は不意に寒気がした。

それから後は、何の物音もしなかった。

私は寝床に這入って、眠りかけた。すぐに寝つきそうな気持でいて、その癖どこか妙にはっきりしたところがあって、眠れないと思った。

その内に、はっきりした気持はそのままで、うつらうつら眠ると云うような、厭な気持になりかけた。犬の声が遠吠えになって、今度は一匹ではないように思われたりした。そうして、どこかの町の角から鳴きながら、段段こちらに近づいて来るのが、眠っていても解るらしかった。

不意に隣りの障子が開いて、男の足音が玄関の方に遠ざかった。

「おや、これからお出かけですか」と云う女中の声と、「一寸終点まで行って、すぐ帰るから」と云う男の声とが、重なるようになって、その癖別別に、はっきり聞き取れた。

私はまた目がさめたらしかった。玄関を出て、急ぎ足に行く男の足音が、一つずつ手に取るように聞こえると思っている内に、後先のつながりが解らなくなった。

夜通し犬が窓の下で吠えたように思った。ひどい風が吹いたり、急に辺りがしんしんとして、身体が底の方に沈んで行くような気がしたりした。

「お元さあん」と云う悲鳴を聞いたと思ったら、犬ぐらいもある大きな白い猫が、梯子段の途中から、狼鳴きをしながら、そろそろ降りて来て、隣りの部屋に這入って行った。

荒荒しい足音が入り乱れて、女の叫び声と、犬もまだ吠えているらしい、真夜中で、隣りの押入れの中に、女の顔を褞袍で巻いて、そうすると、昨夜から入れてあったんだ、間境《まざかい》の壁に、どしんと何だかぶつかった拍子に、私は寝床の上に跳ね起きた。

鶫

小石川の高田老松町四十三番地にいたのは、今から二十年昔である。当時の思索で私は赤穂浪士の執った行動を不都合であると判断した。秩序の破壊と復讐とが気に入らなかった様である。

そう云う事で友人と議論したり、又家の者に私の意見を強いたりした。某家を弔問するため、芝車町に行く途中、はからずも泉岳寺の前を通って、見たくもないお寺を見たのは残念だと云う様な感想を当時の日記帖に誌《しる》している。

その弔問の事に就いて、古い日記帖の文章を百鬼園随筆の中に収録したところが、途中の叙述の間に赤穂浪士の事が出て来るので、そう云う怪しからん事を考える著者の本は、今後読んでやらないと云う投書が版元の本屋に来たり、私にも直接にその説明をもとめると云う手紙が舞い込んだりした。

先日来私は最近に上木する「百鬼園日記帖」の原稿整理をした。その中にまた右の一件が出て来るのである。しかも原文のまま採録するとなると、百鬼園随筆所載のものよりも一層激しい文辞を用いているので、煩わしい事が起こるかも知れない。面倒だから字を伏せてしまおうかなどと今考えている。

老松町のその家に夏を迎えて、ある日の夕方、私と妻と、まだ小さかった子供をつれて、江戸川橋の際の寄席に出かけた。田舎から老人達を呼び寄せない前なので、後に留守居する者もないから、家じゅうの戸締りをして出かけた。長年飼い馴らしている鵯《ひよどり》の大きな鳥籠は、風通しをよくしてやる為に玄関の三和土《たたき》の上に下ろしてあったのを、その儘にして出かけた。上り口の履脱《くつぬぎ》のところに、開けたての出来る細長い戸がついていた。そこを開けておくと、床下を吹き抜ける風が通うのである。私共はその小さな戸を閉めるのを忘れて寄席に行った。

面白い話を聞いて帰って、玄関を開けたら、電燈に照らし出された三和土の上には血が流れて、腰壁にも血の繁吹《しぶき》が飛んでいる。籠はもと置いたところから少し動いて斜に向き、その中に鵯が首を千切られて胴体にぶらぶらにつながった儘、羽根を散らして死んでいた。三和土の乾いたところに、血を踏んだ獣の足跡が点点とつづいて履脱の戸から床下に消えているのを見て、私はすぐに猫の跡を追ってその穴から這《は》い込みたい様な気がした。

座敷の庭に廻り、縁の下から床下を覗いて見た。真暗な奥に、青い炎の様な猫の眼が光って消えたかと思ったけれど、よく解らなかった。

夜通し見覚えのある野良猫の顔が目先にちらついた。蒸し暑くて、寝苦しいから度度眼をさました。その度に私は起き上がって、猫を追跡したい様な、せかせかした気持がした。

翌朝《よくあさ》私は起きるとすぐ物干竿を舁《かつ》ぎ出して、その尖に出刃庖丁を縄で括《くく》りつけた。

「何をなさるのです」と妻がきいた。

「猫を突き殺す」と答えて、私はその竿を抱いて縁の下に這《は》い込《こ》んだ。

床下の地面に朝の光が射し込んで、大きな土の塊りや、風で吹き込んだらしい反古紙の向う側に、荒い陰が険しく流れている。奥の方は薄暗くなって、よく見えないけれども、猫が動けば必ず見究める、今この床下にいなくても、きっと通るに違いないから、それまで待っていると私は一人で息をはずませた。蹲踞《しゃが》んで胸を押さえているので、段段苦しくなって来た。しかし私は竿の先に鈍く光っている庖丁の刃を見つめて、動かなかった。

頭の上に妻の歩く足音が響いた。

「あれあれ、お父さんは縁の下に這い込んで仕舞われた」と云った。子供を抱いている様な気配であった。「仇打ちの悪口ばかり云うくせに、今日はお父さんが仇打ちで、猫を殺すんですって、おお怖《こわ》、おお怖《こわ》」

そう云って足拍子を取りながら、何処か向うの方に行ってしまった。

立春

少し加減が悪いので、夕方の帰りは自動車に迎えに来て貰った。ぼんやり考えていた道よりは違った方へ曲がって、暗い並樹道の坂を下りると横町へ這入《はい》った。上半を覆った前燈の鈍い光に照らされている板屏の裾に、びっくりする様な大きな影を映して尻尾の長い猫が向うへ歩いている。道順で途中まで同車した古木君に、「もうじき立春ですね」と云うと、「猫連れ立ちて歩きけりですか」と同君が応えたので、春立つ事を聯想した自分の気持に筋道が立った。猫連れ立ちてと云うのは私の別れ霜の句である。

板屏に続いた側はその辺りの花柳地《かりゆうち》の一郭であるが、しんかんと士族屋敷の様に静まり返っている。まだ暮れたばかりの往来に店屋の燈火が流れて不思議に明かるい所もあり、真暗で地面の土まで黒く、昨夜の闇がその儘《まま》残っているらしい所もあって、荒らいまだらの明かりの工合は春寒の宵の様に思われる。

省線電車と消防自動車の警笛の外に、この頃外で唸る様な声をするものはない。間もなく節分になり、その内お彼岸も近くなる。物干しや廂《ひさし》の上で節分猫、彼岸猫が騒ぎ出すだろう。露地を隔ててお隣りとこちらとで睨み合い、頸の毛を逆立てて唸り立てる声を真夜中の寝醒めに聞いたら、私なぞはきっと空襲警報と間違えるに違いない。さかりのついた猫に当分の間、静粛にする様に伝達したい。聴かなければ取締まると云う事にするにはどうしたらいいだろうと古木君に話している内に、同君が下車する道角まで自動車が来た。

それはまだ十日もたたぬ前の事であるが、その間に日が延びて、この二三日は同じ時刻に帰って来ても道が明かるく、お天気のいい日は西空の切れ雲に夕日の色が残っていた。そうして昨日は節分であり、今日は薄曇りの立春である。到頭春になったと幾度でも思い返す。

今年は大寒の半ばを過ぎてから理詰めの寒さになって、家の中の手洗いが凍った。五十何年生き続けて身体のからくりががたびししているから、暑さもつらいが寒さは一層こたえる。しかし木綿のワイシャツの下は素肌であり、ズボン下は縮みの半ズボンで、沓下《くつした》は真夏に人から夏沓下を半打《ダース》貰ったのをその儘続けて穿いている。それでなお寒い事は解っているが、温かくすると風を引きそうだから我慢する。年毎の痩せ我慢であって、今年に初まった事ではないけれど、寒いと矢張《やは》り春を待つ。

しんしんとした幾日かの寒さの後に烈しい風が吹きすさび、お濠の浮氷の上に黒ずんだ色の波が乗って走った。夕方から急に凪いだ後、物音一つしない静かな夜が明けたと思ったら、薄色の空から晒した様な綺麗な雪が降って来た。麻布のお寺の葬式に行き、山門の中で山高帽子とフロックコートの肩に真白に雪をかぶった。一日音もなく降り積もった挙げ句にいつからともなく雨となり、その雨が上がって路傍の残雪が泥によごれる間もなく解け出した。空には薄雲が流れ、地面一ぱいにぬれている。そうして今年の寒が明けた。

竿の音

夕方から寒い風が吹き出して家のまわりががたがたと鳴った。夜が更けるに従い吹きつのる様であった。眠っていても色色の物音が耳について、夢だかうつつだか、けじめが解らない。寝ている襟もとから脊筋に冷たい風が通ったと思ったら目がさめてしまった。

寝返りすると布団の中に風が這入《はい》って寒くなった。洗い晒した手拭浴衣の寝巻の袖は短かく前もよく合わない。腕をかくし身体をちぢめて寒い寒いと思った拍子に百日余り前の夜半の暑かった事を思い出した。

夏の晩は郷里の仕来《しきた》りにならい布団の上に花蓙《はなござ》を敷いて寝る。冷たい藺《い》が肌に触れて涼しい。しかし寝苦しい夜は輾転《てんてん》する内に蓙の表が一面に温《ぬく》まってしまう。或る夜あまり蒸し暑くて寝ながら団扇《うちわ》の手を休める事が出来ない。眠ると団扇を取り落とす。あわてて取り上げて又はたはたと動かすけれど、次第に疲れて熱い霧の中に落ち込む様な気持でうつらうつらする。顎からたれる汗のしずくが花莚に落ちて音がした。寝ぼけた耳に大変な物音に聞こえて、はっとした。目がさめて見ると頸も胸も洗った様な汗である。夜明けが近い筈なのに段段暑くなる様であった。

　枕許の窓の外にある目隠しの板屏の上を猫が伝っている気配がする。窓は開けてあるので、聞こえもしない猫の足音がすぐに枕に響く様な気がする。一匹かと思ったら二匹いる。いつの間にか団扇の手を止めてその方に耳を澄ました。しんと静まり返った中からいきなりいやな鳴き声がした。がりがりと板屏を掻く爪の音と同時に、一匹の方が地面に落ちたらしい。その物音と一緒に「畜生ッ」と云ったのがはっきり聞こえた。突き落とされた猫が云ったに違いない。私は起き直って又はたはたと団扇を使った。それっきり辺りに物音一つしなくなった。

　今年の夏はあんまり暑かったので、そう云う晩もあったのであろう。今、夜寒の布団に首をちぢめて暗い風に枯枝のすれ合う音を聞きながら季節の移り変りに容赦のない事を思う。目が冴えて身内が寒くなって来た。起き出して、取って置きの甘酒の罎をすかして見たらまだ茶椀に一杯ぐらい残っている。それを沸かして吹きながら啜っていると、さわさわと云う風の音が通り過ぎて、一寸《ちよつと》の間静かになった。その時隣りの家の裏で長い竹竿が倒れたらしい。屏をこする微かな物音がしたと思ったら、びしゃんとたたきの上に落ちた竹が鳴った。私はびっくりして甘酒の茶椀を取り落とすところであった。

彼ハ猫デアル

うちの庭に野良猫がいて段段おなかが大きくなると思ったら、どこかで子供を生んだらしい。何匹いたか知らないが、その中の一匹がいつも親猫にくっ附いて歩き、お勝手の前の物置の屋根で親子向き合った儘《まま》居睡りをしていたり、欠伸《あくび》をしたり、何となく私共の目に馴染みが出来た。

まだ乳離《ちばな》れしたかしないか位の子供が、夜は母親とどこに寝ているのか知らないけれど、昼間になると出て来て、毎日同じ所で、何だか面白くて堪らない様に遊び廻る。親猫にじゃれついてうるさがられ、親猫はくるりと後ろ向きになって、居睡りを始めているのに、まだ止めない。その内に、相手になって貰えないから、つまらなくなったのだろうと思う。物干しの棒を伝ってお勝手の庭へ降りて来て、家内が水を汲んでいる柄杓《ひしやく》の柄にからみついた。手許《てもと》がうるさくて仕様がないから家内が柄杓を振って追っ払おうとしたら、子猫の方では自分に構ってくれるものと勘違いしたらしく、柄杓の運動に合わして、はずみをつけてぴょいぴょいとすっ跳んだ向うの、葉蘭の陰の金魚のいる水甕《みずがめ》の中へ、自分の勢いで飛び込んでしまった。

うるさいから追っ払ったけれど、水甕におっこちては可哀想である。すぐに縁《ふち》から這《は》い上がって来たそうだが、猫は濡れるのはきらいだから、お見舞に御飯でもやれと私が云った。

彼が水甕に飛び込んだのが縁の始まりと云う事になる。彼と云うのは雄だからである。静岡土産のわさび漬の浅い桶に御飯と魚を混ぜたのを家内が物置の前に置いてやった。よろこんで食べたらしいけれど、いつの間にか食べてどこかへ行ってしまったと云う風で、何分野良猫の子だから、物を食べる時は四辺に気を配るらしい。その次にまた桶に入れてやった時、それに気がついても抜き足差し足で近づくと云う様子だから、もっとはたから見えない様に、葉蘭の陰に置いてやれと云った位である。

何となく猫に御飯をやるのが癖になって、お膳で食べ残した魚の骨や頭は、猫にやればいいと思う様になった。子猫の方でも段段に馴れて来て、あまり私共の方を警戒しなくなった様だが、いつも同じ所に御馳走が出ている事を親猫も知り、他の野良猫も知り、近所の亜米利加人が飼っている子犬も嗅ぎつけてやって来て、すぐにわさび漬の桶が空っぽになり出した。だから先ず彼を呼び、その上で御飯を出してやると云う事にした。

ひどく雨が降っている日に、雨が降っても腹はへっているだろうと云うのでその用意はしたが、猫は濡れるのは困るだろう。いつもの場所でなくお勝手の上り口に置いてやろうと云う事になって、猫は家の中へ一歩近づき、お天気のいい日でもわさび漬の桶をそこへ置いてやる様になった。

もうすっかり乳離れはしている様で、あまり親猫の後を追っ掛けない。親猫の方はその内に又次の子供が出来かかっている様子で、彼をうるさがり出した。どうか何分共よろしくお願い申しますと口に出しては云わなかったが、そう云う風にどこかへ行ってしまった。

この子猫を飼ってやろうかと云う相談を、私と家内とでした。しかしながら家には小鳥がいる。種子ヶ島の赤ひげと、日向《ひゅうが》宮崎の目白と、どこの産だか知らないが東京近辺の目白とがいる。そこへ野良猫の子を請じ入れるわけには行かない。しかし又この猫の子を追っ払ってしまうのも可哀想である。追っ払っても行かないだろう。前後の成り行き止むを得ないから、この野良猫を野良猫として飼ってやろう。座敷には決して入れない事にすればいいだろう、と云う事になった。

その取りきめに従って、彼はお勝手の上り口から、土足のまま上に上がって来出した。座敷に這入《はい》ってはいけないのみならず、中をのぞいてもいけない事になっている。のぞけば小鳥が見える。だからその方へ顔を向けたら頭をたたいて、見てはいけない事になっている由を云い聞かす。彼がいてもいい、歩いてもいい領域は、お勝手の板の間と、短かい廊下と洗面所の下陰と、風呂場だけである。しかし家のまわり、庭一帯は彼の領分であって、梅の幹に攀じ登り、池の縁を馳け廻り、木賊《とくさ》の中を走り抜けるのは彼の自由である。縁の下も勿論彼の出没にまかせる。もともと野良猫であるから、ゆかりのある出生の地を跳び廻るのは好都合だろう。

野良猫を野良猫のまま飼うとしても、飼う以上名前があった方がいい。野良猫だからノラと云う名前にした。但しイプセンのノラは女であったが、彼は雄である。性が逆になったりした名前はおかしいかも知れないけれど、時勢が変れば人間だって男だか女だか判然しなくなり、入れ代ったりしないとは限らないから男のノラで構わぬ事にする。

飼うと云う事になれば、食べ物と寝床を与えなければならない。物置小屋の板壁の板を少しずらして、小さなノラが出入り出来る位の穴をつくり、その内側にわさび漬の桶と蜜柑箱を置く事にした。蜜柑箱の中には雑巾にする襤褸《ぼろ》のきれが分厚に敷いてあって暖かそうである。

暫らくの間、彼はその装置に安住し、どこへ行ったのだろうと思うと小屋の中の蜜柑箱でいい心持に寝ている様になった。腹がへればお勝手口へ来て、にゃあにゃあ騒いでせがむ。まだ子供だから、そのにゃあにゃあ云う声も心細い程細い。

何日か経つ内に彼は風を引いた。猫が風を引くと云うのが私には珍らしかった。丸っ切り元気がなくなって、御飯も魚も食べない。こっちであわてて、コンビーフをバタでこね廻したのに玉子を掛けてやって見ると、少し食べた。水の代りに牛乳を供し、蜜柑箱の中にはウィスキーの罎に温湯を入れたのを湯たんぽの代りに入れてやった。

手当ての効ありて、二三日でなおった様だが、その間家内が可哀想がって頻りに抱いたので、野良猫の癖に余程私共に親近感を抱く様になったらしい。又寒い雨が降り続いたりしたので、いつの間にか小屋の中のわさび漬の桶はお勝手の上り口の土間に移され、夜も小屋へは帰らず、風呂場に這入《はい》って風呂桶の蓋の上に寝る様になった。いつの間に彼はその場所を発見したのか知らないが、私は毎日風呂に這入るので、中には大概いつも温かい湯が這入っているから、蓋は何とも云えないいい気持の暖かさになっている。朝鮮のオンドルは話に聞いているだけで実際には知らないが、猫はそう云うつもりで風呂桶の蓋の上に寝ているに違いない。

野良猫を野良猫として飼っているつもりであるが、次第に家の中へ這入って来て、居直った形である。猫の方では、野良猫を野良猫としてなどと云う面倒な事は考えにくいかも知れない。第一、彼は我我人間をどう云う風に考えているのかと云う根本の点で、猫の料簡はこっちによく解らない。

風呂蓋に寝そべっている猫の寝相を見ると、傍若無人である。蓋の桟を枕にして小さな三角な頭を載せ、四本の脚を伸ばせるだけ伸ばして大の字になっている。人間の道楽者が寝ている様で、この猫は猫又《ねこまた》になるのではないかと思う。人の気配がしても、そばで音をさしても知らん顔をしている。動物には外敵にそなえる本能がある筈だと思うけれど、彼は丸で無防備の姿勢で寝る。さわれば細眼を開けて人の顔を見るが、面倒臭そうに又目をつぶって寝てしまう。仰向けに寝ている事もある。鼯《むささび》の様な恰好になって、腋の下を出しているから、くすぐってやったが平気らしい。人間の様にくすぐったがらない。

言海の言海流の語源の穿鑿《せんさく》に依ると、猫はよく寝るから寝子だと云う事になる。私の子供の時は家で猫を飼っていたので、猫と云うものを知らないわけではないが、これ程よく寝るとは知らなかった。そこいらでじゃれていなければ、大概いつでも寝ている。昼でも夜でも見境はない。夜は風呂場の中は真暗だが、猫は暗いのは平気の様である。晴《ひとみ》を細くしたり円くしたりして、何でも見えるのだろう。暗がりで猫が休息している所へ、スウィッチを入れて電気をともすと、急に明かるくなったので、まぶしそうな目をする。また消したり、又ともしたりして猫をからかう。しかしいくら猫の目でも、そんな事をされると電気の明滅に睛の調節が戸惑《とまど》いして目が悪くなり、眼鏡を掛けなければならない様な事になるだろう。猫が眼鏡を掛けたらおかしいかも知れないが、しかし現に猫が眼鏡を掛けた様な顔をした人間もいるから、ノラは気にしなくてもいい。

何しろ風呂桶の蓋がよくて仕様がないらしい。晩になって私が風呂に這入ろうとすると彼がその上を占領しているから摘まみ出す。そうしておいて裸になって行くと、又這入って来る。仕方がないから又摘まみ出す。もう掛け湯をして、そこいらが濡れているのに又這入って来る。這入って来ても、もう蓋はない。すると彼は風呂桶の縁《ふち》へ上がって、狭い所で落ちない様に中心を取っている。猫と混浴するのは困る。

寝るだけ寝ると起きて欠伸をする。私もよく欠伸をするが、猫の方がもっとする。細い貧弱な舌を人前に出して、無遠慮に口を開ける。その間前脚で口を押さえると云う様な作法は知らない。欠伸はするけれど、涎《よだれ》は垂らさない様で、犬や人間の子供よりはお行儀がいいかも知れない。しかし人が何か食べている口許を見ると、うるさくねだって、にゃあにゃあ云う。そう云う時は辛子、酢の物、沢庵、七味、山椒などを鼻の先へ持って行って、こすりつけてやると迷惑そうな顔をして横を向いてしまう。またたびはまだ買ってやらないが、その内に取り寄せて饗応しようと思う。

明治三十八年十月に日本橋大倉書店から出た漱石先生の「吾輩ハ猫デアル」の初版本を私は持っている。菊判天金、橋口五葉の装釘で、中村不折の口絵は尻尾を持って猫をぶら下げた絵である。私もその趣向をノラで試して見ようと思って彼をつかまえた。

ノラの尻尾は少し寸づまりの様だが、ぶら下げるには差閊《さしつか》えない。尻尾の先が、毛が生えているから見ただけではわからないが、手に持って見ると中の芯が鉤《かぎ》になって曲がっている。その鉤を指にからませる様にして、ぶら下げた。ぎゅうとも、にゃあとも云わないけれど、彼は面白くはないだろう、宙に浮いた四本の脚で游《およ》ぐ様な恰好をしている。大分持ち重もりがする。初めの時分から見ると、随分大きくなった様だから、この尻尾を紐でくくって、お勝手の戸棚にある棒秤《ぼうばかり》に懸けて目方を計ろうかと思ったが、止めた。余り長くなると猫の頭に血が下がって気分が悪いだろうとも思ったし、又動物の目方を計っているのは、後で料理して食うつもりの様にも見える。猫を食おうとは思わないから、そんな疑わしい所業で猫の誤解を招くのは心外である。猫は七代祟《たた》ると云う。ノラをいじめるつもりはないから、尻尾でぶら下げたのもいじめたのではないから、祟られる心配はないが、怨みの側ではそれ程執拗である癖に、恩の方は丸で関知しないと云うのが古来、猫の通り相場である。野良猫のノラも拾い上げられたと云うので感謝感激している風はない。三日の恩を忘れない犬よりも、猫のそのそっけない所がこちらにはいいので、恩を知られたりしては却って恐縮する。猫恩のやり取り、取り引きは人間社会で間に合っているからノラには御放念を乞う。

ノラは随分大きくなったが、まだ子供の気が抜けないでいる。様で、あばれ出したら切りがない。屑籠がひとりでに転がったと思うと、中に這入っている。庭の炭俵の空俵が動き出したので家内が行って見ると、中から炭の粉をかぶって飛び出して来たそうで、それで人に抱かさるから、著物《きもの》は堪らない。朝と夕方と、一日に二度、時を切って面白くなるらしい。はずみがついて止まりがつかなくなって、人の足許《あしもと》にからみつき、すぐに仰向けに寝てそこいらを噛もうとする。噛むと云ってもじゃれているのだから、大した事はないが、しかし歯があるから少しは痛い。家内は閉口して猫のその時間になると、もんぺを取り出して穿いている。私は家にいる時制服を著用《ちゃくよう》しているから大丈夫である。彼の機鋒をそらす為、ピンポン玉を二つ買って与えたら、それを転がして追っ掛けて夢中になっているので、その隙にそこいらを通行する。

ノラが糞《ふん》をしくじった事がある。その時はおなかをこわしていた様で、止むを得なかったかも知れないが、洗面所の足拭きの中へして、その切れを丸めて包んであった。きっと後足で砂を蹴る要領で、足拭きの切れを蹴ったのだろうと思う。

私の家の隣りは小学校である。午後遅くなると拡声機から先生の声が飛び出す。「まだ校庭で遊んでいる人人は」子供に向かって先生がおかしな言葉遣いをすると思う。幼稚園もある。幼稚園の先生が、胡麻粒程の子供を相手に、「男の方は、女の方

は」などと云う。「辷《すべ》り台を反対に登ってはいけない事になって居ります」登っては
いけない、とは云わない。
　だから私もノラに云って聞かせる。「猫の方はここで糞《ふん》をしてはいけない事になっ
て居ります」
　甘木君と猫の話をした。「猫は昔の漱石先生みたいに、胃弱なんだってね」「猫が胃
病ですか」「猫は胸焼けがするんだそうだ。だから余り脂濃い物をやるとおなかをこ
わす」「本当ですか」「消化を助ける為に時時庭へ出て草を食っている。こないだはそ
れでしくじったんだ」
　洗面所の足拭きの一件を話していたら、お勝手の境の襖を、向うからがりがり引っ
搔く音がする。
「ふんし箱にしませんか」「もともと野良猫だからね」
「僕がですか」と云った様な気がする。

ノラや

一

猫のノラがお勝手の廊下の板敷と茶の間の境目に来て坐っている。

外は夜更けのしぐれが大雨になり、トタン屋根だから軒を叩く雨の音が騒騒しい。

お膳の上は食べ残したお皿がまだその儘《まま》に散らかり、座の廻りはお酒や麦酒の罎で、うっかり起《た》てば蹟《つまず》きそうである。

しかしもう箸をおいたので、後ろの柱に靠《もた》れて一服している。

その煙の尾を見てノラは坐りなおした。つまり両手にあたる前脚を突いた位置を変えたのである。

ノラは決してお膳には来ない。そのお行儀を心得ている。

猫は煙を気にする様である。消えて行く煙の行方をノラは一心に見つめている。彼がもっと子供の時は、家内に抱かれていて私の吹かす煙草の煙にちょっかいを出し、両手を伸ばして煙をつかまえようとした。しかし今はもう一匹前の若猫だからそんな幼稚な真似はしない。じっと見つめて、消えるまで見届ける。

「こら、ノラ、猫の癖して何を思索するか」

「ニャア」と返事をしてこっちを向いた。ノラはこの頃返事をする。尤《もっと》も、どの猫でも返事をするのかも知れない。私は今まで、子供の時家に猫がいた事は覚えているが、自分で猫を飼って見ようと考えた事もなく、猫には何の興味もなかった。だから猫の習性など何も知らない。ノラと呼べば返事をすると云っても、外の猫にノラと声を掛ければ矢張《やは》り返事をするのかも知れないし、ノラに向かって人間の名前を呼び掛けても同じくニャアと云うのかも知れない。そう云う実験をやって見た事がないので、私にはどうなのだか解らない。

ノラはそこの間境《まざかい》に暫らく坐っていた後、どう云うきっかけか解らないが、腰を上げて伸びをして、それから人の顔を見ながら口一ぱいの大きな欠伸《あくび》をして向うへ行ってしまった。多分風呂場へ這入《はい》って、湯槽《ゆぶね》の蓋の上にいつもノラの為に敷いてある座布団に上がって寝たのだろう。

この稿は「彼ハ猫デアル」(単行筑摩書房版「いささ村竹」収録)の続きである。一昨年の初秋、今は取りこわした低い物置小屋の屋根から降りて来た野良猫の子が、私の家で育って大きくなったので、私も家内も特に猫が好きだから飼ったと云うわけではない。自然に私の家の猫になったので、その経緯は右の「彼ハ猫デアル」に詳しい。その稿にもことわってある通り、ノラと云う名前はイプセンの「人形の家」の「ノラ」から取ったのではない。それなら女であるが、うちのノラは雄で野良猫の子だからノラと云う。だからノラと云うその名は世界文学史に丸で関係はない。

うちのノラが降臨した高千穂ノ峰は物置小屋である。そのもとの低い物置を去年の秋に取りこわして、後に新らしい物置が建った。今度のは大分立派で、しっかりしていて、屋根も高い。屋根はペンキ塗りのトタンである。ノラは早速新物置の屋根に上がり、塗り立てのペンキの上を歩いて帰って来て家内に抱かさったから、家内の上っ張りはペンキだらけになった。ノラの足の裏をアルコールやベンジンで拭いたり、上っ張りの始末をしたり、大騒ぎをしていた。

私の家には小鳥がいる。目白二羽と赤ひげで、昼間は飼桶《こおけ》から出して座敷に置く。猫に小鳥は目の毒に違いない。ノラが子供の時は、廊下から座敷の小鳥籠の方をじっと見据えて、腰を揉む様な恰好をした事がある。飛び掛かろうとしたのである。叱って頭をたたいて止めさしたが、そう云う事が習慣になって、ノラは決して畳敷きの上には這入って来なかった。うっかり這入って来ようとすると、私が睨めば止めて、そこへ坐り込んでしまう。猫を睨むにも気合いがある。学校教師の時、学生を睨んだ目つきでは猫には通用しない。

昔、四谷の大横町の小鳥屋に猫がいて、目白や頬白の籠を置いた間で昼寝をしていたのを見た事がある。猫でもしつけをして馴らせば、小鳥に掛からぬ様になる実例を私は見て知っている。

ノラが大分大きくなって、私と家内と二人きりの無人の家にすっかり溶け込み、小さな家族の一員になった様である。顔つきや、特に目もとが可愛く、又利口な猫で人の云う事をよく聞き分けた。いつも家内の傍にいるので、家内は可愛がってしょっちゅう抱いていた。私がこっちにいる時、お勝手で何か云っている様だから、声を掛けて、だれか来ているのかと聞くと、ノラと話しをしているところだと云う。

「いい子だ、いい子だ、ノラちゃんは」

少し節をつけてそんな事を云いながら、お勝手から廊下の方を歩き廻り、間境《まざかい》の襖を開けて、

「はい、今日は」と云いながら猫の顔を私の方へ向ける。ノラは抱かさった儘、家内の前掛けの上で、先の少し曲がった尻尾を揉む様にしたり、尻尾全体で前掛けをぽんぽん叩いたりする。

生まれてまだ一年経たない去年の夏、庭へ出るとよそから来た猫と張り合って、喧嘩する様な声をし出した。しかし大体どの猫にもかなわない様で、そう云う声が聞こ

えると、いつも家内がやり掛けた事を投げ出して加勢に馳けつけた。ノラは私の家の庭から外へ出た事がないらしく、いつもそこいらの門の脇か屏の上で睨み合っているのだから、加勢も役に立つわけである。

私の家には門が二つある。往来に面した門から両隣りの間の細長い路地を這入った所にもう一つ内門がある。その門と門との間をつなぐ混凝土《コンクリート》の通路の半分迄もノラは出て行かない。往来の門まで出て、外を見た事は一度もないだろう。たまに家内が郵便を入れに行ったり近所の用達しに出たりすると、ノラは内門の傍までついて行って、そこから先へは行かない。帰って来ると、そこにちゃんと坐って待っていたと云うので、家内は抱き上げて頬ずりしながらお勝手に這入って来る。

庭から外へ出なくても、庭の屏を隔てた向うの靴屋の藤猫が子供の時からノラと仲好しでいつも遊びに来るから、友達には不自由しなかったのだろう。その藤猫はノラと前後した頃に生まれた雄で、雄同士でも気が合うと云う相手があるのかも知れない。いつも二匹揃って、鼻を突き合わせる様にして日向《ひなた》ぼっこしたり、庭石の上にいつまでも並んでしゃがんでいたりする。ノラのお友達だからと云うので、家内がお皿に牛乳をついで持って行ってやると、靴屋の藤猫がうまそうに舐めるのを、ノラは傍から眺めていて、妨げもしなければ、自分が飲もうともしない。

しかし靴屋の藤猫でない外の猫が庭へ来るとノラは怒るらしい。追っ払おうとするのだろうと思うけれど、その実力はないので仰山な声をするだけで結局は逃げて帰る。よそから来る猫の中に、一匹すごく強いのがいて、玉猫でこわい顔をしている。ノラはその猫には丸で歯が立たないらしい。一声二声張り合っている内に、いつでもギャッと云わされて逃げて来る。

夏の暑い日の昼間、ノラは茶の間の間境《まざかい》の廊下の隅で、壁にもたれる様にして昼寝をしていた。突然猫の悲鳴が聞こえて、どたばた大変な物音がするから、驚いて茶の間から私が飛び出して行くと、いつの間にかその玉猫の悪い奴が、暑いので開け放しにしてあったお勝手の戸口から家の中へ這入り込み、いい心持ちに昼寝をしているノラの多分腰のあたりへ嚙みついたのだろう。ギャッと鳴いて跳ね起きたノラを追っ掛け、廊下の突き当りの洗面所の下で団子の様になって揉み合った末、ノラが戸が開いていた風呂場へ逃げ込むのをまだ追って二匹共外へ出てしまった。

中の間にいた家内が飛んで来て、ノラの加勢に馳けつけたが、もうそこいらにいなかった。廊下や風呂場の簀子《すのこ》にノラが引っ掛けたと思われる苦しまぎれの刹那小便《せつなしょうべん》の痕が点点と散らかっている。無心に寝ているノラをいじめた悪い奴に非常に腹を立てたが、家内は一層憤慨して、いつだってノラをいじめている挙げ句にこんな事までした。もう勘弁しない。これからは見つけ次第、引っぱたいて、突っついて、追っ払ってやると云った。

ノラは悪い奴の追跡から逃げのがれて、じきに帰って来た。家内はすぐに抱き上げ、頬ずりしていたわりながら、怪我はしなかったかと方方調べている。抱いたノラの胸がこんなにどきどきしていると云って可哀想がった。

家内は悪い奴の声を聞き覚えている。ノラがうちにいる時でも悪い奴がよその猫と喧嘩する声がすると、出て行って追っ払う。ノラが外に出ている時悪い奴の声がしたら、何をしかけていても投げ出して、長い物干竿を持ち出し、その現場へ行って悪い奴を突っつく。ノラはうちの庭から外へ行かないので、大概家内の加勢が効を奏する。いつもそうするので、しまいには家内が出て行っただけで、悪い奴はその姿を見て逃げてしまう。ノラは自分が強くなったのかと思っていたかも知れない。

ノラは子供の時おなかをこわして、洗面所の前で不始末をした事がある。自分の垂れたべたべたした糞《ふん》を足拭きの切れの中に包み込んで、と云うのは砂の上にした時の要領で後脚で切れを蹴ったから包んだ様な事になったのだろうと思うけれど、大いに信用を害して後始末をした家内から叱られた。

それから後はふんし箱の砂の中へする事をよく覚え、二度としくじった事はなかったが、あんまり覚え過ぎて、しなくてもいい時にもする様になった。外から帰って来ると、急いでお勝手の狭い土間に置いてあるふんし箱の砂の中へ小便する。うちへ帰ってからしなくても、外にいくらもその場所はあるのだから、済まして帰ればいいのに、と家内がこぼす。さっき砂を代えたばかりなのにまた新らしくしなければならない。本当に事の解らない猫だと云う。

そうして砂だらけの足で上がって来たお勝手の板場や廊下を帚《ほうき》で掃いている。外へ出て行く時も同じ事で、砂箱にしゃがんでいると思うと小便をして、ちゃんと砂をかけて、そうした上で庭へ出て行く。庭へ行くなら庭でしたらよさそうなものを、と家内がぶつぶつ云いながら又砂を代える。

食べ物は、初めの内は私共の食べ残しを何でも食べていたが、一昨年の晩秋、まだ極く子供の時に風を引いて元気がなくなり、何も食べなくなったので私共が心配した。大磯の吉田さんの所へよばれて行った時の事なので、その前後をよく覚えている。家内が可哀想がって抱きづめにした。バタと玉子とコンビーフを混ぜて捏《こ》ね合わせた物を造って食べさしたら、なんにも食べなかったのにそれはよく食べた。それから元気になった。

ノラはこの世にうまい物があると云う事をその時初めて知ったかも知れない。

猫にやる煮魚は薄味の方がいいと云う事を聞いて、別に薄味に煮てやる様にしたが、煮たのより生《なま》の方がいいと又教わったので、生の儘《まま》やる様にしたら大変よろこんで食べる。猫を飼った経験がないので、そう云う事はよく解らないが、いわしは好きでないらしい。小あじの筒切りばかり食う。ノラは与えた食べ物をお皿の外へ銜《くわ》え出す事をしない。辺りをちっともよごさずに、お皿の中だけで綺麗にたべる。和蘭《オランダ》チーズの古いのがあったから、細かく削って御飯に混ぜてやったら大変気に入って、いつ迄もそれを続けた。丸い赤玉のチーズが無くなってしまったので、新らしいのを買って、又削って食べさした。

その内に御飯はあまり食べたがらなくなった様だから止めて、専《もっぱ》ら生《なま》の小あじの筒切りと牛乳だけにした。小あじは大概魚屋にあるけれど、うちへ来る魚屋に小あじがない日もある。そう云う時は近くの市場のいつも薬を取っている薬局に頼んで、同じ市場の中の魚屋から買って来て貰ったり、近所のアパートから区役所へ通っている未亡人に帰りの通り路の魚屋から買って来て貰ったりして間に合わせる。

生の小あじの筒切りのお皿の横に牛乳の壺が置いてある。彼は大概あじの方を先に食べて、それから後口に牛乳を飲む。一合十五円の普通の牛乳では気に入らない。どうかすると横を向いてしまう。二十一円のガンジイ牛乳ならいつもよろこんで飲む。生意気な猫だと云いながら、ついつい猫の御機嫌を取る。

その他、カステラや牛乳の残りでこしらえたプリンは食べる。ノラの一番好きなのは、いつも取る鮨屋の握りの玉子焼であって、屋根の様にかぶせてある半ぺらを家内が残しておいて、後で与える。ノラは私共が何か食べていても決してその手許《てもと》をねだる事はしない。後で与えるまで待っている。

こちらが済んで家内がお勝手に出て、流しの前の小さな腰掛に腰を掛け、さあお出でと云うとよろこんでその膝に両手を掛け、背伸びする様な恰好で長い尻尾を突っ立てながら、家内の手から玉子焼を千切って貰ってうれしそうに食べる。鮨屋の玉子焼は普通に家でつくるのと違い、河岸から仕入れて来る魚のエキスの様な物の汁が這入っているのだそうであって、猫の口にはうまいに違いない。そのよろこぶ様子が見たいので家内はいつでもノラの為に残して置く。

しかし鮨屋が出前の桶を届けて来て、ノラが坐っているお勝手の板場に置いても、ノラはそれに手を出した事はない。お勝手の棚にも上がらない。魚屋が届けて来た切り身が棚にあっても、ノラがそれを持って行ったと云う事は一度もない。

つまり食足りて礼節を知ったのだろう。落ちつき払って、動作がゆっくりしていて、萬事どうでもよさそうな顔をしている。考え込むと云う事のある筈はないが、一所にじっと坐り、何だか見つめて、学生が語学の単語の暗記をしている様な顔をしている事もある。

家内が手洗いに立つと必ずついて行って、戸口の外の廊下に坐って待つ。変に食い違った森蘭丸だと思う。出て来れば、さもさも待っていたと云う風に大袈裟な伸びをして、欠伸をして、後をついて歩く。

家が小人数だから、食べ物の遣り繰りは利かない。猫が食べなければその始末は私共がしなければならない。小あじを買い過ぎて残ったとなると、ノラにそう沢山押しつけても食べるものではないから、結局私共が酢の物にしたり天婦羅にしたりして頂戴する事になる。鮨屋の出前持ちがノラと昵懇《じっこん》なので、これをノラちゃんに上げて下さいと云って、身つきのいいあらを持って来てくれた。家内が煮て与えたらちっとも食わない。しかし大変いいあらなので勿体ないから、もう一度人間の口に合う様な味に煮なおして、私と家内でしゃぶった。

私は去年の内に二度、春と秋に九州へ行った。そのどっちの時であったか、又行きか帰りかもはっきりしないが、多分帰り途だったと思う。糸崎か尾ノ道かの辺りで寝台でよく眠れなくてうとうとしていた。夢ではなく、ぼんやりした頭でそんな事を考えたうつつだったかも知れない。通過駅の駅の本屋《ほんおく》の右手に物置か便所かわからないが小さな建物があって、そこの小さな、半紙判ぐらいな硝子窓にノラの顔が写っている。

非常に心配になって目が冴えてしまった。留守の間にノラがどうかしたのではないかと案じながら東京に帰って、東京に著《つ》いたらすぐにステーションホテルに寄る事にしていたので、クロークの電話で家へ今帰った事を伝え、同時にノラはどうしているかと尋ねたら無事で元気だと云うので安心した。

家へ帰って行くと、ノラは私を何日振りかに見て、ニャアニャアと幾声も続けて鳴いた。

元気でふとっていて何も心配する事はなかった。段段に大きくなり、おとなになった。家の中にいればのそりのそりしているけれど、庭へ出るとあっちこっちを非常な速さで馳け廻り、その勢いで一気に梅の木の幹を攀じ登ったりする。運動は不足していないだろう。そうして次ぎ次ぎにうまい物の味を覚え、贅沢になって猫の我儘《わがまま》を通している。目に見えて毛の光沢《つや》がよくなり、目が綺麗になり、目方は掛けては見ないけれど一貫目以上、後には一貫二三百匁はあると思われる様になった。

そうして去年の秋に生まれて初めての交尾期に入った。つまり、さかりがついたのである。家の中にいても業業しく騒いで外へ出たがる。家には猫専用の出入口がないので、それを造ればよその猫が這入って来る恐れがあり、這入って来ればノラと違って小鳥に掛かるかも知れないから造らなかったが、その為にノラの出這入りには一一こちらで戸を開けたり閉めたりしなければならない。出たい時は出たい様にせがむ。帰って来ればお勝手の戸をからだで押す様にして、軽くどんどん音をさせる。同時にニャアと云う。開け方が遅いと、這入る時にニャオと鳴いて遅いじゃないかと云うらしい。夜になって帰って来る時は、よく書斎の窓の障子の外に攀じ登って、書斎の次の中の間で机に向かっている私に声を掛ける。ニャアニャアと云うから起って行って、障子を開けるとそこに待っている。しかしそこから座敷を通ってお勝手へ行く事はしない。

「ノラや、帰って来たのか。あっちへお廻り」と云って障子を閉め、お勝手の戸を開けに行く間に彼は縁の下を斜に走って、もうお勝手口へ来ている。

仕事をしている時、何遍起たされたか解らない。書斎の窓へ上がるのは、庭から帰って来る時だろうと思う。

初めてのさかりがついた時は、その出這入《ではい》りが頻繁で、猫のサアヴィスに起ったり坐ったりしなければならなかった。

そんな時でもノラは仲好しの靴屋の藤猫と一緒に行動している。よく喧嘩をしないものだと思うけれど、一匹の雌猫を挟む様に坐り込んで、両方ともいい気持らしい。一寸《ちょっと》でも手を出そうとすると雌が怒って大変な声をする。「何をするのさ、このいけすかない青二才だよ」と云って引っ掻く。ノラは鼻の先を引っ掻かれて帰って来て、家内に何か薬で手当をして貰った。

その時のさかりでは、ノラは恐らく得る所はなかったのだろうと思う。それから寒い冬になり、ノラは家の中にいる事が多くなった。煖炉があるのでお勝手や廊下も余り寒くないし、又風呂場の湯槽の蓋の上には、いつもノラが寝る座布団が敷いてある。中のお湯のぬくもりでその座布団はいつでもほかほかと温い。その座布団にノラが寝ている上から、家内が風呂敷の切れの様な物を持って行って、掛け布団の様に掛けてやり、首だけ出してすっぽり包む。ノラはその儘の姿で寝入って、下の座布団と上の風呂敷の間から、両耳をぴんと立てて真面目な顔をしているのが可笑《おか》しい。私が湯殿に掛かっている手拭で手を拭く為に戸を開けると、眠っているノラが薄目になって半分目をさまし、眠たそうな声でニャアと云って私の気配に挨拶する。或《あるい》はくるりと上半身だけ仰向けになる恰好をして、頤《あご》を上に向けて、そこを掻いてくれと云う風をする。

そのつもりで戸を開けたのではないが、向うがそんな恰好をすれば、つい簀子《すのこ》を踏んでノラの傍へ行き、寝ている頭を撫で、頸筋から背中をさすってやりたくなる。さすりながら顔を寄せて、

「ノラや、ノラや、ノラや」と云う。別に寝ている猫を呼んで起こそうと云うつもりではない。もとの低い物置小屋の屋根から降りて来た野良猫の子のあんなに小さかったノラが、うちで育ってこんなになっている、それが可愛くて堪らない。「ノラやノラやノラや」と云って又さすってやる。

お正月が過ぎて二月初めの節分前後になると、又猫のさかりが始まったらしい。庭の向うや塀の上で、よその猫が変な声をし出した。すでに一度目のさかりを経験しているノラは、家の中や風呂蓋の上にばかり落ちついてはいられなくなったらしい。外には身を切る様な冷たい風が吹いている時、ノラがお勝手口の出口の土間に降り

て、ニャアニャア云って出て行こうとする。

「お前行くのか、この寒いのに」と云って家内はノラを抱き上げ、目糞がついている と云って硼酸《ホウサン》で眼を拭いてやってから、戸を開けて外へ出した。

中中帰って来ない事もあり、すぐ帰る事もある。帰って来ると家内はノラの足を濡れた雑巾で拭く。いつもそうするからノラも馴れていやがらない。小あじを食べ、牛乳を飲んですぐに風呂場の湯槽の蓋の上へ上がる事もあるし、家内に抱かれて合点の行かぬ顔をしている事もある。

「いい子だ、いい子だ、ノラちゃんは」

家内が抱いた儘《まま》お勝手から廊下を歩き廻る。顔を近づけると頰っぺたを舐める。或は抱いている家内の手頸を軽く嚙む。そこへ私が顔を寄せると、ざらざらした舌で私の頰っぺたまで舐める。

私の所は何年も前から、夕方暗くなると門を閉めてしまう。閉まっていても門を敲いたり、閂《かんぬき》をこじたりする客が時時ある。今年の二月初め、節分の前日にその門柱に瀬戸物の標札を打ちつけた。

春夏秋冬　日没閉門　爾後ハ急用ノ外オ敲キ下サイマセヌ様ニ

と書いた。しまいの所を、猫ノ外ハオ敲キ下サイマセヌ様ニとしようかと思ったが止めた。ノラは夜になってからでも出這入りするけれど、門を敲いたり、こじたりする必要はない。書斎の窓に上がって私を呼び出してもいいし、門から帰るなら門を攀じ登って、郵便受けの箱の上から屏に上がり、その上を伝って洗面所の前の木戸の所で、家の者の気配がすればそこでニャアニャア云ってもいいし、いつものお勝手口へ廻って、からだで軽く戸を押してもいい。いつでもすぐに開けて貰える。

冷たい風が寒雨を吹きつけた晩、ノラは家内が「およしよ」と云うのを聞かずに出て行った事がある。中中帰って来ない。十二時過ぎても一時になっても帰って来ない。まだ帰らないかと思ってお勝手の戸を開けて見ると、肌が凍る様な雨風が吹き込んだ。その晩は、私はいつもの通り遅く迄夜更しをしていたが、到頭帰って来なかった。一晩じゅう帰らなかったのはその時が初めてである。

しかし朝になって、お勝手に家内の気配がしたら、すぐに帰って来た。どこにいたのだろうと家内と話し合ったがわからない。雨がひどかったので、うちの廂の隅か縁の下にでもひそんでいたかも知れない。いくら寒くても、その時はそうしなければならない猫の必要があったのだろう。

二

三月二十七日水曜日

快晴朝氷張るストーヴをつける。

午後三時起四時前離床。昨夜は夜半二時過ぎに寝て今朝方六時から九時迄寝られなかったが、その後に熟眠してこんなに遅くなった。

三月二十八日木曜日

半晴半曇夕ストーヴをつける。夕方から雨となり夜は大雨。

ノラが昨日の午過《ひるす》ぎから帰らない。一晩戻らなかった事はあるが、翌朝は帰って来た。今日は午後になっても帰らない。ノラの事が非常に気に掛かり、もう帰らぬのではないかと思って、可哀想で一日じゅう涙止まらず。やりかけた仕事の事も気に掛かるが、丸で手につかない。その方へ気を向ける事が出来ない。それよりもこんなに泣いては身体にさわると思う。午前四時まで待った。帰って来たら、「ノラや、帰ったのか、お前どこへ行ってたのだい」と云いたいが、夜に入って雨がひどくなり、夜更けと共に庭石やお勝手口の踏み石から繁吹《しぶ》きを上げる豪雨になって、猫の歩く道は流れる様に濡れてしまった。

三月二十九日金曜日

快晴夕ストーヴをたく。

朝になってもお天気になっても、ノラは帰って来ない。ノラの事で頭が一ぱいで、今日の順序をどうしていいか解らない。夕方暗くなり掛かっても帰って来ない。何事も、座辺の片づけも手につかない。夜半三時まで、書斎の雨戸も開けた儘《まま》にして、窓の障子に射す猫の影を待っていたけれどノラは帰らなかった。寝るまで耳を澄ましてノラの声を待ったがそれも空《むな》し。

一昨日二十七日にノラが出て行った時の事を更《あらた》めて家内から聞いた。

私はその日は午後三時頃まで眠っていたが、私が寝ている間に、お午頃は家内はお勝手でノラを抱いていたそうである。その時ノラは昨夜から残してあった握り鮨の屋根の玉子焼を貰って食べた。一たん風呂場へ這入《はい》って寝て、暫らくすると、二時頃家内が新座敷でつくろい物をしている所へ来て、板敷から片脚を畳の上へ出し、滅多にした事がない程畳の上へ伸ばして、家内の顔を見ながら大きな声でニャアと云った。「行くのか」と云って家内が起ち上がろうとすると、先に立ってもう出口の土間に降りて待っている。家内は戸を開けてやる前に土間からノラを抱き上げ、抱いた儘で戸を開けて外へ出たが、物干場の方へ行くのかと思ったからそっちへ一足二足行くとノラは後ろの方を見て、反対の方へ行きたがる様だから抱いた儘そっちへ行き、洗面所の前の木戸の所からノラがいつも伝う塀の上に乗せてやろうとしたら、ノラはもどかしがって、家内の手をすり抜けて下へ降りた。そうして垣根をくぐり木賊《とくさ》の繁みの中を抜けて向うへ行ってしまったのだと云う。

三月三十日土曜日

薄曇後曇風吹く。未明近く雨。

昨夜は三時に床に就いたが丸で眠られない。ノラの事ばかり気になって、じっとしていられないから五時に起き出した。

七時半過ぎ家内は土手へノラが死んでいないか見に行ったが何もなかった由。玉子酒を飲んで寝なおして午後三時半に起きた。ノラは帰っていない。

毎日私が泣いて淋しがるので、家内がだれかに代る代る来て貰って一緒に御飯を食べる事にしてはどうかと云う。その気になって今日は平山君に来て貰った。

食膳の上は、一献中はまぎれたが、彼が帰った後、もうこの時刻では今夜もノラは帰って来ないだろうと思う。可哀想で淋しくて堪らない。

ノラが帰らぬ事で頭の中が一ぱいで、やり掛けた仕事の事も考えられないし、私の様な身体はこんな状態が続いてはもたないと思う。しかしどうしても自ら制する事が出来ない。寧《むし》ろこの上は身体の事仕事の事等に構わず、ただノラが帰るのを待ち、又帰る様にノラを探す事にする。その方が気持がらくだろう。

三月三十一日日曜日

快晴風吹く。

昨夜は三時に就褥《しゅうじょく》したが矢張《やは》り寝られず四時過ぎから起き直る。一寸した物音が一気に掛かり、ノラが帰ったのではないかと思って起って行って見る。よその猫の鳴き声も耳について気が疲れる。

うちの魚屋に小あじがない時は、時時ほかで買って来て貰うと前に書いた区役所の未亡人はお静さんと云う。お静さんに頼んで心当りの近所を探して貰った。家内はノラの仲好しの藤猫を飼っている靴屋へ様子を聞きに行ったりしたが解らない。靴屋へは昨日の朝も土手を見に行った時に寄って、そこの藤猫が四日間家に帰らなかったが今朝帰ったと云う話を聞いて来た。その時主人も顔を出して、おかみさんと一緒に、御心配で御座いましょうと云ったと云う。そう云ってくれる親切が難有《ありがた》い。しかし猫の事でそう云う挨拶を受けるのは少し可笑しくもある。

今日も空しく待って又夕方になり薄暗くなった。気を変えようと思っても涙が流れて止まらない。二十八日以来あまり泣いたので洟《はな》を拭いた鼻の先が白くなって皮が剝けた。猫の事で方方へ電話を掛けて意見を聞いているが、今夜は矢来《やらい》の某氏と大森の某女史に色色と教わった。

どこにいるか、いないか解らないノラに或は聞こえやしないかと思って、書斎や洗面所の窓を用もないのにわざわざ音を立てて開けたてする。そうしてのぞいて見て、見廻したそこいらにいないと涙が出る。或はその内いつか帰って来るかも知れないと思うのは、猫好き、猫を飼った経験のある家に問い合わせているが、皆口を揃えて必ず帰って来ると云うから、こちらもそう思いたい。しかし先の事でなく、今すぐ帰って来なければいけない。いつものお勝手の戸にぶつかってニャアと云うか、夜になってからなら中の間で仕事をしている時何度もそうして私を起たせた様に、書斎の窓へ帰って来て、可愛い声で人を呼んでニャアと云うか、或は洗面所の窓の外の木戸の柱に攀じ登ってニャアニャアと云うか、なぜ今夜もそうして帰って来ないのか。そう思うから又書斎の窓を開けて見る。夜半過ぎの風が吹き込むばかりでノラはいない。

或る製薬会社から送って来た精神神経鎮静剤の試供品をのんで寝ようかと思うけれど、それが利いてぐっすり眠り込むと、ノラが帰って来てもその物音や鳴き声が聞き取れないかも知れないと考えて躊躇する。

三

四月一日月曜日

快晴ストーヴをつける。

ノラは未だ帰らない。人に聞いた話や近所の猫の様子等から、或は無事に帰って来るかとも思う。しかしふだんのノラの習性や食べ物から考えると疑わしくもある。こちらでいくら心配しても、猫には猫の社会があるだろうと考えたい。こないだからそう考えたいと思っているけれど、それには先ずノラが無事である事が先決である。それが解らないから矢張《やは》り心配する。

今日も夕方になったが、なおノラは帰らない。方方の窓でエヘンエヘンと咳《せ》き払いをする。或はノラが私の咳き払いの声を聞いて帰って来ないかと思う。

今夜は少し早目に寝ようと思ったが、矢張りそうは行かない。夜半過ぎ三時迄ノラの鳴き声、物音を待った。仕事をしている時なら三時は珍らしくないが、一日じゅう何もせずにただノラを待って、夜が更けて、淋しいなりに枕に頭をつける。今頃ノラはどこにいるのだろう。あの合点の行かない顔をして、どうしているのだろう。

四月二日火曜日

快晴。夕方も快晴。

昨夜は三時に寝たが五時に目がさめた。髪の毛の様な細いかすかな声でノラがニャアと云った様に思われた。空耳かと思いながら耳を澄ましていると、もう一声同じ声で鳴いた様な気がしたので起き出して、勝手口を開けて見た。もう夜が明けた所で、そこいらに灰色の陰はあるけれど、どこ迄も見えるがノラはいない。それから寝られず。

一体家のまわりに、よその猫も野良も一匹もいない。丸で猫の気がなくなった。一匹あぶれた様に鳴いていた雌もどこかへ行ってしまった。家内はノラが出て行くのが一日遅かったら、この雌に構って遠くへ行かなかっただろうと残念がった。その雌もいなくなった。

今日も日暮れになって外が暗くなっても、夜半を過ぎて三時になってもノラは帰って来ない。出て行ってから今日でもう一週間経った。

四月三日水曜日

快晴風そよぐ。ストーヴをつける。

今日もまた蚊の鳴く様な声でニャアニャアと云っている様な気がして五時に目がさめた。耳を澄ますとその鳴き声が非常に規則正しく繰り返すので、何だかわからないがノラではないと思う。

ノラと同じ日からいなくなったと云う近所の八百屋の猫もまだ帰って来ないと云う。そう云う話に一縷《いちる》の望みを託す。夕方暗くなりかけると又堪《た》え難い気持になる。明るくても暗くても猫に取っては同じだと思うけれど、こちらの気持で夕方は悲しい。窓に影が射し、勝手口に物音がするのを待ちながら、夕餐《ゆうさん》を始める。十時半頃になって今頃はこの三畳の茶の間と廊下の境目にノラはよく来て坐っていたと思う。その姿や様子が目に見える様な気がする。人の穿くスリッパアも占領し、その上に坐って、その内に居睡りを始める。暫らくすると膝を屈げ、香箱を造って寝入る。人の出這入《ではい》りで目をさませば、大きな欠伸をして、四つ足を突っ張って伸びをする。今頃はどこのどんな所であんな顔をして居睡りをしているのだろうと思う。

四月四日木曜日

快晴

昨夜は未明四時過ぎに枕に頭をつけたが、漸《ようや》く朝六時頃から眠った。眠りつく迄ノラの事で非常に気持が苦しかった。これではもう身体がもたぬと思う。昼間じゅう寝て四時過ぎに起きた。夕方平山からの電話の時、猫捕りに持って行かれたのではないか、居酒屋のあすこのおやじさんがそう云ったと云う。それは今まで考えなかった事ではないが、そう云われて又悲しくなり、暗くなるまで声を立てて泣いた。何の根拠でそんな事を云うのか。馬鹿が、もう殺された猫をまだ探していると云うのか。そうかも知れないけれど、そんなあやふやな事を、知らない事もない今の私に伝えてどうしようと云うのだろう。

淋しいから清兵衛さんに来て貰おうと思う。頼もうと思ったがもう電話先にいなかった。しかし後で聯絡がついて十時過ぎてから来てくれた。夜半二時頃彼が帰った後矢張り淋しくなり、いつもノラが眠っている様な眠っていない様な顔をして茶の間の境目に坐っている俤《おもかげ》を思い出し、到底堪らないから又泣いて制する能《あた》わず。

四月五日金曜日

晴薄日半曇。ストーヴをつける。

何をする気力もなく、座辺の物を動かすのも面倒臭い。ノラは今どこにいるのか。うちへ帰れなくなったのか。

彼がいつも帰って来ると、お勝手の土間から上がったら真直ぐに茶の間の襖の所まで来る。その通り路に小あじや牛乳が置いてあっても先ずこっちへ来て、顔を出して一声ニャアと云う。私に向かって「只今」と云っている様に思われる。

襖が閉まっていて中が見えなくても、ノラはその順序を省略しない。襖へ顔をぶつける所まで一たん来てから引き返す。

それから小あじや牛乳の所へ行く。

思い出すまいと思っても、つい思い出す。今日は夕方暗くなる頃から平山に来て貰う様に頼んである。

四月六日土曜日

快晴

もうノラが帰って来る見込みは薄くなった様に思う。ノラが出て行った翌《あ》くる日の晩の大雨が恨めしい。あの雨で道が濡れて帰って来られなくなり、その儘迷い猫になったのではないか。どこか、知らない家の勝手口から這入って、腹がへっているのでその家の人に、いつもの様な様子でニャアニャアと食べ物をねだっているのではないだろうか。そう云う事を思うと可哀想で堪《たま》らない。夕方平山と小林君来、清兵衛も来たり加わる。皆私の為にお膳に加わってくれたのである。

朝日新聞の案内広告に猫探しの広告を出そうと思う。その文案を作った。

　　麹町界隈薄赤の虎ブチに白
　迷猫
　　尻尾は太く先が曲っている
　お心当の方はお知らせ乞猫戻れば
　乍失礼呈薄謝三千円電33ａｂｃｄ

四月七日日曜日

快晴

朝六時前、書斎の窓が音がした様な気がした。すぐに起き出して見たが、ノラが帰ったのではない。

昼間私が寝ている間に、平山と菊島が二人で界隈を探し歩いてくれた。

ノラが風呂場の湯槽《ゆぶね》の蓋の上に寝ている時、いつも行って頭を撫で頤の裏を掻いてやった事を何べんでも思い出す。ノラやノラやノラやと云うと、グルグル咽喉を鳴らして頤を伸ばす。ノラの頭に顔をくっつけて、ノラやノラやノラやと云いながら、もう今はないもとの低い物置の屋根から降りて来た初めの頃を思い出して可愛くて堪《たま》らなかった。或《あるい》はもう帰って来ないのではないか。

平山と菊島が朝日新聞社へ、昨日書いて置いた案内広告の原稿を持って頼みに行く行きがけに近所の行きつけの床屋へ寄って、同文の張り紙を貼って貰う様頼む事にした。

二人がその事で出掛ける前、知らない女の子が二人来て猫の消息を知らせた。さっき道ばたで頼んだ反響である。又どこかのお婆さんが来て、そこの番町学校の前の空地に似た様な猫が死んでいると知らせた。家内が菊島とすぐ見に行ったが、違っていたそうである。

それから平山菊島二人が出掛けて、夕近く帰って来た。新聞に案内広告が載るのは四月十日だと云う。

一緒にお膳についた。一献している間も何だか引き寄せられる様に又風呂場へ行きたくなり、行けば又泣き出す。ノラが帰らなくなってからもう十日余り経つ。それ迄は毎晩這入《はい》っていた風呂にまだ一度も這入らない。風呂蓋の上にノラが寝ていた座布団と掛け布団用の風呂敷がその儘《まま》ある。その上に額《ひたい》を押しつけ、いないノラを呼んで、ノラやノラやノラやと云って止められない。もうよそうと思っても又そう云いたくなり、額を座布団につけて又ノラやノラやと云う。止めなければいけないと思っても、いないノラが可愛くて止められない。

見っともないから泣き顔を隠したいと思うけれど、隠し切れぬ儘で又二人の前に戻る。

四月八日月曜日

快晴

朝五時半庭で雄猫が喧嘩する声で目がさめた。その一方の声がノラにそっくりなので帰って来たかと思い、家内も目をさまして起き出して見に行った。屛の上に二匹いたがノラではなかった由。

午後二時前に起きた。目がさめる直前の夢に、ノラを抱いているとノラは薄ぎたなくよごれた両手を前に出して、子供がする様に家内に行こうとした。いつ迄もその夢が尾を曳いて、しまいには夢ではなかった様な気がし出した。

四時半過ぎ家内がお勝手にいたら、しゃがれた声で二声ばかりニャアニャアと鳴いたので、あわてて外へ出てそこいらを探したがいなかったと云う。飲まず食わずでいればあんな声になるだろうと云う。気に掛かるので私も庭へ出て二人で隅隅まで探したがいなかった。

夕菊島と小林が来てくれた。

ノラが小さい時、横の物置の戸の小さな穴から出たり這入ったりした。食べ物をそこへ持って行ってやり、蜜柑箱の中に寝床を造ってやったりした時の事を思い出す。秋が段段寒くなり、小さなノラが風を引いて可哀想で大騒ぎをしてなおしてやった。その時家内がノラを抱いてばかりいたのがきっかけで、ノラはこっちで住む様になった。今ノラはどこにいるのか。ノラを待って、ノラが帰らぬ儘で毎晩寝るのがつらい。

ノラがいつも遊んでいた庭は、昨日今日あたりが花盛りである。ノラは庭から外へあまり出なかったので、いれば花を散らして飛び廻っているだろう。彼岸桜は少し前から咲いて居り、それに吉野も咲き始めた。ゆすら、雪柳、ぼけ、山吹、桃も桜と同時に咲き出した。その他、芽ぶき柳、から松の新芽等、家内が一一それを私に知らせる。それがうるさくて仕様がない。つい目を上げて庭を見て、咲き盛った花を見ると、何だかげえげえ云いそうな気持がする。

私があまり気を腐らしているので家内も持てあますらしい。「尻尾を引っ張ったり、仰向けに蹈んづけたり、いじめてばかりいるから、それ程可愛がっているとは思わなかった」と云った。

四

四月九日火曜日

快晴

昨夜は明け方の四時に就褥したが、うとうとしただけで終《つい》に眠られず、寝ていてノラを風呂場の座布団の上で抱いている様な事ばかり思う。起き出して風呂場へ行きたくなるのを辛うじて制した。

もう気をかえなければいけない。今日で十四日目である。今に身体がどうかなるにきまっている。

夕平山来。麴町界隈の見当の床屋及びパアマネント屋等に張り出して貰う文案を、今朝電話で云ったのを半紙に数枚書いて来てくれた。その文案は次の通り。

猫ヲ探ス

その猫がいるかと思う見当は麴町界隈。三月二十七日以来失踪す。雄猫。毛並は薄赤の虎ブチに白毛多し。尻尾の先が一寸曲がっていてさわればわかる。鼻の先に薄きシミあり。左の頰の上部に人の指先くらいの毛の抜けた痕がある。「ノラや」と呼べばすぐ返事をする。お心当りの方は何卒《なにとぞ》お知らせを乞う。猫が無事に

戻れば失礼ながら薄謝三千円を呈し度《た》し。　電話33abcd

一時頃平山が帰った後、もう色色の事を考えまいと思っているけれど、つい頭に浮かんで涙が止まらない。家内がお勝手でノラを抱いて、「いい子だ、いい子だ、ノラちゃんは」と歌う様に云いながらそこいらを歩き廻ると、ノラは全く合点の行かぬ顔をして抱かれていた。その様子の可愛さ。思い出せば矢張り堪らない。

四月十日水曜日

快晴ストーヴをつける。夜小雨。

夜半二時半過ぎて寝て四時半頃何かの物音で目がさめた。まだ外は明かるくなっていないだろう。毎日日暮れと今頃の夜明けが一番つらい。

夕平山と菊島来。近所の新聞配達店へ折込み広告の事を聞きに行き、それからこの前頼みに行った行きつけの床屋へ廻って、近所の方方の床屋へ昨日平山が書いて来た掲示を廻してくれる様頼んで来た。

新聞の案内広告は関係のない範囲にまで広がるだけで利き目が薄いから、今度はこの界隈に配る配達店の折込み広告にしようと思う。

週刊新潮の告示板の欄にも出そうと思って、一旦そのつもりになったが、止めた。

四月十一日木曜日

曇　風吹く。

昨夜はずっと起きていて、朝の五時半、明かるくなってから寝た。床に就く前から何となくノラが帰って来る様な気がし出した。午後の二時に起きたが、夕方になると矢張りどこへ行ったのかと思う。書斎の窓を開けてノラやノラやと呼んで見る。さわさわと風が吹くばかりでノラはいない。

夜が更けて、もう寝なければならない。寝る前になるとノラがいないのが堪えられなくなる。今頃はどうしているのだろうと思って涙が止まらない。

四月十二日金曜日

曇後春雨。夕方から大雨になる。

昼間寝て夕方近く起きたが、昨日から今日へ掛けて同じ事ばかり思い返す。家内がノラを抱いて、茶の間の襖を開けて見せに来る。ノラはこちらを見る事もあり、そっぽを向いている事もある。そっぽを向いていてもノラやと呼ぶと、家内の前掛けに垂れている尻尾の先を頻《しき》りに揉んだり、尻尾で前掛けを敲いたりする。その様子を思い出し、又繰り返して思う。今日で十七日目である。センチメンタルだとか、感じ方が大袈裟だとか、思い切りが悪いのだとか、色色考えるけれど、どうしても気をかえる事が出来ない。病気なのだと思い出した。昨夜家内との話でそうときめて、今朝早く小林博士にそのおつもりでお手当て下さる様頼んだ。小林博士は明後日来診の予定である。

夕平山来。後から小林君来。小林君に新聞折込み広告の印刷の件を頼み、原稿を渡した。文案は四月九日欄の床屋の張り出しと同じで、ただ末尾に次の一項を加えた。枚数は三千枚。

番町附近デ真黒ナ雌猫ヲ飼ッテ居ラレルオ宅ノ方ニオ願イ申シマス。誠ニ恐縮ナガラ右ノ電話33abcdマデ一言オ知ラセ下サイマセンカ。ソノ黒イ猫ニツイテ出テ行ッタ様ニ思ワレマスノデ。

二人が帰った後、寝る前になって、よそうと思っても制する能わず、風呂場に這入《はい》りノラのいない座布団に顔をつけてノラやノラやと呼ぶ。もとの物置の屋根からちょこちょこと降りて来る小さかったノラの姿を見る様な気がする。

四月十三日土曜日

曇薄日曇。夜通り雨。夜半十二時頃非常に強く降る。

夕平山来。毎日の事にて誠に済まぬと思う。しかしまだ一人でお膳に向かう勇気はない。

ノラは随分可愛い顔をしていたので、写真に撮っておいて貰おうと思った事がある。いなくなるなら、写真に撮っておけばよかったと思う。

しかし写真なぞ無い方がよかったとも思う。

四月十四日日曜日

快晴　風吹く

未明四時過ぎに目がさめて眠られない。書斎の窓に音がした様な気がする。しかしいつも一つずつで後がないから違うかと思う。或は風が吹いて何かこすれたのかも知れない。

夕小林博士来診。先日来の事をよく訴えておいた。

夕平山来。矢張り寝る前になると、ノラは今頃どこであんな顔をして寝ているのだろうと思う。或は目をさまして、うろうろしているかと思う。

ノラが茶の間にいる私の方を見ながら、廊下の柱や壁や、家内が通り掛かれば家内の足もとに身体を擦りつける様にして甘えた恰好が目に浮かぶ。

四月十五日月曜日
快晴
ノラの両肩に紐を掛けてつないである所へ家内が行ったら、ノラは家内を見てニャアニャアと続け様に鳴いている。昨夜寝る前にうつつでそんな気がしたのか、寝てから夢に見たのかわからない。
今日は風呂を立てる事にした。家内だけでも這入らせるつもりである。その為に風呂場のノラの座布団を片づけさした。ノラがいなくなってから、それ迄は毎晩這入っていた風呂にも這入らず、顔も二十日間一度も洗わない。今日は顔だけは洗おうかと思う。
夕方近く洗面所の前の屏の上にノラに似た猫がいた。違うとは思うけれど、じっと見ていると似ている様な気がする。痩せて貧弱だが、ノラももうその位は痩せたかとも思われる。余り気になるので家内に追って貰ったら、隣りの庭へ降りて行く後姿の尻尾が短かかったので違う事がはっきりした。
夕顔を洗った後へ清兵衛来。
遅くなって清兵衛の行った後思う。今頃はノラが帰りたいと思ううちへ帰って来る事が出来ないのではないか。猫は家につく犬は人につくと云う。だから猫は引越ししても元の家に残ったり、火事の時は家の中へ這入って行って焼け死んだりするそうである。ノラも帰りたいに違いない。それが帰って来る事の出来ないどんな所にいるのだろう。涙で顔が熱くなった。

四月十六日火曜日

朝薄曇午後曇

昨夜三時に寝たのに四時半に目がさめた。夜明けに目がさめると、頭の中がノラの事で一ぱいで苦しい。

夕平山来。一緒に近所の床屋へ行って、道道ノラの影を探した。

十二時過ぎて平山が帰った後、硝子戸の向うの庭でいつも来る貧弱な雌猫が鳴いているのが、その声が若く調子もノラに似ているので気に掛かり、あれは違うと思い切る事が出来ない。家内を呼んで行って見させた。家内は違うから追っ払って来たと云った。

就褥前又又風呂場へ這入り、すでにノラが寝た座布団を片づけた後の風呂蓋に顔を押しつけて、ノラやノラやノラやと呼びながら、物置の屋根から降りて来た姿を彷彿して涙止まらず。今日の夕刊各新聞に十二日欄記載の折込み広告をした。

四月十七日水曜日

曇雨半曇。風寒し。ストーヴをつける。

朝五時半、突然大雨が降り出した。通り雨だったらしい。もしノラが野天に寝ていたらノラの耳が濡れただろう。そんな事が気になり、以前は雨の音が好きだったのに近頃は楽しく聞けない。

又寝つづけていると八時半頃昨夕の折込み広告に就いて電話が掛かって来たので目がさめ、ぐずぐずしていられないので起き出した。菊島に頼んでその電話をかけてくれた二松学舎前の某家へ見せにやった。その時猫はいなかったそうだが、どうも話の模様がノラらしく思われるので、午後又菊島を呼んで家内と一緒に見せにやったが、猫がそこいらにいなくて解らなかった。

その他市ヶ谷駅前から法政大学へ行く土手沿い道の一軒からも知らせてくれたので、すぐに菊島に行って貰ったが違っていた。

その帰りに菊島はもう一度二松学舎の前へ行って見たそうだが、家の人の話によるとその猫は頸輪をしていたと云うのでノラでない事を確認した。

夕方近くなって四番町の某家から電話があったので又菊島に行って貰ったが、違っていた。

その後で同じく四番町の別の某家から電話があったから、今度は家内がすぐに馳け出して行ったが、菊島の見に行った某家の隣りだったので、ノラではない同じ猫が隣りから渡っただけの事らしい。

夕方上智大学内の調理場から知らせを受けた。丁度例の行きつけの床屋へ張り紙の事で行っている平山と落ち合う様に打ち合わせて家内が馳け出し、一緒に上智大学へ行ったが猫はいなかった。

その他番町学校内から昨夜と今日と二度電話をくれたけれど、それもノラではない。

一日じゅうその事でくたくたに疲れた。

四月十八日木曜日
快晴
午十二時過ぎ電話の音で目をさました。電話は区役所の平河町出張所とかで、前週末土曜日十三日に麹町六丁目の往来で猫が死んでいたのを、今週の月曜日に片づけた。似ている様に思われるので、或はそうではないかと思いお知らせすると云ってくれた。
或はそうかも知れないが、今までに死んだのを見ても又生きているのを見に行っても、みな違っていた。その上、十三日ではノラが出て行ってから十八日目である。どうもぴったりしない。
平山の奥さんみち子さんがその六丁目へ廻って、小間物屋の主人に聞いた所では、その人は猫好きで往来で死んだ猫を見たけれど、この印刷物に書いてある猫とは違うと云ったそうである。
山王様の下の交番のお巡りさんが、猫探しの印刷物を見て、十二枚持って来れば方方の交番へ貼ってやると云ったそうで、みち子さんが折込み広告の残りを持って行ってくれた。
夕方多田君が迎えに来てくれて、家内と一緒に山王様の山の茶屋へ行った。小宮さんからよばれていたのである。留守居はお静さんである。お静さんから山の茶屋へ電話を掛けて来て、六丁目の質屋に似た様な猫がいる。今抱いているからすぐ見に来いと云ったそうで、家内が近所の酒屋の娘さんに電話してその間の留守番に来て貰う様に頼み、お静さんが行って見たが違っていた。
その席上、同座の法政大学総長の大内さんが、自分も雄猫ばかり三匹飼っているが、一月ぐらい帰って来ない事は普通です。きっと帰って来ますよ、と云ってくれたのが非常に力になってうれしかった。
四月十九日金曜日
雨曇又時時雨
ノラはまだ帰らない。自制しているけれど時時思い出して涙が止まらなくなる。止むを得ない。

昨日の産経時事新聞に短かい記事でノラの事が出たと云う。それに就いてＮＨＫから明日のお午の放送でノラの事を云いたいと諒解を求めて来た。或はノラ探しの役に立つかも知れないと思い、よろしく頼んだ。

夕方平山来。十二時近く平山が帰った後、矢張り三月二十七日の昼ノラが木賊《とくさ》の所から行った事を思い、お勝手口へニャアと云って帰って来ない事を思い、家内が「ノラちゃんは」と抱いていた事を思い、いつ迄も涙が止まらない。寝る前風呂蓋に顔を伏せてノラやノラやノラやノラやと呼んで泣き入った。

四月二十日土曜日
薄日曇。暖風吹く。通り雨。

ＮＨＫ十二時三十分の「こんな話あんな話」でノラの事を放送した。家にはラジオがないので、知った家のラジオに電話の受話器をあてて貰って聞いた。

今夕はだれも呼ばずに一人で夕食するつもりであったが、起きて見ると淋しくて到底堪えられそうもないので、又平山を煩わす事にして家内から彼に頼んだ。

夕方新座敷で平山を待つ。通り雨の降ったり止んだりする庭が誠に美しい。いい心持で眺めている内に、今この暮れ残った庭の濡れた石を伝ってノラがとことこと帰って来る様な気がし出した。ついで、こんな濡れた庭でなくお天気の好かった三月二十七日の昼、木賊の中からこの庭の向うに出て、屛を登って行ったのだろうと思い出し、庭を見ているのが堪らなくなって家内に障子を閉めさした。

まだ目が熱い内に平山が来てくれた。

夜半を過ぎ、平山が帰ってから間もなく、十二時四十分に某氏から深夜の電話が掛かって来た。

家内が電話を受けた。

向うの云った事は後で家内から聞いたのだが、家内の返事はその儘《まま》聞こえる。

「先生は御機嫌はいかがですか」

「いけませんので」

「猫は戻りましたか」

「いいえ、まだです」

「もう帰って来ませんよ」

「そうですか」

「殺されて三味線の皮に張られていますよ」

「そうですか」

「百鬼園じじい、くたばってしまえ」

暫らくしてから、

「尤《もっと》もそう云えば僕だってそうですけれどね」

家内が返事をしないので、大分経ってから、「それでは」と云って向うから電話を切ったと云う。

酔余の電話だろうと思う。しかし酔った上の口から出まかせくらい本当の事はない。彼に取って、家でこんなに心配している猫が帰るか、帰らぬかはどうでもいい。

五

四月二十一日日曜日
快晴。夜半から雨降り出してさみだれの如し。

朝しきりに靖国神社境内が気になり出した。ノラがうろついているか、或は死んでいるのではないか。後で思うと今日から例祭が始まり、花火の音が寝ている耳に入ったのかも知れない。

七時頃から目がさめて、もっと寝なければいけないと思っても寝られなくなっているところへ、近所の某氏がノラの事で来てくれてベルを押し、木戸の所で家内と話しているのが気に掛かった。結局眠れないから起き直った。

十時十五分頃電話が掛かって来た。初めよく聞き取れなかった様だが警察署かららしい。麹町五丁目の某と云う家へ行って見ろと教えてくれた。又四丁目の交番からも電話があった。

家内がすぐに馳け出してお静さんを頼みに行った。日曜日なのでお静さんはアパートにいたから早速行ってくれた。

十一時半頃、お静さんから電話が掛かって来た。ノラがいたと云う。

その電話を受けた家内は電話の前で泣き出した。泣きながら、

「ノラ、お前はそんな所にいたのか」と云った。

傍にいる私の耳に猫の鳴き声が電話を伝って聞こえた。お静さんが抱いているのだと云う。抱いた儘で電話を掛けているのだろう。お静さんはよく私の所の留守居をしてくれて、家内もいない時はしょっちゅうノラを抱いているから、お静さんがそう云うなら間違いはない。家内はすぐに連れに行った。

歓天喜地、身の置き所のない思いである。探して待った甲斐があった。このうれしさを何にたとえよう。家内が行った後、電話の前に一人で坐って嬉し泣きに泣いた。涙で両頰が洗った様になった。しかし泣いても構わない。涙が出ても構わない。滅多に経験した事のないうれし涙である。

もとからノラと仲好しの氷屋の息子が丁度来ていたので、五丁目は近いからすぐに自転車で見に行って貰った。

氷屋はじきに帰って来て、ノラに違いないと云う。もう大丈夫である。

平山に知らせようと思って、呼び出しの電話で呼んで貰ったらみち子さんが出た。日曜日なので子供を連れて出掛けたと云う。みち子さんにノラがいた事を話そうと思ったが、うれし涙にむせて、声が途切れて、口が利けなかった。切れ切れにノラが見つかったと云う事だけを伝えた。

もう大丈夫、明日からと云わず、今すぐから立ち直れると思う。警察署から又電話があって、もうその家へ行ったかと尋ねてくれた。猫探しのビラを見てその手配がしてあると云った。

家内が今その家へ連れに行っている。御配慮に感謝すると御礼を云った。

ノラが帰ったら今度はすぐに頸輪を嵌めなければいけない。出歩くのは矢張《やは》り勝手にさせたいが、迷った時に目じるしがなければいけない。頸輪に所番地と、うちの飼い猫だと云う事と、電話番号を入れよう。

まだ知らせなければならない所が方方にあるが、今日は日曜日で役所や会社にいないから、明日にしよう。

中中帰らぬので、少し心配になりかけた所へ、途中から家内の電話で、ノラではないと知らせた。

全身の力も魂も抜けた思いである。気を取りなおして、警察署に電話を掛け、違っていたから手配を解かぬ様にと頼んだ。

平山から電話が掛かって来た。私からノラではなかったと伝えた。子供を連れて白木屋へ行っていたのだそうである。みち子さんが後から馳けつけて、アナウンスで平山を呼び出したが、みち子は非常に興奮していたと云った。おじいちゃんは家でよろこんで泣いていると云った。

夕方平山来。後からじきに石崎来。石崎に私の手ですき焼きを煮て食べさせようと、かねてから思っていた事を実行したのである。今日の様な気持の激動のあった日に当たり、却ってよかったかも知れない。

彼等が帰った後、さみだれの様な雨の音に取りかこまれて、探しそこねたノラはどこにいるかと思う。寝る前一たん閉めた書斎の窓を又開けて、雨の降っている庭に向かい、ノラやノラやと呼んでも雨の音しかしない。

四月二十二日月曜日

雨　時時やみて又降る。

昨夜は枕に頭をつけてから、涙止まらず、子供の様に泣き寝入りをした。雨の音がいけない。

午十二時半過ぎ電話にて番町学校の向う側の町内某家から、初めは黒い雌猫と、後には別の雌と一緒に来る猫がノラに似ていると知らせて来た。家内がすぐに行ったがその時はいなかったので又出なおす事にした。
夕方一番町の某家から、黒い雌と一緒に来る猫が縁の下にいる。一度見に来ないかと知らせてくれたので家内がすぐに行った。中中帰らない。少し心配したがその内帰って来て、その心当りの猫は丁度いなかったが、そこの庭でノラに似た鳴き声を一声聞いた。もう一度鳴けば解ると思ったけれど、もう鳴かなかったと云う。又行く事にして帰って来た。
今晩のお膳は一人で、家内だけが相手である。

四月二十三日火曜日
雨
ひどい寝不足だが、寝直せば今夜が寝られなくなり、雨は降っているし、又非常につらい目を見なければならないだろう。
夕平山と後から小林君来。今夜は一人でないからその間は気がまぎれる。

四月二十四日水曜日
曇時時小雨。夜雨。
朝五時目がさめた時、家内も目をさまして、今ノラの夢を見たと云う。陳列戸棚の様な所の前にノラがいて、家内を見ると急いで家内の方へ来ようとしたと云う。ただそれだけの事だが、急いで来ようとしたと云うのが可哀想で涙が止まらなくて、もう寝られなくなってしまった。あまり思いつめない様にしないと身体がもたぬと思うけれど、どうにもならない。

菊島に電話をかけて、お午の休みに一昨日の一番町の某家へ見に行ってくれる様頼んでおいた。

ノラが出て行ってから今日で二十九日目である。今日帰るか今帰るかと待ちつくして一ヶ月経った。しかしまだ必ず帰って来ると思う。世間にその例がいくつもある事を聞いている。

六

四月二十五日木曜日

雨　時時やみて又降る

もう気をかえ、気分を散らして平静になろうと思う。又是非そうしなければならない。しかしノラの為に為《な》す可《べ》き事は今後とも少しも手をゆるめないで続ける。

一日じゅう頭の工合が悪い。夕方平山来。

もう余り考えまいと思っているけれど、又二三の事が思い出されて、平山の帰った後泣き続けた。

四月二十六日金曜日

晴曇晴曇。夜雨。

今朝も昨日からの続きでくよくよして、涙が流れて困る。夕方近くなり、夜に入れば、一寸したはずみで又新らしく涙が出て、ノラがいつもいた廊下を歩くだけで泣きたくなる。雨の音が一番いけない。

四月二十七日土曜日

雨

ノラがいなくなってからの一ヶ月目はすでに過ぎたが、今日はその同じ日の二十七日である。

十時過ぎノラらしい猫の心当りを知らせる電話が掛かって来た。菊島をすぐよこして貰う様彼の勤め先へ頼んだ。菊島が三番町の某家へ行ってくれたが、全然違っていると云う。

ノラ探しの第二回目新聞折込みの印刷物が出来て来ているので、新聞配達店と麴町警察署といつもの床屋へ菊島に持って行って貰った。今度も印刷枚数は三千である。

今一度
迷い猫についてのお願い
一、その猫は雄。名前は「ノラ」。「ノラや」と呼べば返事をします。
二、からだは大ぶり。三月二十七日失踪までは一貫二三百目ありました。
三、動作がゆっくりしていて逃げ出さない。
四、毛色は薄い赤の虎ブチで背にも白い毛が多く、腹部は純白。
五、尻尾は太くて長い。先の所がカギになって曲がっています。
お見かけになった方はどうかお知らせ下さい。猫が無事に戻れば失礼ながら薄謝三千円を呈したし。電話33abcd

ぐるりの枠に猫が帰るおまじないの「たちわかれいなばの山のみねにおふる、まつとしきかばいまかへり来む」の歌を、赤色の凸版で刷り込んだ。

又この第二回の前に、四月十六日に配った第一回の後、近所の学校の子供に渡す謄写版刷りを造った。子供相手なので、若い菊島に頼んで今の新仮名遣いで書いて貰った。

みなさん

ノラちゃんという猫を
さがしてください！

その猫がいるらしい所は麴町あたりです。ねこの毛色はうす赤のトラブチで白い毛の方が多く、しっぽは太くて先の方が少しまがっていて、さわってみればわかります。鼻の先にうすいシミがあります。左のほっぺたの上にゆびさきくらい毛をぬかれたあとがあります。「ノラや」と呼べばすぐ返事をします。もしその猫を見つけたら、NKN K堂文具店に知らせてください。その猫がかえってきたら、見つけた人にお礼をさしあげます。

夕五時過ぎに九段から電話が掛かり、ノラらしい猫がすっかり弱っているので、お魚を煮たり肉を煮たりしてやっても食べないので、こちらから食べさしたら食べた。それで少しは元気がついたのか、今迄お座敷にいたのが今見るといないけれど、探しているから見つかったらお知らせすると云ってくれた。大きな猫で飼い猫に違いないと云った。

今日の夕刊の折込み広告で知らせてくれたものと思う。

ノラが家へ帰れなくなって弱っているに違いないと思われ、可哀想で堪《たま》らない。ノラが迷い猫となっていれば、この猫はどこかの飼い猫に違いないと思って親切に可愛がってくれる家があったとしても、ノラがうちで食べている様な生の小あじやガンジイ牛乳を与えてくれる家はどこにもないだろう。こちらから申し送ったのでない限り、そんな事がある筈がない。ノラはその外の物は常食としては食べなかったから、日が経つにつれ、一ヶ月も過ぎれば段段衰えているに違いない。或はひょろひょろしているかも知れない。そうしてうちへ帰って来る道が解らなくなっているのだとすれば、一日も早く見つけてやる外はない、可哀想で泣き続けた。頭が変になりそうである。

四月二十八日日曜日

曇半晴曇

朝十時過ぎ町内の某邸からノラらしい猫がいると知らしてくれて、すぐに家内が出掛けた。その後三度電話をくれ、家内も結局三度行ったが、三度目にその猫がいたので見たら違っていた。

九段四丁目からも電話で知らしてくれたが、それも違っている様だから見に行かなかった。

頭が痛い。夜はお膳の前にうたた寝をした。起きて寝なおした後、廂のトタン屋根を猫が歩いている様な音がして気になった。

四月二十九日月曜日

快晴

朝八時、猫の電話で目がさめた。いつも来る水菓子屋の近所なので頼んでその店へ行って見て貰ったが、違っている事が解った。

今日は何となく気が軽い。麹町一丁目の知らない主婦から親切な葉書をくれて、その家の雄猫は三十八日目に帰って来たと書いてあった。日かずがはっきりしているのはその間待っていたに違いない。折込み広告には電話番号だけで名前は書かなかったが、ラジオでノラの事を云う時私の名前が出たから、それで宛名がわかったのだろう。夕平山来。

四月三十日火曜日

快晴後薄日。夜半過ぎ三時前から雨。

夕方清水谷公園前の某氏から心当りの知らせを受けた。すでに薄暗かったので明日の聯絡を待つ事にした。もう一つ、上智大学の医務室の辺りに似た猫がいるとの知らせもあったが、その時は暗くなっていたので行って見ても仕様がない。

ノラがいなくなってから今日で三十五日目である。今日は帰るかと待っていて日が過ぎ、毎日晩になった。猫の事その事より自分の心が悲しいのだと思い返す。しかしそう云う風に考えなおして見ても同じ事で、何の慰めにもならない。
ノラが帰らなくなってから初めて今夜、思い切って風呂に這入《はい》った。非常に痩せている。二貫目ぐらい減っているかも知れない。衰弱で目がよく見えなくなった。

七

五月一日水曜日
晴、風吹く。午薄日薄曇。午後半晴。
晩のお膳の前でうたた寝をして、目がさめた途端に、ノラはまだ帰らないのかと思う。四十日近く風の音雨の音にノラを待っているのになぜ帰って来ないのだろう。猫一匹の事ではない。ノラがいた儘《まま》のもとの家の明け暮れが取り戻したい。制すれども涙止まらず。

五月二日木曜日八十八夜
曇午後も曇後雨
朝になって寝なおして午後目がさめた。目がさめる前、ありありとノラが帰って来た夢を見た。大分痩せて抱き上げると少し爪を出す。牛乳をやるとよく飲んだ。ノラが帰ったのでよろこんでいる内に、今日は横須賀の海軍機関学校へ行かなければならぬ日であった事を思い出し、夢がごたごたして来た。
今日も昨日に続いてノラの事が気になって仕様がない。ノラの事を気にすれば涙が出て泣いてしまう。夕平山来。

五月三日金曜日
快晴。朝寒かったのでストーヴをたき、後消す。
今日も成《な》る可《べ》く気を外《そ》らそうと思うけれど、つい又ノラの事を思う。家内が「ノラが帰りましたよ」と云うのを想像し、或《あるい》は庭から、書斎の窓から、洗面所の前の木戸の所から、いつもノラの出入口だったお勝手の戸の外の踏み石の上から帰って来た事を想像する。それが皆そうでないので、そう思った前よりは一層悲しくなる。

五月四日土曜日
快晴午薄日午後半晴。夕ストーヴをたく。
夜家内にノラが出て行った三月二十七日の事を更《あらた》めて聞き、今日は三十九日目だから或はもう帰らぬのではないかと云う事も考えなければならぬかと話し合って泣いた。

五月五日日曜日

曇薄日。風強し。

夕平山来。彼が帰った後で又ノラは今どこにいるかと思い出す。ノラが出這入《ではい》りしていたお勝手の戸を、用もないのに一日に何度も気合いを掛けて開けるが、空しく閉めるばかりである。寝る前の最後には、今帰って来いと念じながら開ける。いつも夜風が筋になって吹き込むばかりである。

五月六日月曜日

雨　夕方からストーヴをつける。

朝六時か七時頃薄目になった時、家内が風呂場の戸をはたきで叩いている。今の風呂場ではなく昔の子供の時の志保屋の風呂場かと思ったが、そうでもない。はたきの音の間で、こうしているとノラがニャアニャアと鳴いている様な気がして仕様がないと家内が云った夢を見た。

食膳の話しで、家内が時計の夢を見たと云う。時計の夢は人が帰って来る前兆だそうで、家内は腕時計を一つも持っていない癖に、頻りにいじくり廻していたそうである。それから、はたきではたく夢を見たと云うので、今朝の薄目の時の浅い夢と思い合わせて、ぞっとする気持になった。はたきの夢は三日の内に人が帰って来る。猫が帰ると云う縁起はないけれど、こうなれば同じだろうと云う。何となく明かるい心地がする。

五月七日火曜日

雨

晩の食膳で、確かにノラが鳴いた様な気がしたと思ったら、一両日前から咽喉に故障があって、風邪気味で、喘息《ぜんそく》が起こりかけている、その咽喉の音であった。

五月八日水曜日

雨、午後上がる。半晴半曇。

赤ぶちの虎斑《とらふ》の猫は、高歩き、遠走りをすると云う。そんな事は知らなかったし、又ノラは選択した上で飼った猫ではない。ノラが物置小屋の屋根から降りて来たのである。

五月九日木曜日

快晴

午過ぎ美野が来て、どこかの美容院の猫は一夏、七八九の三ヶ月帰って来なかったが、居所がわかって連れて来たと云う話をした。雌の所にいたのだそうである。

午後新座敷に坐って庭を見ていると、庭石を歩いて来た猫がこっちへ真正面に坐って、じっと人の顔を見た。おやノラではないか、ノラかと大きな声を出した。ニャアと云って落ちついている。一寸来て見なさいと家内を呼んだが違っていると云う。しかしまだ未練が残って庭下駄を穿いて傍まで行こうとしたら、のそのそ歩き出して向うへ行った。尻尾の先が違う。それにおなかが大きいらしい。ノラがいなくなってからよく屏の上に来た雌猫であった。あれがノラであったらと云う様な事を思い続けるのを自分で制した。

五月十日金曜日

快晴

暫らく振りに、いつもの鮨屋の握りが食べたいと思う。しかしその中にノラがあんなによろこんだ玉子焼があると思うと食べる気がしない。止めた。

五月十一日土曜日

晴午後薄日曇夜雨

午後暑いので開けひろげたお勝手口から、黒い猫が家の中に這入《はい》っていたらしい。出て行くところを家内が見たと云い、ノラがついて行った黒い猫に違いないと云う。

その黒い猫が来たのも四十何日振りである。それでは或はノラも帰って来るかも知れない。或はどこかに置きざりにされたのだろうか。

ノラの折込み広告第三回目の印刷物が出来て来た。今度は五千五百枚。菊島が前二回通りに届けてくれた。

三たび

迷い猫について皆様にお願い申します。家の猫がどこかに迷ってまだ帰って来ませんが、その猫はシャム猫でも、ペルシャ猫でも、アンゴラ猫でもなく、極く普通のそこいらにどこにでもいる平凡な駄猫です。

しかし帰って来なければ困るのでありまして、往来で自動車に轢かれたり、よその縁の下で死んだり、猫捕りにつれて行かれたり、そう云う事もないとは申されませんが、すでに一一考えて見て、或は調べられる限りは調べて、そんな事は先ずないと思うのです。

つまりどこかのお宅で迷い猫として飼われているか、又はあまり外へ出た事のない若猫なので、家に帰る道がわからなくなって迷っているかと思われるのです。

どうか似た様な猫をお見かけになった方は御一報下さい。お願い申します。

大変失礼な事を申す様ですが、猫が無事に戻りましたら、心ばかり御礼として三千円を呈上致し度く存じます。

その猫の目じるし

1雄猫　2背は薄赤の虎ブチで白い毛が多い　3腹部は純白　4大ぶり、一貫目以上あったが痩せているかも知れない　5顔や目つきがやさしい　6眼は青くない　7ひげが長い　8生後一年半余り　9ノラと呼べば返事をする　電話33ａｂｃｄ

八

ノラや、お前は三月二十七日の昼間、木賊《とくさ》の繁みを抜けてどこへ行ってしまったのだ。それから後は風の音がしても雨垂れが落ちてもお前が帰ったかと思い、今日は帰るか、今帰るかと待ったが、ノラやノラや、お前はもう帰って来ないのか。

ノラやノラや

一

この稿の書き始めは、「ノラは何十何日目の何月何日、やっと自分の道がわかったと見えて、痩せてよごれて、しかし無事に帰って来た。」とするつもりであった。

ノラがいなくなった翌日から、家では近所界隈を一生懸命に探していたが、世間に向かって、どうかお心当りをお知らせ下さいと頼み出したのは、四月十日の新聞案内広告が始まりである。ノラが帰れば、広告を見て気に掛けてくれた人人に挨拶しなければならない。その広告文案も考えておいた。

猫帰　四月十日ノ本欄記載ノ猫ハ
無事ニ帰リマシタ御配慮下

サッタ方ニ御放念願升33abcd

しかし新聞の案内広告は、見当の範囲が割りに狭い猫探しには、あまり利き目がない事に気がついたので、今度は新聞配達店に頼んで折込み広告をする事にした。折込み広告は十日から二週間ぐらいの間をあけて、今までに三回した。だからノラが帰ればそのビラを見て気に掛けてくれた人人にお礼を云わなければならない。数が多いので一一お礼に出掛けたり礼状を認《したた》めたりする事は出来ないから、矢張《やは》り折込み広告で挨拶しようと思った。その文案も出来ている。

「迷い猫になった拙宅のノラは、何十何日目の何月何日、無事にひとりで帰ってまいりました（或《あるい》ハ、連れ戻しました）。御心配下さった皆様に何卒御放念を願います。その事に就《つ》き度度御親切な電話を戴いた方方、特にお忙しい中をお邪魔させて戴いたお宅へ心からの御礼を申上げます。」

しかし猫探しで人人を煩わしただけでなく、私自身がノラが帰って来ない為に、よく目が見えなくなったり、寝られなかったり、大分瘦せて弱って身近かの諸君を心配させている。ノラが帰ったとなれば、お祝いを兼ねて御安心を願わなければならない。

その案内状の下書きも作ってある。差出しはノラの名義とする。「僕」と云うのはノラである。

「僕ハ大自然ノ命ニ依ッテ暫ラク家ヲ空ケマシタガ、ソノ間僕ノ主人ハ大層心配致シマシタ由ニテソノ為皆様ニ御迷惑ヲオ掛ケシマシタ。コノ度無事ニ帰邸致シマシタノデ皆様ニ御安心ヲ願ウタメ粗餐ヲ差上ゲ度イト存ジマスケレド、主人ハ僕ノ失踪中仕事モ手ニツカナカッタ様デ大分貧乏致シマシテ何カト不自由スル有様デス。従ッテ皆様ニ差シ上ゲル御馳走ハイツモ主人ガ皆様ヲオ待チ申シタ半分位ダロウト思イマスケレド、ドウカ当夜ハ是非オ繰リ合ワセ下サイマシテ僕ノ為ニ御乾杯ヲオ願イ申シ上ゲマス。僕ハ椅子ニ腰ヲ掛ケルノガ不得手デアリマスノデ失礼シマシテ主人ヲ代理ト致シマスカラ何卒オ含ミ下サイ。」

ノラの招待状も、新聞折込みの礼状も、新聞案内欄の広告も、みんなその儘《まま》で使う事が出来ない。ノラはまだ帰って来ない。

こんなに長い間帰って来ない、いくら探しても見つからないとすれば、

一、道ばたで自動車に轢かれたか。

二、猫捕りが連れて行ったか。

三、どこかわからない所で死んだか。

と云う事も考えて見なければならない。そう云う事がないとは云えないかも知れない。しかし、

㈠の自動車の場合は轢かれた猫の処置をしたと云う場所を一一たずねて、その近所

の人にノラに似ていたか、どうかを問い質《ただ》し、区役所の道路課にも問い合わせた。死んだ猫を埋めたと云う知らせも幾つか受けたが、毛並みや尻尾がノラではないらしい。一ヶ月位前に埋めたのがどうも似ている様に思われると云ってくれた家へは出掛けて、お庭の隅を掘らして貰った。初めに尻尾が出て、一目見てノラではなかった。

(二)の猫捕りは大体三味線の皮にするのが目的なのだろう。皮に爪の傷がついていては用をなさない。さかりがついて喧嘩をしている猫は適当でない。ノラはさかりがついて出て行ったのである。先ずそんな事はないだろうと思う。

(三)のどこかで死んだかと云う場合は一層稀薄の様である。若い猫が死ぬものではないと云う。だれでも、そう云う。私も家内も猫を飼った経験はないので、人の云う事を信ずる外はないが、そう云われれば信じたい。

つまり、どこかにいるに違いない。ノラは生きている。翌くる日の大雨で家へ帰って来る道がわからなくなって、迷い猫になっているのだろう。是非探し出して、連れ戻してやりたい。どこか知らない所でうろうろしているかと思うと、可哀想で堪《たま》らない。

一夏、七八九の三ヶ月、外を迷っていた猫を連れ戻したと云う話を聞いた。方方から貰う手紙の中に、六ヶ月は待たなければいけないと云うのもあり、八ヶ月振りにすっかり様子が変って、しかし無事に帰って来たと云うのもあった。親切な人人が教えてくれるそう云う例をたよりにして、ノラを待ち、必ずノラを尋ね当てよう。

二

前稿「ノラや」から後の日日。

五月十一日の午後、家の外で猫のニャアニャア云う声がするから家内が見に行った。私も出て見に行った。隣りの屛の上の向うの方にいる。ノラによく似ているけれど家内は違うと云う。

家内がうちへ這入《はい》った後もまだ起っていた。見つめたがよく解らない。しかしノラだったら、そこまで帰って来たらうちへ這入るだろうと思って、見るのを止めた。一たん家へ這入ったが又気に掛かるので、もう一度出て見たら、家の屛の上に来ていたが私の姿を見て隣りの庭へ飛び降りた。その後姿で短かい尻尾がはっきり見えて、いつかも見たよその猫だと云う事が解った。

今日の夕刊各新聞に、ノラ探しの三度目の折込み広告が這入っている。夕方から夜にかけてその事の電話が十四回掛かって来た。大体みんな親切だが、中には一二冷やかしもある。

ビラの文面の最後の項に、「ノラと呼べば返事をする」とあるのを取り上げて、わざわざ電話を掛けて来た。家内が出て応対している。

「返事をしますか」

「はい」

「何と云いますか」

「ニャアと云います」

それでぷつりと切ってしまった。傍で聞いていて癪《しやく》にさわったから家内に云った。

「なぜワワンと云いますと云ってやらなかったのだ」

五月十二日日曜日
時時雨
朝からノラの電話が掛かって来る。その中の一つの紀尾井町清水谷公園前の某家からの知らせが気に掛かり、家内がすぐに馳けつけたが違っていた。
午後麴町六丁目の某家から死んだ猫の事を教えてくれた。埋めてあるから一度見て見よと云う。家内をすぐにやろうとしたが、通り雨がひどくなったので一寸《ちよつと》待ってから出掛けた。掘り返して見たが違っていた由。
夜十時、九段の芸妓屋からの電話で、家内がすぐに行って見たがノラではなかった。
ノラの電話は今日一日で六回、外に二三からかいらしいのもあった。

五月十三日月曜日

快晴一時薄日又快晴

午後四谷駅に猫を持って来ているから見に来いと云う変な電話が掛かって来た。菊島を見せにやったが違っていた。いきなり猫を連れて来ると云うのが不思議に思われたが、親切でしてくれた事で難有《ありがた》い。

今日はノラの電話が四回あった。

五月十四日火曜日

快晴夕雨

思うまいとしていても、ついノラはどこへ行ってしまったのだろうと思う。可哀想で涙が止まらない。もうすでに前稿「ノラや」を書き上げて、取り乱した自分の心に蓋をしたつもりだが、まだ矢張り自分の書いた物が追っ掛けて来る。

今朝起きる前の夢に、六十年ぐらい昔の子供の時の網ノ浜の福岡のお姉さんの家にノラがいて、毛並が刷り物に書いたのよりは違っていると思った。

五月十五日水曜日

快晴

起きて坐っている時、何でもないきっかけでノラの事を思い出して涙を流した。今日の様なお天気のいい日にはどこかの屏の上でうつらうつら昼寝をしているかと思う。猫は夢を見ないだろうからこちらの心配は通じない。

午後ノラの心当りの電話があったが、毛並が違っていた。

ノラは出て行ったのではない。帰れなくなっているのだ。なお手を尽くして探してやらなければならない。道がわからなくなっていると云うのが可哀想で堪らない。

五月十六日木曜日

快晴

二三日前から物置の前でうちへやって来る二三匹の猫に御飯や魚の食べ残しをやっている。或はそう云う猫と一緒になって、ノラが帰って来るきっかけにならないかと思いついたのである。今朝は豚のあぶらをやったと家内が云ったら、昨夜のとり鍋で雞のあぶらが多過ぎるから鍋に入れなかったのが残っているのを思い出し、ノラにやりたいと思って又涙が止まらなくなった。

夜半過ぎ、寝る前に池に流れる水を一ぱいに出す為水道の捩じをひねりに庭へ出て帰って来ると、お勝手の戸の外で、猫が開けてくれと云う風にニャアニャア云う。ノラによく似た尻尾の短かい猫で迷い猫らしい。野良猫ではなさそうである。この章の初め、五月十一日の項の屏の上にいた猫であって、あまり似た様な声をするので困る。ノラもどこかで今頃こんな声をして、知らない人に何かねだっているのではないかと思い、堪らなくなる。

三

五月十七日金曜日

快晴

ノラがいなくなってから五十二日目である。ノラはもう帰って来ないのだろうか。しかしまだ帰って来るとも思う。ノラを探す手は少しもゆるめないで必ず探し当ててやりたい。

こないだ内からいつも来ているノラに似た猫が、夕方になると食べ物をせがんで、ノラそっくりの可愛い声をして鳴くので、その度にノラを思い出して堪らなくなる。そうして又同じ事を繰り返し、ノラが今頃夕方になって腹がへって、どこかのお勝手の外であんな風に鳴いているのではないかと思う。家内に早く何かやれと云って涙止まらず。

五月十八日土曜日

快晴

いつも寝る前にはお勝手の戸を開けて、ノラが帰って来てはいまいかと辺りを見廻す。今夜も夜半過ぎ、寝る前に戸を開けたら、二三日前からいついた様になっているノラによく似た尻尾の短かい例の猫がその前をうろうろしている。まだ何か欲しいらしい。又同じ事を、ノラも今頃どこかの夜更けのお勝手の外でうろうろしているのではないかと云う事を思い、家内に早く何かやれと云って目を押さえる。

五月十九日日曜日

曇

朝早くノラの事で九段四丁目の某氏から電話があって目がさめた。続いて五番町の某氏からも知らせがあった。両方とも家内が見に行った。五番町の方のは一たん帰った後また電話があって、もう一度馳け出して行ったが、どちらもノラではなかった。

五月二十日月曜日

雨　午大降り午後一たんやんで又降り出す。夕上がる。

朝、三番町の某氏からノラの知らせがあった。雨がやんだら家内が見に行く事にした。夕近く五時一寸前に、今朝の三番町から、今その猫がいると知らせてくれたので、すぐに家内が出掛けた。家内からの電話でノラではなかったと云った。

夕方ノラに似た例の猫が又ねだって鳴く。ノラの事を思い堪らない。猫通《ねこつう》の意見によると、この猫はノラの兄弟で、ノラよりは前に生まれた兄貴だろうと云う。そうかも知れないと思う。ノラの親は野良猫なので、その同じ親がどこかで生んだ同じ腹の子かも知れない。毛並が同じであるばかりでなく、しぐさ、表情がそっくりで、声もノラよりは少し声柄が悪いけれど、音《おん》のたちは同じである。一番そうかと思われるのは、尻尾はノラより短かいが短かいなりに、ノラの通りに先が曲がって鉤《かぎ》になっている。

どこかの飼い猫が迷っているのかも知れないが、こうしてうちにいる以上、ひもじい思いはさせたくない。いくら似ていても、兄弟でも、ノラの代りにはならないけれど、この猫がうちのまわりにいる事には一つの実用的な意味がある。私や家内はいつ迄たってもノラを見違える事はないが、人に頼んでノラであるか否かの下見をして貰う事がある。その場合、この猫を、尻尾の長さだけ別にして、ノラの見本とし、この通りだからよく見て行ってくれと頼む事が出来る。

宵に電話が掛かって来た。男の声で、あなたの所で探している猫が見つかったから、明日のお午頃連れて行く、と云う。

家内がどんな猫ですかと聞こうとしたら、そんな事は解らないと云って、ぴっと電話を切ってしまった。

かねてから、今にそんな事を云って来やしないかと思った通りの事が起こりかけている。家の者だけで探すのでなく、世間に向かって協力を頼んでいる以上、どこかで、だれかが、何を考え、どんな事をたくらんでいるかそれは解らない。ただのいたずらかも知れないけれど、一応はそのつもりで備えなければならない。

すぐに二三の方面へその手配をした。

ノラが早く帰って来ないと、段段変な事が起こりそうである。

五月二十一日火曜日

快晴

昨夜の電話の事で今日は少しごたごたしたが、だれも猫を持っては来なかった。しかしまだ当分の間、備えは解かない事にする。

ノラの事を知らせてくれる電話の外に、この十八日に出た週刊新潮五月二十七日号に新聞折込みの事が載っているので、親切に知らしてくれるのでない変な電話が何度か掛かって来た。又おかしな手紙も来た。

今日も亦《また》夕方になればノラに似たいつもの猫がお勝手の外でニャアニャア云う。それを聞くのが堪らない。家内はその猫に向かって、そんなにうちを離れたくないなら、ノラを連れて帰って来れば、一緒に飼って上げると約束したそうである。

四

五月二十二日水曜日
薄日後曇

九時過ぎノラの電話で目がさめた。麴町四丁目の某家からの知らせである。すぐに電話で菊島の勤務先に聯絡して見に行って貰った。

菊島からの電話で、自分では見別けがつかなくなった。今迄に見た中で一番よく似ているると思う。すぐに家内に来てくれと云った。

家内が行って見たが、似てはいるけれど、ノラではなかったそうである。

家内は昨夜ノラの夢を見たと云った。もとの通り普通にそこいらに、屛の上なぞにいたと云う。

豆腐屋の御用聞きの娘が今朝来て、ノラちゃんが帰りましたかと云う。なぜかと聞けば、昨夜夜通しノラちゃんの夢を見たから、そうかと思ったと云った由。

夕方から出掛けてステーションホテルへ行った。その留守中、家内はノラの知らせの電話で四谷本塩町へ行ったが、違っていた。又町内のノラらしい猫が来ると云う某家へも廻って見たが、いなかったと云った。

五月二十三日木曜日

快晴

朝から変な電話が数回掛かって来た。一度は女の声で、もしもし内田さんですかと云い、そうだと答えるとぷつりと切ってしまう。一度は呼び出しただけで何も云わない。こんな事が以前にも何回かあった。何をもくろんでいるのか解らない。

こないだからの例のノラに似た猫が矢張り家のまわりにいて、人を見ればノラの様な声でニャアニャア云う。午後門の所まで行ったらついて来て、身体をすりつける様にして踏石の横にくるりと寝そべり、頤を上げて搔けと云う恰好をする。ノラそっくりで見ていると涙が流れ出す。余り似ているので、ふとノラではないかと思い掛けたが、尻尾が短かい。

午後二番町の某氏からの知らせで菊島が見に行ったが、その猫はいなかった。

夜九段の某家から電話で、自分のうちの猫もいなくなったが、特徴がノラに似ているから一緒に探してくれと云う。その話の猫は耳のうしろに傷があると云う。丁度居合わせた菊島が、それらしい猫をノラを探しに行った時見たと云うので更《あらた》めて先方を呼び出し、菊島が教えてやった。

五月二十四日金曜日

快晴

朝起きて目ざましの煙草を吸いながら家内と坐っていてノラの事を思う。今日は五十九日目で明日で二タ月になる。ノラがひとりで帰って来る見込みは段段薄れて来た様に思われる。どこへ行ってしまったのだろう。又涙が止まらなくなった。

しかし二タ月も三月も経ってから帰って来たと云う世間の例も聞いている。或は帰って来るかも知れない。こちらで探してやる手はちっともゆるめてはいけない。

午頃また変な電話が掛かって来て、こちらを呼び出しただけでぷつんと切った。その前にも一度掛かり、午後また同じ様な電話が掛かり、何も云わない。

昨夜菊島が教えた九段の某家から電話があって、教わった所へ行って見たが違っていたと云った。よその家の失望も他人事とは思えない。

日外《いつぞや》植木屋が来て、これ程お探しになっているのに出て来ないのは、事によると外人の所へ迷い込み、その儘《まま》飼われているのではないか。度度の折込みのビラも外人には役に立っていない。外人宅も一通り探して御覧になってはいかがです、と云った。そこへは気がつかなかった。早速その方法を考えようと思った。

しかし考えて見ると、暹羅猫《シャムねこ》、波斯猫《ペルシャねこ》、アンゴラ猫などであったら、外人が飼うかも知れないが、ノラはどこにでもいる極く普通の平凡な猫である。彼等が興味を持ち

Inquiring about a Missing Cat

Have you not seen a stray cat?

Are you not keeping a lost cat?

It is a tom-cat, one and half year old, was around 8 to 9 pounds. He is whitish brown tobby on his back and white on his chest, with long tail curled at the tip, and with soft eyes not blue. He answers to the name "Nora" with a miaow. He is not of a special breed like Persian or Siamese, but is just a common Japanese cat.

He was last seen with a black she-cat, on March 27.

As he was a real pet of this family, we miss him very much and we are anxious to know where he is or how he is.

Please call Tel. 33-abcd (in Japanese please) if you know or have seen such a cat.

If "Nora" returns home safely, 3,000 Yen will be offered to the person who gave the information. It will be greatly appreciated.

そうには思えない。

しかし又もう一度考え直して見ると、ノラの様な猫が普通で平凡だと云うのは我我の話であって、外国から来た彼等には珍らしいかも知れない。それにノラはだれが見ても可愛い顔をしている。植木屋の云った様な場合がないとは限らない。矢張り外人宅を探して見ようと思う。

外字新聞の折込みにするか、どうか、それは後で考えるとして、兎《と》に角《かく》ビラを作ろう。美野に命じておいたら、夕方そのプリントを持って来た。

五月二十五日土曜日

雨

朝書斎へ葉書を取りに行き、速達用の切手を出し赤い線を引くため赤鉛筆を抽斗《ひきだし》から出そうとしかけたら、窓の障子の外で音がした。ノラがいつも外から帰って来た時の気配なので、出し掛けた物を投げ出して急いで開けて見ると、例のノラに似た猫がいて、人の顔を見てノラのする通りにニャアニャア云う。堪《たま》らなくなって暫らく泣き続けた。本当にノラだったら、どんなにうれしいだろう。この一瞬から萬事が立ち直るのに、と思った。

五

五月二十六日日曜日

快晴　午後風出ず

矢張り変な電話が掛かって来る。家内が受話機を取って一寸だまっていたら、すぐぷつりと切ってしまった。

ノラ探しの電話の外に、方方からノラの事に就《つ》いて親切な手紙が来る。今日も朝の郵便の中にあった来書を披《ひら》いたら、それに誘われて涙が出て午前中止まらなかった。

午過ぎ去る二十三日の九段の某家からノラに似た猫がいると電話を掛けて来た。家内が聞いて違う様なので見には行かなかった。

夜、平山が帰った後、何と云う事なくノラの事を思い出し涙堰《せ》きあえず。家内がそれでは身体にさわると云う。そう云う家内がノラを抱いて家の中を歩き廻り、いい子だいい子だノラちゃんは、と云っていた事を思えば淋しくて堪らない。

五月二十七日月曜日

快晴薄日後又快晴

お午の休みに菊島を呼んでおいて、家内はノラに似た猫がよく来ると云う町内の某家へその猫を見に行ったが、いなかった。

午後、例のノラに似た猫がお勝手口でニャアニャア云っているから家内に知らせた。家内が出て行って何かやっているらしい。そこへ玄関前に落ちていた紙屑を拾って台所の金網へ捨てに行って見ると、その猫は家内の手から竹輪を千切って貰っている。こちらを向いた顔が余りにノラそっくりなので堪らなくなって涙が止まらない。ノラが玉子焼を貰っている姿を思い出し可哀想で堪らない。

五月二十八日火曜日

薄日午後曇

朝起きてすぐに家内に、今日も菊島に午休みの間来て貰って昨日の町内の某家へ猫を見に行けと云ったら、行けばその度に先方の手間を欠かせる。行かなくても向うでちゃんとしてくれているからと云うので、ノラの影が段段薄らいで遠のく様な気がして泣けて仕様がなくなった。

家内が電話を掛けて菊島に来る様頼んだが、涙は後後まで止まらない。

午過菊島が来て、家内が見に行ったが、その家で飼っている雌猫が帰って来ないので、それにくっついている雄もいなかったと云う。

こないだ内からのあのノラに似た猫は今日も家のまわりにいる。恐らく引き続いている事だろう。成《な》る可《べ》く見ない様にしているが、家内はいつも何かやって、早くノラを連れてお出で、連れて来たらお前も一緒に飼って上げるからと、猫との約束を繰り返して、云い聞かせているらしい。

五月二十九日水曜日
曇小雨
今日は誕生日で晩は第八回目の摩阿陀会《まあだかい》へ出掛ける。ノラが家にいれば特別の御馳走を貰うだろう。
午後町内六番町の某家からノラらしい猫の知らせがあった。すぐに家内が馳け出して行ったが違っていた。いつかその隣接の某邸で見た猫だったそうで、それが渡って行ったのである。ノラでない同じ猫を何度も見に行く事になるのも止むを得ない。その労を端折る様なつもりになってはノラは探せない。
品川の某氏からの電話でノラの事を尋ねてくれて、自分の家に三毛の雄の生後二ヶ月になる子猫がいる。それをノラの代りにやろうかと云う。好意を謝してことわった。どんないい猫でもノラの代りにはならない。ノラはノラでなければいけない。
又一読者から電話があった。男の声である。親切に慰めてくれて六ヶ月は待てと云った。六ヶ月待てと云うのは外からも聞いている。今までに経験がないので、そう云う事を教わるのは難有い。今日来た手紙には八ヶ月待てと云うのもあった。
夜十二時頃摩阿陀会から帰って来た。四十幾人出席の中から十人が私について来た。或は送って来てくれたのかも知れない。
留守中に赤坂の某氏と、もとの李王家の後のプリンスホテルからノラの電話があったそうで、家内は私共が帰って来たらすぐ入れちがいにプリンスホテルへ見に行った。違っていたけれど夜半十二時を過ぎる迄、その迷い猫を止めておいてくれた好意はお礼の云い様もない。

五月三十日木曜日

雨　肌寒くストーヴをつける。
夜十二時過ぎ、洗面所の外で音がして、格子の間から窓をのぞこうとしているのは、大分前から家を離れない例のノラに似た猫である。なぜ書斎の窓の障子の外へ上がったり、洗面所の格子に攀じたり、ノラが帰って来た通りの事をこの猫はするのだろう。ノラではないと思っても、尻尾が短かい事をこの目で見きわめない限り思い切る事が出来ない。そうしている内に涙が出てしまう。

五月三十一日金曜日

快晴

早朝七時半ノラの電話で起きた。平河町の某旅館からである。ノラによく似た猫が屋根の上にいると云う。話の模様で尻尾の点がよく解らぬので、もう一度確かめてから知らせてくれる事になった。

二度寝してよく眠っていると、十一時前又ノラの電話で目をさました。麴町四丁目の某アパートからの知らせである。その近くの牛肉屋の若い衆せいさんに行って見て貰う。小振りでノラではないと知らしてくれた。

午後菊島に頼んで二十九日の留守中に教えてくれた赤坂の某氏の所へ猫を見に行かせた。帰って来てノラではなかったと云った。

夜九時、首相官邸とグランドホテルの間の某寮の某氏から、去る四月二十日ラジオでノラの事を放送した三十分位前に、死んだ猫を自分で埋めた。今小説新潮の「ノラや」を読んで更《あらた》めて思い出してお知らせすると云ってくれた。家内が掘り出して見たいと云っていたが、毛並の話になって黒が交じっていた、つまり三毛猫だったと云う事が解り、ノラでない事が明らかになった。

その死んだ猫はノラではなかった。しかし方方から見知らぬ人が親切に教えてくれるのを、殆んど欠かさず見に行ってノラを尋ね当てようとしているが、まだ見当たらない。ノラやお前はどこへ行ったのだと思い、涙が川の如く流れ出して止まらない。

六

六月一日土曜日

快晴

さつき晴れで薫風吹き渡り二十九日摩阿陀会の疲れももう取れて、すがすがしい気持で起きた。

朝早くから起きている家内に向かい、

「起きたよ」

「はいお早う」

「自分はどうだ」

「大丈夫」と云う。その次にきまって、「猫は」と聞いた事に思いがつながり、起き抜けから涙が流れ出した。そう云う時家内は、「ノラは風呂場」とか「ノラはお庭」とか云った。それで安心すると云う程の事はない。ただノラの事も一言聞かなければ気が済まなかった。そのノラがいない。

午後、昨日の平河町の某旅館から、昨日お知らせした猫が今いる。チーズを食べて牛乳を飲んでいると云う。すぐに家内が馳けつけた。大分似ている様な話なので、或《あるい》は待たせたタクシイで抱いて帰るかと思ったが、尻尾が真直ぐでノラではなかったと云った。

六月二日日曜日

薄日曇薄日

一日じゅう紙一重の気持で、下手をすれば堰を切った様になって何も出来ない。ノラやと思っただけで後は涙が止まらなくなり、紙をぬらして机の下の屑籠を一ぱいにしてしまう。

六月三日月曜日

快晴

例のノラに似た猫は依然うちのまわりを離れない。家内が御飯を与えている様である。ひもじい思いはさせたくない。ノラもどこかでそうして養われているかも知れない。今朝も家内が一度やったらそれを食べてどこかへ行き、又今お午頃になるとおなかがすいたと見えて帰って来てねだると云った。それはいいけれど、その猫が目についたり、鳴いたりする度に、一一ノラの事が思い出されるのが堪《たま》らない。

六月四日火曜日

快晴

お午頃起きた。起きる前の夢に、幅が半間位の低い石段の中程の、こちらから向かって右寄りの所に猫が坐ってこっちを向いている。おなかが白くノラの様だ、ノラではないかと思いかけたが、その淡い夢はその儘《まま》消えてしまった。

起きた後、家内が靴屋の藤猫の話をした。藤猫は時時やって来るらしい。そうしてノラに似た例の猫と喧嘩をする。藤猫は非常に強くて、ノラに似た猫がいじめられていると云う。家内はノラに加勢した様に、ノラに似た猫にも加勢している様である。しかし喧嘩の話よりもノラとあんなに仲好しだった靴屋の藤猫は、もとの通りやって来るのに、ノラはどこへ行ってしまったかと思い、今日はもうちゃんとしていようと思って起きたのに、靴屋の話で又泣き出した。

晩のお膳の時、家内が、ノラの事を話したいけれど云えばすぐ泣き出すから、と云う。何だと聞き返すと、ノラはきっと間違いなく帰って来ると思う、と云う。それはこちらもそう思って疑った事はないと云ったが、そこから先へ深入りするといけない。又泣き出すのが落ちだから止めて、話しを変えた。

六月五日水曜日

薄日曇夜雨

小説新潮の「ノラや」以来、毎日の様に親切な手紙が来る。今朝も赤坂の某家から、ノラは生きていると云う猫好きの経験者の手紙を貰い、うれしくて泣いた。

夕方平山と一緒に近所の床屋へ行く途中、ノラらしい猫がしょっちゅう来ると云う町内某氏の路地へ這入って見たが、猫は一匹もいなかった。

ノラは三月二十七日に家を出て行ったのではない。その時のはずみで出掛けた儘《まま》帰り道がわからなくなり、その翌晩の大雨で帰れなくなったのだと思う。今どこかで親切な人に飼われているかも知れない。又はそうでない色色の事も思われる。今日でノラを待って已《すで》に七十一日目である。

七

六月六日木曜日

雨

朝、酒屋の娘さんが、ノラらしい猫がそこの土手にいたと知らせたので、すぐに家内が雨中を馳け出して行った。その猫は土手から降りて中華学校の前まで来ていたそうだが違っていたと云う。

夕方から家内と出掛けたが帰って来ると留守中留守居のお静さんの受けた電話に、ついそこの日本テレビの裏へノラに似た猫が黒い猫といつも一緒に来ると教えてくれたが、背中に黒い毛がある、つまり三毛猫だと云うので見に行かなかったと云った。

六月七日金曜日

雨　薄寒いのでストーヴをつけた。

午下《ひるさがり》じっと坐っていて何のきっかけもあったわけではないがノラが可哀想になり泣き続けた。どうも雨の日はいけない。一日じゅう泣いたので目が重ぼったい。

ノラはきっとどこかで飼われているに違いないと云う気がし出した。もう一度、四回目の新聞折込み広告をして、その見当で探して見ようと思う。その文案。

前前からの同じ迷い猫について今一度お願い申します

迷って来たその猫を飼って下さっているお宅

又は時時来て御飯などをいただいているお宅

の方はどうかお知らせ下さい。お願い申します。

その猫の目じるし

1　尻尾は中くらいの長さ。手紙の封筒ぐらい。先が曲がって小さな団子になっていて、さわれば鉤の様な手ざわりがします。

2　雄猫。

3 背中の毛色は薄い赤の虎ブチで白い毛が多い。
4 腹部は純白。
5 からだは大ぶり。失踪前は一貫二三百目ありました。
6 動作がゆっくりしている。
7 顔や目つきがやさしい。
8 眼は青くない。
9 ひげが長い。
10 生後一年半余り。
11 猫の名はノラ。

六月八日土曜日

雨

ノラに似た尻尾の短かい猫はこの頃いつも物置にいる。こんなにいつくなら、名前をつけてやろうかと思い出した。一両日前からそんな気になっていた。尻尾が短かいから「クルツ」と云う事にする。三音で呼びにくかったら、「クル」でも「クルツちゃん」の「クルちゃん」でもいいだろう。しかしまだ一人で考えているだけである。クルツがノラに似ている点は毛並や動作だけでなく、表情がそっくりなので正視する事が出来ない。家内はいつも何かやっている様だが、私は成る可く見ない様に目をそらす。
猫通《ねこつう》がクルツはノラの兄貴だろうと云った事は前に書いたが、更に別の猫通はクルツを見て、この猫はまだ非常に若いと云った。そうするとノラの弟かも知れない。そう思われる所もある。

六月九日日曜日
快晴
午後クルツが家内から御飯を貰おうとして勝手口で待っているところへ、靴屋の藤猫が来ていじめようとしたから、家内がすぐに入口を閉めてクルツをうちへ入れた。それでもクルツはまだ逃げなければこわかったと見えて、廊下を走って内側から洗面所の窓に攀じ登り格子にしがみついたと云う。ノラとはあんなに仲好しだった靴屋がクルツは目のかたきにする様である。ノラはどこにいるのか知らないが、そんな時はいつも家内が加勢してやったのに、今は味方がいないのでいじめられてやしないかと思い、可哀想でどうしていいかわからない。
今日ノラの捜索願を所管麴町警察署の外、隣接の赤坂、四谷、神楽坂の各署へ出した。

六月十日月曜日

薄日後快晴

午、町内六番町の某家から電話で今ノラかと思う例の猫が来ているからすぐに見に来いと知らしてくれた。大分前から一度見て確かめたいと思っていた猫である。あまり近いのでそこまで帰っているなら、ノラならうちへ帰るだろうと思い、しかし道幅は狭いながら間に往来があるから帰れなくなっているかとも思った。床屋へ行く時は私も今迄に二度その路地へ這入《はい》って見たがいつもいなかった。先ずその猫を確かめなければならぬ。家内がすぐにまたたびを持って馳け出した。その後へ又電話で、もう行ってしまったと云う。しかし家内はその隣りの裏にいるのを見届けたそうである。ノラではなかったと云う。長い間、或はノラではないかと思っていたので失望して淋しい。

しかしそうやって一つずつ確かめて行くより仕方がない。

またたびはノラがいる時から買ってあったが、病気でもした時の為と思って、まだ与えた事はない。いなくなってからのノラ探しにはいつも持って行く事にしている。

六月十一日火曜日

薄日曇小雨夜雨

昨日赤坂の某家から電話で、今朝書生が犬を運動に連れて出て日比谷高校の所を通ったらノラに似た猫がいたと云ったが、その似ていると云う事を確かめる為、ノラそっくりと思われる自分の家にもといた猫の写真をお見せすると云ってくれた。

今日その写真の郵便が来た。余りよく似ているので、その猫の表情を見つめている内に涙が出た。ノラが家内に抱かれて私の方を見ている顔に生き写しである。

六月十二日水曜日

雨　夕近くから上がる。

クルツは物置を住いにしているが、新らしい建物なので戸の辺りがよく、車がついているから軽く動く。クルツは自分で戸を開けて外をのぞいたり、出て来たりする。今日は雨が降っているので家内がお勝手に入れてやっている。流しの下の所に坐ったり、丸い腰掛けの上で寝たり、すっかり落ちつき払って当り前の顔をしている。ノラがした通りの事をして澄ましている。それは構わないがそれを見る度にノラの事を思い、ノラはどうしているかと思い、ノラが可哀想で堪らない。

八

ノラや、私はもうじき旅行に出掛けなければならない。一週間ばかりで帰るけれど、こんなに待っているお前がまだ帰って来ないのに、家を空けてよそへ行くのは気が進まないが、予定のある事だから仕方がない。私のいない間に、ノラやお前は是非うちへ帰ってお出で。お前が帰って来たらすぐに長距離電話か電報で、お前が帰って来た事を出先に知らせる様にしてあるから。

ノラやノラや、今はお前はどこにいるのだ。

ノラに降る村しぐれ

一

ノラが帰って来なくなってから、今日で百七十五日目である。もう五日すれば百八十日、丸半年になる。

ノラが行ってから庭の花が咲き盛り、私が泣いている最中に爛漫の春になり、初夏になり、土用になり、毎日ノラを待っている内に暑さの峠を越して、もう秋風が立って来た。

今年の春の彼岸は三月二十四日に明けた。それから三日目の二十七日の昼過ぎに、ノラは抱かれている家内の手から降りて、木賊《とくさ》の繁みの中を抜けて、どこかへ行ってしまった。秋の彼岸の入りは九月二十日で、明後日である。だからノラの百八十日目がめぐって来るのは秋の彼岸の中日に当たる。

ノラはもう帰って来ないのだろうか。

時時そうも思う。

しかし又、今にも帰って来そうな気もする。

今年の両国の川開きは七月の二十日であった。去年は出掛けて行って花火を見たので、その時の記憶はまだ新らしい。今年は夜半過ぎから雨になったが、宵の内はお天気であった。私の所の界隈まで花火の音が聞こえて来る。遠い轟音が月のない夜空を伝わって、庭木に響いて来る。暗い庭を眺めながらじっとその音を聞いている内に、両国今晩この遠い花火の音がしている間に、ノラはきっと帰って来ると思い出した。両国の花火はその合図だと云う気がした。そう思っただけで張り合いがつき、殆んど切れ目なしに続く轟音を楽しむ様な気持で聞いた。今に庭先の薄明りにノラの姿が浮かぶに違いない。こちらへとことこと近づいて来る。或は一走りに走って来て膝に上がるか。

遠い花火の音が一段と盛んになって、暫らくの間続けざまに鳴り響いたと思ったら、すっと掻き消す様に止んで、後にはもう何の音もしなくなった。花火は終ったらしい。

ノラは帰っては来なかった。

今年の秋の虫は、私の所では八月二十三日、ノラの百五十日目の晩からこおろぎが鳴き出し、その翌晩から鉦叩《かねたた》きが鳴き出した。木鈴虫はもう少し前から鳴いていたかも知れない。

段段に虫の声が繁くなり、夜風もめっきり冷えて来て秋が次第に深くなった。縁先の硝子戸を開けひろげて、薄明りの庭を眺めていると今にもノラが帰って来そうな気がし出す。庭の飛び石が向うの暗い所から明り先に続いて、こっちの上がり口まで来ている。虫しぐれの中にノラの姿が浮かんで、飛び石を伝いながら、とことことこっちへやって来る様な気がする。飛び石の中の一つに、ノラが春先の日を浴びていつも坐っていたのが目につく。その石だけが秋の宵の薄明りの中に浮き上がっている様で、段段に石の形がはっきりして来て、今にもノラがその上に乗りそうで、見ている内にその石の上で日向ぼっこをしていた今年の春のノラの姿をありありと思い出し、涙で目が曇って飛び石の列がぼやけてしまう。虫はますます鳴きしきるけれど、ノラは矢《や》っ張《ば》り帰って来ない。

ノラはもう帰って来ないのだろうか。

しかし、半年はおろか、七八ヶ月は待ってやらなければいけない。きっと帰って来るから待て。一年過ぎて帰った例もある、と云う手紙や電話を方方から貰っている。そう云われればそんな気がするし、又そう思いたい。それではノラはどこでどうしているのだろう。

ノラが出て行った翌くる日大雨が降ったので、うちへ帰って来る道がわからなくなり、どこかをほっつき廻っている内に、野良猫になってしまったのだろうか。しかし一年半うちで育ったノラに野良猫となる才覚があるとは思えない。

初めの間は知らない所をうろうろしていたかも知れないが、どうしても内へ帰って来られないので、散散迷った挙げ句どこかの家で飼われているのではないか。

どうもそうではないかと思われる。今私の家には迷い猫が這入《はい》り込んでいる。いつ迄も帰って行かないので呼び名がなければ不便だからクルツと云う名前をつけてやったが、そのクルツを見るにつけて、ノラもどこかで同じ様な事になっているのではないかと思う。

クルツの事は次の章で述べる。

ノラが出先で病死したり、往来を横切る時自動車に轢かれたり、そう云う事も考えなければならないが、一匹前に育った猫が病死する事は先ず無いと云う経験者の言を信じたい。自動車には猫はよく轢かれる。それでその後始末をする区役所の係に頼んだり、又猫を埋めたと云う話を聞き、知らせを受ければ詳しくその毛並や特徴を問い合わせて来た。こちらから出掛けて行って、埋めた場所を掘り返させて貰った事もある。いずれもノラには該当しなかった。

ノラは猫捕りにとられたのだろうと云う人もある。突きとめた事ではないから、そんな事はないと断言するわけには行かないが、本誌八月号の「ノラやノラや」に書いた通りの理由で、先ずそれは考慮の外に置いていいだろうと思う。しかし猫捕りの事を云う人には、そう考えるのは楽しい点もある。ノラは猫捕りに連れて行かれて、皮を剝がれて、三味線に張られて、今頃は美人の膝に乗っているだろうと云う。人の家の猫がいなくなったと云うと、すぐにそう云う事を聯想する人の御先祖は何をしていられたのかと疑わしくもなる。

二

本誌に寄せた「ノラや」「ノラやノラや」その他を輯めた単行本が出来掛かっていて、今その校正中である。

だれでもそうであるに違いなく、当然の事ではあるが、私は一篇の文章を書き上げた後その推敲に骨を削り、何遍でも読み返した上でないと原稿を編輯者に渡す気になれない。ところが、読んでくれた人に申し訳ない事で、あけすけに云うのも憚《はばか》る様であるが、「ノラや」と「ノラやノラや」の二篇は推敲はおろか、書き上げた物に後から一通り目を通すと云うただそれだけの事すらしていない。とても出来なかったのである。締切りに追われた為ではない。苦しくて自分の書いた物を読み返す事が出来なかった。書き綴るのがやっとであって、それをもう一度読んで見る勇気はなかった。従って原稿に脱字誤字、或は文章の重複があったかも知れない。その一切に目をつぶって、書き放しの儘《まま》編輯の係に渡し、そう云うわけですからどうか宜しくお扱い下さいと頼んで、後はただ自分の取り乱した気持が自分の書いた原稿の中へ逆戻りしない様にと云う事だけを念じた。

じきに新らしい雑誌が出来上がり、私の書いた物が活字になって載っている。その雑誌を手に取って、いつもなら先ず自分の書いた物を活字で読み返して見るのだが、「ノラや」と「ノラやノラや」の時は決してそこの所を開かない様にした。

だから、出来栄えは良くないにきまっているが、どの程度にどうなっているか、今だに私は知らない。

それが今、単行本に成り掛かっている。校正をやってくれる人から、いろいろの質疑や打合せを受ける。「ノラや」の所で、ここはどうなのだと云う質問を受けた。校正刷を突きつけられて、見たくないからどうにでも御勝手にと云うわけには行かない。

それが「ノラや」の四月十五日の項で、その時ふと次の一節が目についた。

「夕方近く洗面所の前の屏の上にノラに似た猫がいた。違うとは思うけれど、じっと見ていると似ている様な気がする。瘦せて貧弱だが、ノラももうその位は瘦せたかとも思われる。余り気になるので家内に追って貰ったら、隣りの庭へ降りて行く後姿の尻尾が短かかったので違う事がはっきりした。」

この時の尻尾の短かい猫が、今私の家に這入り込んでいる迷い猫のクルツである。

この猫がそんな時分から私の所のまわりをうろついていたとは思わなかった。右の四月十五日の前後に、この猫の事を記述した項が外にもあったかどうか、自分で覚えていないが、クルツの事が段段はっきりして来たのは五月十一日以後、つまり第二稿「ノラやノラや」に入ってからである。

見すぼらしい猫で、瘦せて薄汚くて、ニャアニャア云う声も憐れっぽい。おまけに左の眼がどうかしているのか、いつも涙を垂らしている。泣いている様で可哀想になる。

ノラが帰って来なくなった後へ、よその猫が何匹も家のまわりをうろつき廻って、お互に喧嘩をしたり追っ掛けたりした。そう云う猫に、物置小屋の前のきまった場所でいつも食べ物をやる事にしよう。そうして集まって来る内に、いつかノラがその中のどの猫かに構って一緒について来る事があるかも知れないと思った。今にもノラが帰って来たら食べさせようと思って取っておいたおいしい物を、日が経つからその中に入れてやる事もあった。

何匹かの猫が来て、入り代って食べて行った様だが、いつもきまって物置小屋の前に姿を見せたのはクルツであり、貰う方も与える方も段段にそう云うきまりになって来て、雨の降る日なぞクルツは物置小屋の中へ入れて貰う様になった。

その内に雨が降らなくても物置小屋の中で寝る様になり、腹がへると辷りのいい物置の戸を自分でごろごろと開けて出て来て、お勝手の入り口でニャアニャアせがむ。ノラの事を思うのでつい可哀想になり、又毛並がノラによく似ているから何となく追っ払いにくかったりして、次第に家内や私に馴染みが出来た。

雨がひどく降った日に、家内がクルツをお勝手に入れてやったのがきっかけで、到頭お勝手口から家の中へ這入って来る様になった。這入って来ると人の顔を見上げてニャアニャア鳴く。いつも目から涙を流しているので、泣きながら這入って来る様な気がする。家内が脱脂綿を硼酸《ホウサン》水で濡らして、目を拭いてやる。ノラに似ているので家内が抱き上げて何か云っている。そう云えば私もこの猫に聞きたい事がある。

三

「ノラやノラや」の後の日記抄

六月十四日金曜日　ノラ80日

快晴

クルツにさわらない様にしていたが、昨日今日つい背中を撫でてやった。その毛の手ざわりの荒い事、思い出せばノラは丸で天鵞絨《ビロード》の様であった。ノラの兄貴とか弟分とか云うのは違うかも知れない。

六月十六日ヨリ二十二日マデ「千丁の柳」ノ旅中。

六月二十七日木曜日　ノラ93日

終日雨

今年の五番颱風が九州の西の海で消えた後の大雨が降り続き、三月二十七日にノラが出て行った翌くる日の晩の雨の様な音が降る。矢張りお勝手の戸を開けて、ノラはまだ帰らぬか、今こうして開けている内に帰らぬかと思う。そう思うのが無理で繁吹《しぶ》きがひどく、これでは猫は歩けないだろう。三月二十八日のあの晩と同じだと思い悲しくなって繁吹きの戸を閉める事が出来ない。こんな雨の音のする晩ノラはどこのお家に迷い込んでいるのか。

六月二十八日金曜日　ノラ94日

雨

クルツは家に落ちついて澄ましている。もとからうちの猫だった様な顔をしている。どこの猫だか知らないが、飼い猫だったには違いない。決して野良猫ではない。無闇に人をなつかしがる。家の中でそこいらをうろうろするクルツを見るにつけ、ノラもさんざん迷った挙げ句、うちへ帰れなくなって、このクルツの様にどこかの家へ迷い込んでいるに違いないと思う。

七月一日月曜日　ノラ97日

薄日　曇　夕から雨

クルツが流しの隅につるした金網籠の中の豆の皮などの間に手を突ッ込んで探している。この迷い猫は何をするのだろうと思う。牛乳はもとから貰っているし、ノラは生の小あじの筒切りが好きだったが、クルツはさばが好きな様だからいつも途切れない様に買って与えている。時候が段段さばのしゅんになって、生きのいい秋さばの色を見るとうまそうである。たまに猫の御馳走の上前《うわまえ》をはねて、こちらで一切れ二切れお相伴する事もある。その外、かつぶしだの竹輪だの、クルツは食べ物に不自由していないのにそんな事をする。どこでどう云う風に育った猫か知らないが、叱って流しの縁から降りさした後で、こうして迷い込んだ続きにしろ、うちにいる猫だと思うと情ない気がする。尤《もっと》も、もとの自分の家を出て、私の所に落ちつくまで、大分長い間外をほっついていたらしいから、止むを得ないかも知れない。ノラは決してそう云う事をしなかった。流しの上にもお勝手の棚にも上がった事がない。しかしノラもすでに百日に近い間うちにいない。帰って来ても何をするかわからないが、どんな不行儀になっていてもいいから早く帰って来い。

七月二日火曜日　ノラ98日
晴半晴　曇　夜雨
晩クルツが出て行った儘、夜半過ぎて寝るまで帰って来ない。五月のいつ頃からか私の所に落ちついて以来、もう大分になる。もともとよその猫ではあるが、帰って来ないとなれば、かすかに淋しい気もする。しかしノラの場合と違って、まあ仕方がないと思う。
そう思って寝たら朝になって帰って来た。雨が降ったので帰れなかったのだろう。

七月五日金曜日　ノラ101日
晴　曇薄日　昨日から暑くなった
家内は夜来合わせていた日下と一緒に、麻布一ノ橋の近くの一本松へノラに似た猫を見に行ったが、ノラではなかった。

七月九日火曜日　ノラ105日
曇雨　午後小雨
ノラの事を何かのはずみで、或は何でもないのについ思い出す。成る可く触れない様にしているけれど、思い出す。思い出せば堪らない。五六日前にノラ探し第四回目の新聞折込みのびらが五千五百枚刷り上がって来たが、今仕事中なのでそれを配ると方方から電話が掛かって来るから、仕事が一段落するまで待とうと思ってその儘にしてある。ノラの事を思い出して堪らなくなる時、そのびらが出来ているから、今じきに配るからと思うだけでも余程気持がらくになる。

七月十五日月曜日　ノラ111日

曇

夕方出掛ける前、玄関を開けると、木戸の所におやノラが、と思ったらクルッだった。

七月十六日火曜日　ノラ112日

曇　薄曇　遠雷　夜雨

午下《ひるさがり》菊島が新聞折込み広告のびらと、別に英字新聞に入れる英文びら五百枚を新聞配達店へ届け又麹町警察署へも行ってくれた。

七月十七日水曜日　ノラ113日

曇

午まえ麴町四丁目の近くの某家からノラらしい猫の知らせあり。その近所の肉屋のせいさんに行って貰った。非常に似ていると云うので、すぐに家内が馳けつけたけれど、その時は外へ出て行っていなかった由。
午過ぎ平山が来ている時、麴町警察署から電話があって、いつぞや出したノラの捜索願により神楽坂署から加賀町の某家に似た猫がいると知らせがあったから行って見よと教えてくれたので、家内が平山と一緒に行ったが違っていた由。
夕近く麴町四丁目の今日午まえに行った某家から、又その猫が来ているとの知らせがあったので家内が馳けつけた。又違っていた。

七月十八日木曜日　ノラ114日
雨　曇　薄日　晴　夕曇
朝一たん目が覚めた後寝直そうとしていると、七時、九時半、十一時半にノラの電話で起こされた。午まえ家内は知らせのあった九段の芸妓屋と、三番町の某家と、大妻学校の傍の某家と、九段三丁目の某家へ探しに行ったが、初めの三軒の猫は違って居り、四軒目にはその時はいなかった。

七月十九日金曜日　ノラ115日

曇　薄日　半晴　夕曇

今日も朝の内二度ノラの電話あり。十六日の折込み広告以来頻《しき》りに方方から電話が掛かって少しごたごたするが、ノラを探す為だから構わない。

家内の妹がよく当たる占いに見て貰ったら、ノラは生きている。平河町の方角にいると云ったと云う。占いは信じないけれど、そちらの方も探して見ようと思う。家内は午頃麹町五丁目の某家へ似た猫を見に行ったが違っていた由。又出直して九段三丁目の某家へ、知らせのあった猫を見に行ったが違っていた由。更に出直して夕方近く平河町の獣医へ行ってノラの心当りを尋ね、又隣接のパレスハイツへ英文のプリントを入れて貰う様に頼んで来た。

その留守中、昨夜から帰らなかったクルツが帰って来て御飯を貰った後、屏に上がっていた。屏の上から枝にとまった雀でもねらったのかも知れない。音がしたと思ったら、ノラが子供の時に落ち込んだ同じ水甕《みずがめ》に落ちたのであった。

すぐに這い上がって、びしょ濡れになって庭の方へ行ったが、この猫はなぜノラのする通りの事をするのだろう。書斎の窓をがりがり引っ掻いたり、洗面所の前の木戸の上でニャアニャア人を呼んだり、ノラそっくりの事をするので気になっていたが、

ノラが落ちた水甕にまで落ちた。

水甕は物置小屋の横の柿の木の下陰にある。ノラはその水甕におっこちたのが縁で

私の家の猫になった。クルツもその同じ甕に落ちて、甕の水を浴びてノラの留守に居坐るつもりなのか。

七月二十日土曜日　ノラ116日

曇　薄日　夜半過から雨

夕方近く家内は千駄ヶ谷の動物愛護協会へノラを探しに行ったが、無意味であった。愛護協会と云うのは猫や犬を「眠らせる」つまり殺して始末する所の様である。

七月二十七日土曜日　ノラ123日

曇　小雨　夕半曇

今朝の覚め際の夢に、隣りの番町学校の屏に寄せて立てたうちの忍び返しのこちら側に、明かるい毛色の猫がいる。そこへ猫がいられるわけはないが、いた。ノラだと云う事に疑いはなく、うれしかった。

七月二十八日日曜日　ノラ124日

晴　午後快晴　長梅雨が明けたらし

お勝手の前を、昔の子供の時の志保屋の台所の上り口だったかも知れないが、クルツが向うへ行った。その後からクルツより大振りで、毛の色がもっと淡く明かるい感じの猫がそっちへ行きかけた所で目がさめた。ノラだったと思ったのは起きてからである。

七月二十九日月曜日　ノラ125日

快晴

この二三日、ノラが新座敷が出来る前の、或は出来たすぐ後の庭の飛び石の上で、小春日を浴び、春先の日ざしを浴びて、こちらを、私の方を見ていた姿を思い出して目を外らす。

七月三十一日水曜日　ノラ127日

晴　薄日　午後快晴

今日も二三ノラの知らせの電話あり。余りはっきりしないのもあるが、今となってはその知らせを受けるのが只一つの頼みである。

八月一日木曜日　ノラ128日

快晴　午後快晴

昨日も今日も三十四度半　連日無風で堪らなかったが今日は微かに風動く。

今日はどうしたのか一日じゅう、午後も宵も未明四時に寝るまでノラの事が繰り返し繰り返し思われて涙止まらず、本当にノラはどうしたのだろう。どこにいるのか。それともどこにもいないのか。

八月二日金曜日　ノラ129日

晴　午後快晴

宵三番町の某店からノラの電話があった。今いると云うのではない。

八月八日木曜日　立秋　ノラ135日

雨　遠雷　午後曇

未明四時半過ぎ遠雷の音とクルツが屋根を歩く音で目がさめた。クルツに窓を開けてやったりして中中寝続けられなくなった。

夜になってクルツが無闇に家内や私に身体をすり著けて、何かを訴えている様に思われる。暫らくうちにいたのでこの猫も憎くはない。もう自分のもとのお家に帰ろうと云っているのではないか。どこかの飼い猫だったに違いないから、帰るならそれが一番いいけれど、真直ぐに帰ればいいが又途中で迷ったりしては可哀想である。家内と相談して、ノラの為に用意してある小鈴のついた頸輪を嵌めてやる事にした。そうしておけば、金具の部分に私の所の所番地や電話番号が彫りつけてあるから、迷っても手がかりになる。自分の家に帰ったなら、その家から知らせて来る事が出来るだろう。クルツは頸玉をつけても邪魔にもせず、ちりちり鈴を鳴らしている。ノラには更めてもう一つ、もっと皮の柔らかいのを造っておいてやろうと思う。

八月九日金曜日　ノラ136日

晴

クルツが昨夜掛けてやった頸輪の鈴を鳴らして廊下にいるが、お膳に来ようとはしない。いいお行儀の猫だと思う。それにつけノラがどこかで飼われていて、お行儀が悪くなってお膳に手を出して叱られてはいないかと思う。

八月十四日　水曜日　ノラ141日

曇　微雨後晴

朝荻窪からノラの電話あり。少し遠過ぎるとは思うけれど、何とも云えない。一縷の望みを掛けて後報を待つ。二度目の電話でノラでない事が判明した。

八月十五日木曜日　ノラ142日
小雨　曇
午まえ二七ノ通からのノラの電話で目がさめた。違っている。

八月十七日土曜日　ノラ144日
曇薄日　午後半晴半曇
夕七時過ぎ町内六番町の某家からノラではないかと思われる猫を閉じ込めてあるから見に来いとの電話あり。すぐに家内が行って見たがノラではなかった。

八月三十一日土曜日　ノラ158日
快晴　初秋の朝らしくすがすがし
平山がノラの為に用意しておく新らしい頸輪を持って来てくれた。金具の所に所番地や電話番号を彫らせるのに手間が掛かった由。前にあったのは八月八日の立秋以来クルツが嵌めている。

九月一日日曜日　ノラ159日
曇微雨　温度下がりて二十五度半

寝てからクルツが寝床に来て寝たり、そこいらをうろうろするので、そんな事をしなかったノラが可哀想になり、今頃はどうしているかと思って泣けて仕様がなかった。

九月三日火曜日　ノラ161日

曇　夕半曇

夜十二時ペンをおいた時からノラの事を思い出し、或はもう帰らないのではないかと思ったら可哀想で可愛くて声を立てて泣いた。

九月五日木曜日　ノラ163日

快晴　晴　半曇

クルツも憎い猫ではないが棚に上がって仕様がない。ノラは一度もお勝手の棚へ上がった事がない。早く、とせがむ時は流しの縁に両手を掛けて背伸びをした。その姿を思い出す。小いさかったノラが、あんなに大きくなっていた。

九月十三日金曜日　ノラ170日

曇　小雨　夜半過から本降り

クルツが落ちつき払ってくつろいでいるから、お前は一体どこの猫だと云うと、家内が抱き上げて、内田さんとこの猫だわねと云う。もう帰っては行かないだろうし、それはそれでいいが、夜は毎晩寝床へ来て寝る。ノラは決してそんな事をしなかった。冬の寒い晩に茶の間でストーヴをたいていると、そろそろ這入って来て、しかし畳を踏まない様に、家内がその前で横になっている毛布の裾に上がって近づいて来た。そんなに遠慮させたノラが可哀想で堪らない。

九月二十日金曜日　ノラ177日
晴　薄日　午後曇　夜半から小雨
夜十時過ぎノラらしい猫の知らせの電話あり。尻尾はそうらしかったが、腹が白くないと云うのでノラではない。

九月二十一日土曜日　ノラ178日
秋晴
今日も午後ノラかと思うと云う電話あり。違っていたけれど、こんなに日が経っているのに、世間の知らない人がまだノラの事を覚えていてくれるのが難有い。

九月二十六日木曜日　彼岸明け　ノラ183日

残雨　曇　午後又雨

午下目をさました儘寝床に坐って煙草を吸い新聞を見ていると、小雨が降ったり止んだりしている外からクルツが物置小屋のトタン屋根にどたどたと音をさせて降りて来てすぐに茶の間の入口に顔を出し、その儘すたすたと這入って寝床の後ろへ廻って寝た。ノラも外から帰ると必ず一たん間境の入口へ顔を出し、それからすぐに引き返してお勝手へ行ったり、風呂場へ這入って風呂蓋に上がって寝たりした。座敷へ這入って来なかったノラの事を思うと可哀想で涙が出て止まらない。しかし今私の後ろで頤を上にして、安心し切って寝ているクルツを叱るわけもない。

四

昔の古い唱歌に、

猫の子、子猫
名はお静
変な名の猫だと思う。
お静やお静
静かに行きて
鼠捕れ

と云うのがあった。猫が鼠を捕るのは一つの手柄である。ところが私の家にはノラを飼う前から、鼠は一匹もいなかった。鼠の出這入りする穴を一一丹念にふさいで、鼠の侵入を許さなかった。

昔からそうしているので鼠に悩まされた事はない。そこへノラが住む様になっても、家の中にノラの獲物はいない。ノラは庭に出て隣りの学校との境の混凝屏《コンクリべい》の根もとの所にしゃがんでいる。小さな穴があって、そこから出這入りする鼠の影でも見たのだろう。

ノラがうちにいないと思うと、よくそこで穴口の見張りをしていた。随分気長にいつ迄でもじっとしていて、鼠なんか来ないよ、もうお帰りよと云って呼んでもこちらを見向きもしない。

その内に間抜けな鼠がいて、ノラに捕まった。ノラはその鼠をくわえて、初手柄を立てて、お勝手から家の中へ馳け込んだので家じゅうおお騒ぎになった。

家の中で悪い事をする鼠を退治《たいじ》てくれたのならいいが、家に鼠はいない。よその鼠を取って来て、家へ帰って台所や廊下でぼりぼり食って、そこいらに血を流したり、血のついた鼠の頭を転がらせたりされては堪《たま》らない。家内と二人掛かりで鼠を横ぐわえにしたノラを追い廻してやっと外へ出て貰い、次にくわえた鼠を離させる為に、ノラの好きなチーズや蒲鉾《かまぼこ》を持って行って御機嫌を取ったが、それは考えて見れば猫に取ってはそんな物より鼠の方がよかったに違いない。決して離さないなりで庭草の中にもぐったり、木賊《とくさ》の間に隠れたりした。

どうかした機《はず》みでノラが鼠を離して家の中へ帰って来たが、半殺しの鼠をどこへ捨てたかで又一苦労した。夕方で辺りが暗くなりかかっていたので懐中電気を持ち出し、やっと葉蘭の根もとに鼠を見つけて、土を掘って埋めてその騒動が終った。ほっとした家内がノラを抱いて、口のまわりを拭いてやって、猫には合点の行かぬ事を云い聞かせた。「ノラや、お前はいい子だから、もう鼠なぞ捕るんじゃないよ」

ノラはすばしっこい猫ではなかったが、クルツは一層要領が悪いらしい。ノラが鼠を捕って来た様な英雄的行為はクルツには出来そうもないから今の所先ず安心である。

ノラはもうあんまり巫山戯《ふざけ》廻ったりしなくなっていたが、クルツはまだどうかすると、何かが面白くなって止めどがつかなくなるらしい。独りで飛んで跳ねて、こないだの晩は床の間の花瓶を引っ繰り返した。初めの内はノラの兄貴か弟分かよくわからなかったが、この頃になってそれはもうはっきりした。ノラよりは少くとも一季は遅く生まれたに違いない。或はこの春先に最初のさかりがついて、もとの自分の家を出たきり、帰って行く道がわからなくなって私の所へ迷い込んだのかも知れない。だから、ノラもきっとどこかにいると思う。

クルツはノラより小柄である。まだ育たないと云うのでなく、柄がそうなのだろう。

しかし五月半ば頃初めて私の家へ這入り込んだ時分から見ると随分ふとって大きくなった。初めは毛の手ざわりがざらざらして、ノラの手ざわりとは丸で違うと思ったが、この頃では毛が柔らかくなり又つやが出て来た。全体に大分綺麗にはなったが、尻尾が実に貧弱で見られない。お尻の端に生えているのでなく、背骨の途中から捲くれ上がった様で、短かくて一摘《ひとつま》み程しかない。しかもそれがノラの尻尾の先の様に曲がって鉤《かぎ》になっている。だからいつだって金玉の袋も穴も丸出しである。後ろから見ると誠に見っともない。

ノラが自分の好きなおいしい物を食べている時、よく後ろから尻尾を引っ張ってやった。いやがるのは承知の上で、もしいやがってフウとでも云ったら怒ってやろうと思った。

いやだったに違いないが、向うの方が一枚上手《うわて》で一度もうるさそうにした事がない。知らん顔をして食べたい物を食べた。クルツにはまだ試して見た事はない。引っ張る程の尻尾がないのだからそんな気にもならない。

クルツは口もとに特徴がないが、ノラは口をつぶってまともにこちらへ向いていると、吉右衛門の明智光秀の様な感じがした。吉右衛門だけでなく私の友人にもノラに似た口許のプロフェッサーがいるけれど、気を悪くされるといけないから名前は指さない。

猫の一番可愛い所は耳である。こっちを向いてぴんと立てていても、向うを向いて三角の後ろを見せていても、尤《もっと》もらしく物物しく、小さくて時時片っ方ずつ動いて、そこの所が一番猫らしい。ノラがぼんやりしている時は、いつも耳を折り畳んでやった。片一方をちゃんと折り畳んで、これでよしと思って、もう一つの耳に取り掛かると、人が折角折ったものをぴんと伸ばしてしまう。たまに両耳を両方とも折ってやった事もある。クルツの耳は小さいのか固いのか弾力があり過ぎるのか、一度も、片耳だけも成功しない。

ノラはよく目糞をためて家内に取って貰ったが、クルツの様に涙を流した事はない。クルツは私の所へ迷い込んだ当時からいまだに目がなおらない。脱脂綿を硼酸水で濡らして拭いてやるだけでなく、薬局から小児用の点眼水を買って差してやる。一箇分を使ってしまってまだなおらないから、今二箇目を差している。この幾日か少し良くなった様にも思われるけれど、外から帰って来た時は矢張《やは》り涙を溜めている。

クルツはすでに私の所を自分の家と心得ている様で、庭のまわりをノラがした通りに馳け廻り、屛に上がってよその猫が来ると喧嘩をする。そうして鼻の先を引っ搔かれて帰って来る。

その度に家内が治療してやって、どの猫にやられたのだ、今度来たらひどい目にあわせてやる、お前はいつも負けてばかりいるから意気地《いくじ》がないと云う。

怪我をして来たから負けたとは限らない。相打ちと云う事もあらぁねえクルツ、と私が肩を持ってやる。

ノラだって怪我をして帰ったけれど、クルツはノラよりは弱い様で、何となくしけていて不景気である。この頃少し明かるい陽気な感じになった様にも思われる。

ノラを子供の時から座敷に入れない様にしたのは小鳥に掛かるといけないからで、ノラはそれが癖になり彼の習慣になっていたから気を遣う事はなかったが、クルツはよその家で育ったからそんな事にはお構いない。迷い込んで来た初めからずかずか座敷に這入《はい》った。その為に随分こちらで気を遣い、クルツが小鳥の方を見ようとすると、すぐに頭を叩いて止めさせる様にしている。

そうして気をつけているのに、一寸した油断でクルツが中床の棚の上の飼籠《こおけ》にいる宮崎目白に掛かろうとして、柱を攀じ登ったところを家内が見つけ、頭を叩いて叱って無事に済んだ。更めて抱き上げて目白を見せ、その前で私も頭を五つ六つ続け様に叩いてやった。

クルツは悉《ことごと》く恐れ入り、耳を低く食っつけて、小さくなった。下に降りると人の足もとで頭を畳につけて、頭からごろりと寝て恭順の意を表した。叱られた時はいつもそうする。甘えたい時にもその恰好をする。

二三日前の朝の夢に、向うに大きなライオンがいて、胴の長さが畳一畳敷ぐらいあった。その大きなライオンが私の見ている前で頭を地面につけたと思うと、クルツがする通りの要領でごろりと横になった。

クルツはさばが好きで、さばを常食としている。その間にチーズの御飯とかつぶしの御飯を食べる。かつぶしを貰う時は、家内がかいている傍にきちんと坐り、両手を前に揃えて突いて、いつも同じ恰好でおとなしく待っている。きっと育てて貰ったもとの家でそう云うお行儀にしつけられたのだろうと思う。その様子を見るとこの迷い猫が可哀想になる。

ノラはかつぶしは食べなかった。ノラの常食は生の小あじであったが、時たま家内の手から貰うお鮨の上の玉子焼には目がなかった。家内の膝に両手を乗せて、玉子焼を貰っていた恰好を思い出す。

ノラが帰らなくなった三月二十七日からもう半年になるが、その間一度も鮨を取っていない。今でもまだ註文する気になれない。私は仕事を続けている時、晩のお膳にはその日の仕事が終ってからでなければ坐らない事にしているので、その順序は毎晩遅くなる。だから仕事に掛かる前に一寸した小じょはんをしておく為にお鮨の握りを取り寄せる事がよくある。一日置き、どうかすると毎日続いた事もしょっちゅうで、御贔屓《ごひいき》の鮨屋があるのだが、三月二十七日以来ノラに触れるのがこわくて持って来させる事が出来ない。

五

この頃の時候でよく雨が降る。

今日は夜のしぐれに濡れた庭の立ち樹の向うを稲妻が走り、遠い秋雷が雨の音を抑える様に鳴り響いた。

ノラはどこにいるのだろう。しぐれがノラの道を濡らして降り続ける。

クルツが廊下でくしゃみをした。その拍子に頸の鈴がちりちりと鳴った。ノラの頸輪は出来て来た儘紙袋に入れて抽斗《ひきだし》にしまってある。抽斗を開けると紙袋の中でちりちりと鳴る事がある。

クルツが廊下で大袈裟な伸びをしてから、そろりそろりとこっちへ這入って来た。私の横に並んで坐って人の顔を見ている。すっかりうちに居ついて馴れて、憎い猫ではない。尻尾が短かいだけで毛並みはノラそっくりだから、その横顔の工合なぞどうかするとノラを見ている様な気がする。だから私は困る。「こらクルツ、そんなに鼻っ面を前に出して、一体お前はどこの猫だ。どこから来たのか知らないが、お前はノラの事を知っているのだろう。ノラがどこかの屏の隅か、雑草の草むらの中で、お前に向かって、おれはもううちへ帰れないから、お前うちへ行っておれの代りにいろと云ったのではないか。そうではないのか。そんな事はないか。ないか。うそか。どうだ」

クルツは涙を溜めた目で人を見上げていると思うと、大きなライオンがした様に頭を畳につけてごろりと横に転がった。

ノラ未だ帰らず

I

今日は三月二十七日である。朝から暗い空がかぶさって小雨が降った。時時やむけれど濡れた飛び石がまだ乾かぬ内に又降り出し、次第に雨脚が繁くなった。暗い雲の下に、いつもより早い夕闇が流れてもう外は見えない。

ノラが去年の三月二十七日の昼間、庭の木賊《とくさ》の繁みを抜けてどこかへ行ったきり、帰って来なくなってから丁度一年経った。去年のその日は朝は氷が張る程寒かったがいいお天気で午後は暖かかった。滅多に外へ出た事のないノラが陽気にさそわれて遠歩きをし、帰って来る道がわからなくなったところへ、翌二十八日は春寒がゆるんだ後の大雨が降り出して、猫の通る道を洗い流してしまった。

それからの一年間、一日ずつ数えて三百六十五日、毎日ノラが帰って来るのを待った。夜遅く寝る時、もう一ぺん閉まっている書斎の雨戸をもう一ぺん開けて、暗い庭の方に向かって、ノラやノラやノラやと呼んで見なければ気が済まない。

去年の五月下旬、ノラが出て行ってから五十幾日過ぎた時、熊本の未知の人から、いなくなった猫が必ず帰って来ると云うおまじないを教わった。ノラを待ってはいるけれど、おまじないを信ずる気にもなれなかったが、ノラが帰って来ない一日一日を数えて暮らすのは苦しい。今日は帰らなかったけれど明日は帰って来るだろうと思いたい。その区切りを毎日新らしくする為に、教わったおまじないを実行することにした。ノラが使っていた食器を綺麗に洗って伏せ、その上に小さな艾《もぐさ》を載せてお灸を据える。初めに始める時、すでに経過した五十幾日分を一どきに据えて、以後毎晩寝る前に一つずつ据えた。その役目を家内が引き受けた。食器の底が点点と焦げた艾で一ぱいになると一先ず掻き落として、又新たに始める。大体百日余りでお灸の台が一ぱいに詰まった様に思う。

その数を重ねて到頭三百六十五になった。そうなる前から、その数になるのがひどく気になり、こわい様に思われたが、五六日前に迫った時、丸一年過ぎたのだから毎晩お灸を据えるのは三百六十五日の数で止めようかと考えた。二三日の間、何度も何度もそう考えて見たけれど、結局その区切りをつけて、打ち切る決心はつかなかった。猫に暦は無い筈していている事に意味はないかも知れないが、止める事にも意味はない。

である。暦日が一年過ぎようと、お灸の数が三百六十五になろうと、そんな事に関係なく、こちらで自然に怠る様になるまで続ければいい。艾が途切れない様に、無くなる前に薬種屋へ註文しておけと家内に云った。

II

去年の秋「ノラに降る村しぐれ」を書いた後の日記の中の覚え書

十月五日土曜日　ノラ192日

未明雨　曇　薄日

午《ひる》過ぎ四番町の某氏からノラらしい猫が来ると知らせてくれた。

十月七日月曜日　ノラ194日

曇　半曇　又曇

午まえすぐ近くの双葉女学校の裏門の所にノラに似た猫がいるとの知らせを受けた。しかし道を歩いていると云うので、見に行く迄いるか否かわからぬから諦めた。午後一昨日知らせてくれた四番町へ家内が見に行ったが、その猫はいなかった。

十月十三日日曜日　ノラ200日

曇　晴　午後快晴　二十四度半
夜じっと坐っていて思う。ノラがうちへ帰って来られなくなっている。もう帰れないのではないかと思ったら、可哀想で涙が流れて止まらなくなった。
十月十五日火曜日　ノラ202日
快晴
夕方近くから外出した留守中にノラの電話あり。日外猫《いつぞや》を持って来ると云うので用心した時と同じ声で、矢張《やは》りお宅の猫をつれて行くと云った由。尻尾が短かいと云うので、それでは違うと家内がことわったが、今度は先方の所番地を明らかにしたと云う。

十月十七日木曜日　ノラ204日
明け方通り雨後曇　雨　午後風出でて雨時時やむ。夕半晴　二十二度
今日は天気予報に依ると、この冬初めての季節風が吹くと云う。まだ寒くはないが木枯しの走りと云うわけで、夕方近くから風が吹き荒れている。新座敷に坐り硝子戸越しに宵の庭を見ていると、庭の電気の明かりに浮いている飛び石の上を、風で揺れる木の枝の陰が動く。何かこちらへ近づいて来る様に見える。すぐにノラではないか

とは思わないけれど、矢張りひとりでにノラの聯想に結びついてしまう。これから先、風が寒くなってからノラがからだを冷たくして帰って来た時の事を思う。

十一月一日金曜日　ノラ219日

快晴

朝の覚め際の夢にノラがいた。いる所がわかった。そこにいると思ったが、はっきりしない内によくわからなくなって残念だと思う。しかし夢の中で、はっきりしたとしても、さめれば矢張り夢である。

十一月二日土曜日　ノラ220日

薄曇　曇　宵から雨

クルツが宵に雨の中を出たがって出て行ったと思うと暫らくして全身どぶ泥で臭くなって、目も鼻もわからぬ程よごれて帰って来たが、目の縁や鼻や耳に怪我をしている。負けて来たのだろう。家内がいろいろの薬で手当をしてやったが、ノラがどこかでこんな目にあったら、だれが手当をしてくれるだろうと思う。

十一月三日日曜日　ノラ221日

快晴

夜半二時を過ぎてもう寝ようかと思い、毎夜の癖でいつもノラが出入りしたお勝手の戸を開けて見た。その手許からノラが這入《はい》って来るとは思わないが、矢張り待ち心で外を見廻す。

死に遅れた秋虫の鉦叩《かねたた》きが、丸で調子の外れたゆっくりした拍子で鳴いているのが耳に立ち、ノラが遠くなる様で淋しい。

十一月八日金曜日　立冬　ノラ226日

快晴　風寒し

午過ぎノラの心当りの電話あり。尻尾の事を聞いてくれたが、毛色が違っていたらしく、その儘《まま》電話は切れたけれど今でもまだ気に掛けてくれる人が世間にいるのが難有い。それにつけても、どこかをうろうろした挙げ句、到頭帰れなくなったのではないかと思われるノラが可哀想で、もう外の風も寒くなったのにどうしているかと思う。

十一月十一日月曜日　ノラ229日

暖雨　午後雨南風を伴なう　夕雨上がりて西空晴れる　夜又雨

宵八時頃深川よりノラの心当りの電話あり。少し遠過ぎると思うけれど、又腹部の毛に斑が一つあると云うので違ってはいるけれど、親切な人がいると思えば難有し。

十一月二十五日月曜日　ノラ243日

快晴

ノラはすでに八ヶ月を過ぎ、うちの物音などで帰って来るとは思いにくいが、ノラがいつも帰って来る途中攀じ登った洗面所の窓を夜更けて閉める時、必要以上の音を立てて鳴らし、もう一度開けてノラやノラやと呼んで見る。今その目の先に、つわぶきの黄いろい花が三四輪、夜の薄明かりの中に咲いている。ノラはどうしたのだろう。

十一月二十八日木曜日　ノラ246日

快晴

夕一ツ橋学士会館の安倍能成さんの会へ行く。宴後迎えに来た石崎と下谷《したや》坂本のかぎ屋へ廻って飲みなおす。後でかぎ屋の向う側にある店の今川焼の焼きたての熱いのを食べるつもりでいたのに、石崎と店先で将棋をさして時間を忘れ、気がついた時は今川焼の戸が閉まっていた。何かでお酒の後口を変えたいと思い、酔っているから思い立ったら我慢が出来ない。今川焼が寝たなら、花巻蕎麦が食べたいと思ったが、お神さんが見に行ってくれたけれど蕎麦屋も寝ていた。止むを得ないからあきらめて夕クシーに乗って帰りかけると、上車坂の通の左側に汁粉屋がまだ看板を出していたので車を停めて待たせて、石崎と汁粉を食べた。店先に半歳ぐらいの腹の白い藤猫の子が香箱を造って寝ている。丁度可愛い盛りの大きさで、毛並みはちがうけれど、ノラもそんな時があったと思った途端、汁粉のお椀に涙が落ちた。

十二月六日金曜日　ノラ254日

薄日　晴

クルツがさかりがついていると見えて庭でニャオニャオ鳴いている。まだ若い声でやさしく可愛らしい。その声がノラそっくりなので聞いている内に涙が流れた。

午後荻窪の川南の交番の近くの某家からノラの心当りの電話あり、遠過ぎるとも思うし、少し違う点もある様だが、見知らぬ人の親切難有し。

十二月十五日日曜日　ノラ263日

曇

庭が暗くなってから、近所の縁の下にいるらしい若い雌猫が、ストーヴで曇った廊下の硝子戸の向うに顔を出した途端、ハッとしてノラかと思い、ついでゾッとした。

三十三年一月九日木曜日　ノラ288日

晴曇ヲ知ラズ

朝ノラの知らせの電話あり。毛色が違っていたが親切を難有く思う。

一月十五日水曜日　ノラ294日

雨

二三日雨が降り続いている。雨の音の為か、ノラがうちへ帰られなくなった時の事を頻りに思う。

二月二十四日月曜日　ノラ334日

雨　暖かし

もう一ヶ月ぐらい前から赤ひげ(琉球、種子ヶ島等ニ産スル駒鳥ニ似タ鳴禽)が啼き始め、高音《たかね》ではないが好い声で囀《さえず》る。日増しに声が大きくなり、節がはっきりして来た。それを聞くともなしに聞いていると、ひとりでに去年の今頃のノラの聯想につながり、赤ひげが啼くのがつらくなった。ノラももう一年近くなる。赤ひげの声は日毎に高くなって来た。ノラはもう帰らないか。

しかし一年ぐらい経って帰ったと云う実例を教えてくれた手紙が幾通か来ている。

二月二十七日木曜日　ノラ337日

曇

午後知らない人の電話にて麹町警察署の近くの遊園地にお宅のノラかと思われる猫がいるが、毛はよごれ人が近づけば逃げるけれど、何か好きな物を与えてもっとよく見て見ようと思う。ノラは何が好きかと尋ねてくれた。もう丸一年が近い今日、なおノラの事を覚えていてくれる人がある。

三月十七日月曜日　ノラ355日

曇　夜雨

高音を張って啼き盛って来た赤ひげの声を聞くたびに、去年の今頃の、まだうちにいたノラを思い出す。

三月二十四日月曜日　ノラ362日

曇　半曇

ノラの三月二十七日が迫りて昼も夜も目の中が熱い。庭の彼岸桜の枝に薄色の花が二三輪咲きかけているのを見ようとしても、その下でノラが遊んでいた姿を思い出し、花びらがうるんでよく見えない。

III

江州彦根からの来書に、その家の猫は去年の正月六日、つまりノラより三ヶ月近い前からいなくなって、未だに帰って来ない。人に話すと死んだか殺されたかしたのだろう、もう帰っては来ないと云い切る。しかしそうは思わない。きっと帰って来ると思うから今でも帰って来るのを待っていると書いてあった。

その同じ差し出しの二度目の手紙がまた来た。向うの日附は三月二十三日である。その猫が帰って来た。矢っ張り帰って来た。一年三ヶ月振りで夢の様にうれしいとあった。

ノラの事を思い合わせてうれしくもあり、又思い合わせて涙も流れる。彦根の手紙はノラがよこしたのではないか。

猫の耳の秋風

「クルや。クルや。猫や。お前か。猫か。猫だね。猫だろう。間違いないね。猫ではないか。違うか。狸か。むじなか。まみか。あなぐまか。そんな顔して、何を考えてる。これこれ、お膳の上を見るんじゃないよ。見たってそれは蓴菜《じゅんさい》だ。酢がかかっているよ。こっちは七味とんがらし。猫の食べる物ではない。猫には向かない。向いたってここではやらないからおんなしだが、そもそもお前はたしなみが足りない様だ。その低い貧弱な鼻を動かして、そら、鼻が少しずつ動いてるじゃないか。よくそんなぺちゃんこな鼻が動かせるものだね。小さな穴を片方ずつ、ひろげたりつぼめたりするのか。成《な》る程《ほど》そうすれば穴のまわりが伸縮して、鼻が動いている様な効果を現わす。それによってお前はお膳の上の物に興味があると云う事を示す。それがいかんのだ。お前はお行儀が悪い。ノラはそんな事をしなかった。第一、お膳のそばへは来なかった。お前はノラが帰って来なくなってから、うちの中へ上がり込んで、お前の思った通り勝手に振る舞っている。お前はお前でそれは構わないけれど、ノラが今に帰って来たら、仲よくするんだよ。喧嘩なぞしたら承知しないから。それまではそうやって威張っていなさい。しかしそんな所でお膳の端からいつ迄も蓴菜《じゅんさい》のお皿を眺めていないで、お銚子のお代りぐらいには起ったらどうだ。もうこっちは空いているんだ。猫の手も借りたいと云うのは今だぜ。クルや」

ニャア

「猫の様な声をするな」

ニャア

「さては矢《や》っ張《ぱ》り猫だな」

ニャア

「猫にしても男のくせにニャアスウ云うのではない」

ニャア

「何だ。何を云ってるのだ。お前の云う事は言語不明晰《ふめいせき》でよく解らん」

秋になってから、家内が病気して入院した。後に残りし猫と私は、よそのおばさんや奥さんやお母ちゃんが入り代りやって来て家の事をしてくれるお蔭で日日の明け暮れを過ごしているが、病院の事は心配だし、身辺は淋しい。入院当日の夜は猫が私の寝床に這入《はい》って来て、一晩じゅうかじりついて離れなかった。幸いに経過が良く、退院の日を待つばかりになってからは、猫を相手に一盞を傾けるお酒の味もよくなった。

「こらクルツ、お前は夕方もっと早く帰って来なければいかん。心配するじゃないか。高歩きをしている内に雨が降り出して、道がわからなくなり、ノラの様に家へ戻れなくなったらどうするのだ。一体お前は毎日出歩いてどこをほっついているのだ。身体に虱菜《しらみな》の実を食っつけて来るところを見ると、番町学校の前の空き地の草原を馳け廻っているのか、あすこにはよく死んだ猫が捨ててあるから、あんな所をうろつくのはよしなさい。こっちの禁客寺のお庭の方から屛の下をくぐって向うへ行くと、靴屋には権兵衛猫がいるよ。権兵衛はノラとは大の仲好しだったが、お前とは仲が悪い様だね。顔を合わせたらその儘《まま》には済まされない喧嘩相手なのだろう。お前がひどい怪我をして帰って来る時はいつも権兵衛と取っ組み合って、ふんずもぐれつやって来るのだろう。いつぞやお前の口のまわりに何だか黒い物がついていると思ったら猫の毛のかたまりだった。権兵衛は藤猫だから、その毛を食い千切って、むしり取って来たのだ。どっちが強いのか知らないが、喧嘩をするなら負けるな。しかし喧嘩には勝ってもお前が怪我をして帰るのは困る。成《な》る可《べ》くそっちの方へ行かない方がいいよ。わかったかい。わからないのか。わかったのでも、わからないのでもないか。そんな所らしいな。仕様がないな。こん畜生」

入院中の手伝いに来てくれるおばさんの家にも猫がいるそうで、その話しに、猫に畜生と云うと、何とも云えないいやな顔をしますよと云った。クルッがいやな顔をした様ではないが、こっちの話しは聞いているらしい。片方の耳の喇叭《らっぱ》を少しずつ働かして、人の顔を見ている。内側に毛の生えた喇叭の耳は、今では一匹前に大きくなった。ぴんと撥ねているが、ノラが出て行った後へ間もなく這入り込んで来た当初のクルッの耳は、小さくて貧弱で、親指の一節《ふし》ぐらいしかなかった。箆《へら》で額《ひたい》の上を二タ所ぴっぴっと撥ねた跡が耳になっていると云う感じであった。つまり彼はまだ一匹前に育っていなかったので、大体ノラよりは七八ヶ月後から生まれたのだろうと思われる。

ノラは隣家の縁の下で生まれたのだろう。少し大きくなってから、隣りとの境の屏の上で親猫と日向ぼっこをしたり、じゃれたりしているのをよく見掛けたが、その内に私の家で可愛がり出したのを見届けて、親猫はそれではこの子の事はよろしくお願い申しますと挨拶した様に私共に思わせて、どこかへ行ってしまった。そのノラが去年の三月二十七日に出て行ったきり、こんなに長く帰って来なければ、挨拶を受けた親猫にも申し訳がない様な気がする。

クルッは、クルッと云う名は、ノラの尻尾は封筒ぐらいの長さがあったが、クルッのは、短かく、おまけに小さなお椀の蓋の様に円くて平ったい。短かいから独逸語でクルッと名づけた。呼びいい様にクルとも云う。尻尾は長短著しく違うけれど、前から見た毛並みや顔の感じはノラそっくりである。ノラの事を気に掛けてくれているよその人は、クルツがいるのを見て、おやノラちゃんが帰りましたかと云う。私自身がノラ失踪の当初、屏を伝ってこっちへ来るクルツを見て、何度ノラが帰って来たと思ったかわからない。

ノラの素姓は大体わかっているが、その後へ這入って来たクルツは丸でわからない。私の家にこうして落ちつく迄、どこで育ったのか、どう云う家の飼い猫だったのか、見当もつかない。野良猫で育ったのでない事は手許《てもと》に飼って見てすぐわかる。どこかの飼い猫が何かのはずみで自分の家に帰る道を失い、私の所に落ちついてしまったのだろう。そうするとノラもどこかで同じ様な境遇になっているに違いないと、つい又そっちの方を思い出す。

クルツはくたびれたと見えて、お膳のわきで大変大袈裟な伸びをした。それから欠伸をした。

「これこれ、クルや。お前、それは即ち失礼と云うものだぜ。こちらはまだお膳の上が峠を越さないのだ。そら、木戸の音がした。そうら、そら、お待ち遠様と云った。全くお待ち遠さまで、大概四五十分、どうかすれば一時間待たされる。お前なぞ待っていられるかい。おばさんがここへ運んで来るのを、お前も行って手伝いなさい。泰然として動こうとしないね。その癖、鼻をひくひくさせ出したじゃないか。いいにおいがするかい。蒲焼だよ、鰻だよ。うまいんだぜ。後で、あっちで、お前の皿で少し戴くか。お行儀をよくすればやってもいいが、猫に蒲焼と云う語呂はあまり聞き馴れない様だな。クルや、蒲焼は高いのだよ。高いからうまいのだ。おさつやいわしも高ければもっとうまいだろう。安いからおろそかにされるのだ。もっと高くなって、高くて食べられない程高くなれば、食べたらきっとうまいだろうと想像する事が出来る。わかったかい。わからないかい。どっちにしてもおんなじ事だね。一体お前はそうやって、伸びをした後もまたじっと坐っていて、矢っ張りお膳のおつき合いをしているのか。ここを離れるのが淋しいのか」

手を出して撫でてやろうとすると、頭を少し下げてその手に擦りつける様にする。手の平に当たった片方の耳の端が割れていて、割れた儘になおって毛が生えている。いつぞやの藤猫権兵衛との出合いの時、権兵衛に裂かれた疵痕《きずあと》である。その時の喧嘩ではクルツの方が分《ぶ》がよかった様で、戦場がうちの庭だった所為もあったのだろう、門の内側のあたりで大変な声がしていると思ったら、お勝手口の前を権兵衛が矢の様に走り抜けた。すぐその後からクルツが追っ掛け、追いついて石炭箱の上で又取っ組み合いを始めたらしい。その声と物音でいつもの通り家内がお勝手から馳け降り、物干しの三叉《さんまた》の棒でクルツの味方をした。

背骨のあたりを叩かれた権兵衛が逃げて行った後、クルツは家内に抱かれて、ふうふう云いながら廊下の自分の座布団の上に帰って来た。全身方方に傷をして血だらけである。家内がリヴァノール液で疵口を洗って消毒し、その後へクロロマイセチン軟膏を塗った。クルツはおとなしく手当を受けて、済んだらそこへ寝たが、今迄にも怪我をして帰った事は何度もあるけれど、今日はその程度が大分ひどいらしく、見ていてもこちらが息苦しくなる程猫の呼吸が早い。ほっておいていいか知らと心配になって来た。特に額《ひたい》の真向《まっこう》の骨に達する傷が気に掛かる。

初夏の夕方の暗くなりかけた時間であったが、獣医に診て貰う必要があると判断した。心当りを問い合わせ、そう遠くない所にある犬猫診療所へ電話をかけて往診を頼んだ。処置を受ける都合からも、費用の点からも連れて行った方がいいにきまっているが、全身傷だらけの猫を家の外へ連れ出すのは、そんな事に馴れないから今の場合どうしたらいいかわからない。

ところが、ふだん猫のお医者を煩わすなどと云う事は考えた事もないので、丸で事情がわからなかったが、矢っ張り忙しい時は忙しいらしく、当のお医者さんはこれからすぐに出掛けて三鷹へ往診し、そこから鎌倉へ廻らなければならない。お宅へ伺うのは早くて十一時、もっと遅くなるかも知れないと云う事であった。

夜十一時を過ぎてからの猫医の往診は困る。なぜ困るかと云うに、その時間になれば肝心の私がお酒が廻っていて、こちらから頼んで来て貰った人に会う資格なぞなくなっている。又クルツの為に毎晩のその順序を変えたり省略したりしなければならぬ程、事態が切迫しているとも思えない。それでは今晩は一晩様子を見て、明日の工合で更《あらた》めてお願いする事にしましょうと云うのでその晩来診を乞う事は止めた。

幸いにクルツは一晩で大分らくになったらしく、翌日はもうその必要もないくらい元気になったから、猫のお医者がうちへ来ると云う事件は沙汰止みとなった。

私の懇意な家が大森にあって、私の主治医がまたそこの主治医でもある。その家には猫がいる。或る日主治医の博士が往診されると、その後から猫の主治医が来て、人間のお医者と猫のお医者が鉢合わせをした。

人間担当の主治医の博士は大きな診察鞄を提げ、京浜線の混み合う電車の吊り皮にぶら下がってやって来る。猫担当の主治医は田園調布の辺りの遠い所から、自動車で、看護婦を連れて乗り込んで来る。世は逆さまと成りにけりの感がない事もない。しかしそんな事を気にしても、それは猫の知った事ではない。

猫は何も知らないかと思う。しかしどうもそうではないらしい節《ふし》もある。知らないのでなく、知った事ではないと云う起ち場で澄ましているのではないか。知る事は知り、しかもその記憶がある程度は持続する例を実際に見た。ついこないだ、手伝いに来ているよそのおばさんと、そこへ来合わせた若い者が、あじの干物を焼いて二人で小昼飯を食べていた。ちゃぶ台の下でクルツが知らん顔をして香箱を造っている。そこへ遅く目をさました私が出て行って、自分で廊下の雨戸を開けたが、いつも勝手を知らぬお手伝いが雨戸の戸袋の始末にへまばかりやっているのを思い出して、御飯中だが一寸《ちょっと》起ってここへ来て、ここの所の壺の工合を見ておきなさいと云った。お膳の前を離れて廊下へ出て来た二人に、ここをこうすれば簡単に開くのだと教えて、それですぐに済んだが、その間にちゃぶ台の脚の所にいた猫が這《は》い出し、だれもいなくなったお膳の上のあじに手を出そうとしかけた所を二人に見つかって、こらと叱られた。クルツは悉く恐縮してすぐに手を引いたそうだが、おばさんがおなかが空いているのだろうと同情して、別の猫の場所に猫の御飯をこしらえて与えた。猫の御飯もあじである。猫の小あじは薄味に煮てある。クルツは自分だけ別にそれを食べ終り、うまかったと見えて口のへりを舐め舐め今度は私のいる方の部屋に来て、煖炉の前に坐り込んだ。

さっきのちゃぶ台のあじの干物からは大分時間が経っている。その間に自分の御飯も食べさして貰ったから、猫のおなかの工合は干物の焼いたのに手を出そうとした時よりは違っている。又その干物事件も手を出そうとした所を叱られた、未遂に終ったのだから私の方ではもう忘れていた。

煖炉の所でクルツはらくに身体を伸ばそうとしている。一眠りするつもりらしい。「御飯を食べて来たのか、クルや」と云いながら手を伸ばして背中を撫でてやろうとすると、私の手がまだ彼に触れない前に、ただ私の手がそっちへ動いたのを見ただけでクルツはどきんとしたらしく、全身を縮めてぴくんと跳び上がりそうな恰好をした。余程こわかった様で、そのぎょっとした様子はさっきの干物の一件が彼の記憶にまだありありと残っているのを示す様であった。それを見て、クルは利口だと思った。ノラは利口な猫であったが、クルも劣らず利口である。

「クルや、お前は利口だね。猫と雖《いえど》も利口な方がいいよ。人間には利口でないのがいるんだよ。知ってるかい。知らないかい。どっちでもいいね。利口だと思っていて、利口でないのもいるしね。これ、なぜ人の顔を見る。そんな目をして、人をしげじけと見るものではない。何を考えているのだ。お前の表情は昼でも晩でも、いつ見ても曖昧だ。もっと、はっきりしろ」

ニャア

「ニャアと云ったな。小さな声で。何だ。何だと云うのだ。わからんじゃないか。これクルや、こっちはもう空いたんだよ。おばさんにもう一本つけて貰って来な。心配するな。そろそろもうお仕舞だ。しかしその後が、それから後が長いのだよ。その間が楽しみなのだ。わからんかい。おや、雨が降って来た。雨の音がするだろう。耳を動かしたな。聞こえるだろう。トタン屋根の音だよ。クルや、雨が降ると淋しいね。長い病院にも雨が降って行くだろう。クルや、お前は病院と云うものを知らないね。長い廊下があって、白い著物を著た人が歩いているのだよ。行って見るか。連れてってやろうか。

少し頭を下げて、眠たそうな様子である。

「クルや、お前は今夜は随分おとなしいね。話しを聞いているのか、おつき合いをしているのか。淋しいのか。考えて見ればお前には身寄りと云うものがないね。お父っちゃんやおっかさんはどうしたのだ。いるかいないかわからんのだろう。兄弟もいたのだろう。みんなと別れ別れになって、うちへ這入《はい》って来て、人間の中に混じって、人間ばかりをたよりにしている。そう思うと可哀想だね。猫は淋しがり屋だと云うが、それは尤《もっと》もなわけだ。お前は外から帰って来ると、いつだって大袈裟な声をして、ニャアニャア家の者を呼び立てるじゃないか。門からお勝手口へ廻った時も、庭から廊下の外へ帰って来た時も、ニャアニャア云うから出て見ると、口を尖んがらかして、あれはわめき立てているのだね、ただ今、帰りました、帰って来たじゃないか、開けてよ早く、と云ってるのだろう。手伝いのよその人が迎えに出ると、軒下の小石の上などに腹ん這いになって、小石にしがみついて、抱かさらない様に意地を張るだろう。我儘《わがまま》が過ぎるし、よその人の親切に対して失礼でもある。こう云う非常な時は少しは遠慮するものだよ。どうだ、わかったか。あれ、あんなに雨の音がし出した。あしたも雨が降っていたら、外へは出られないのだよ。いいかい、クルや、わかったかい」

そう云って平手でぽんぽんと頭を敲いたら、その拍子に乗った様な動作でごろりと横にころがり、二本の前足を宙《ちゅう》に浮かした中途半端な恰好で、鮞《こち》の頭の裏の様な白い頤《あご》を前に突き出した。いつもする事で、そこを掻けと云っているのがわかっているから、彼が気に入る様に掻いてやった。しかし必ずしも痒いから掻いてくれと云うのではないだろう。人に甘えたい時の姿態、猫の気持を現わす一つの表情だろうと思う。

その儘クルツはちゃぶ台の横の空いた座布団の上に寝ころがって、すっかりくつろいだ顔をしている。

「クルや、お前は猫だから、顔や耳はそれでいいが、足だか手だか知らないけれど、その裏のやわらかそうな豆をこっちに向けると、あんまり猫猫して猫たる事が鼻につく。そっちへ引っ込めて隠しておけ」

二三日前の夜明けの、人間の足首の事を思い出した。入院中の留守の家事を手伝ってくれる女連の外に、私自身の身辺を構ってくれる若い者が幾晩か家に泊まった。私の隣りの部屋に寝ていたが、寝る時は暖か過ぎる程暖かくて、夜中から冷え込んだ晩の夜明け近く、私は目をさまして手洗いに立とうとした。廊下へ出るには彼が寝ている隣室の布団の足もとを通る。私が自分の寝床に起きなおって、そっちの方へ目をやると、彼は夜中に寒くなって、寝ながら掛布団を無闇に上へ引っ張ったと見えて、足の方は掛布団が切れて敷布団が出ている。驚いた事に、その白いシーツの上に足首が一つころがっている。

びっくりして、こわくなって、そっちへ行く気はしないが、なおよく目を据えて見なおした。間違いなく足首で、シーツの上に無気味にころがっている。じっと見つめたが、まだよく目がさめてはいない。有り明けにともしてある電気の光も薄暗い。何かを見違えているのだろう。暫らく眺めて、沓下《くつした》だろうと思った。沓下を穿いたなり寝て、後でもしゃもしゃするから脱いで足許《あしもと》へつくねたのだろう。そうだったのかと思い直してもう一度よく見たら、矢っ張り沓下ではない。間違いなく人間の足首である。

全く気味が悪い。ファウスト伝説に、寝て鼾《いびき》をかいているファウストを起こそうとして手を引っ張ったら、手が根もとから抜けてしまった。足を引っ張ったら足が取れたと云う話がある。ここに寝ている彼が、まさかそんな魔法を使う筈もない。クルツがどこかの縁の下から、くわえて帰ったと云う事もないだろう。クルツは夜は外へ出ない。あっちの座敷で寝ている。しかしそこにころがっているのは足首に違いない。どうにも合点が行かない。見たくないけれど、そこばかり見ている。

起ち上がって、電気を明かるくした。それで私の寝ぼけた目もはっきりした。矢っ張り本物の足であった。ただ、離れてころがっているのでなく、彼につながっていた。彼は沓下を脱いで、ずぼん下は穿いたなりで寝ている。その脚が引っ張り上げた掛布団の裾から出ていた。ずぼん下が洗濯屋から帰ったばかりなのか、新らしいのか、真白である。シーツは下ろし立ての新品である。白いシーツの上に白いずぼん下が乗っていて、こちらの目がよくさめない所へ電気がぼんやりしているから、シーツでずぼん下は帳消しになり、沓下を脱いた裸の足首だけが目に入って、無気味な勘違いをした。

足首の一件はクルの知った事ではない。縁の下からくわえて来たかと押し詰めて考えたわけでもない。悪く思うな。ただその足の裏の豆が気になって、足首を思い出したばかりだ。

「おやおや、寝た儘で、足の先だけで伸びをしたな。器用な真似が出来るものだね。指の間を随分ひろげたじゃないか。もうそろそろおつき合いに飽きて来たと云うのだろう。ところがこちらは、さっきから急にいい心持ちだぜ。猫が退屈して、こちらは廻って来て、食い違いだね、クルや。もう一ぺん起きてお出で。起きて来て、お前も何か食べさして貰え。おばさんのとこへ行って、ニャと云いなさい。くれるよ。お前の好きな物は、常食の小あじの外に、出前の洋食屋が持って来るコロッケのわきづけのヴィンナソーセージ、あの揚げた味がお前は好きなのだね。猫は練り物が好きだと云う、お前もその例に洩れない様だ。しかしソーセージは今晩はないよ。取らないんだもの、ないよ。それから銀紙に包んだ三角なチーズ、あれも好きだね。矢張り練り物だからな。洗濯シャボンを嚙る様で面白くもないが、猫の好むところへ容喙《ようかい》する事はない。あれはあった筈だ。あっちへ行って貰いなさい。おやおや、起きて来たね。

矢張り人の云う事がわかるのかい。しかし、起きた途端に、そら、またその小さな鼻をひくひくさせる。お膳の上をそんなに見てはいかん。あっ、そうか、忘れてたよ。忘れて食べてしまった。お前に蒲焼を少し残してやる筈だった。あぶらでずるずるしているから、つい咽喉へ辷り込んだのだ。御免よ、クルや、チーズで我慢しな」

ノラも大体クルツと同じ様な物が好きだったが、特にいつも取り寄せる握り鮨の中の玉子焼には目がなかった。家で焼く玉子焼と違うところは、魚河岸から買って来る魚のエキスの汁で玉子がといてあるのだそうで、猫の口にも別の味がしたのだろう。

ノラが帰って来なくなってから、ノラがその玉子焼をあんなに喜んでいたのを思い出すのがいやで、鮨屋に何のかかわりもないのに、それ以来鮨を取り寄せるのを止めた。勿論外の店から取る様な事はしなかった。今度家内が退院して帰ったら、それを機会に、またノラがいた時の鮨を取ろうかと思う。但し、玉子焼は抜かせる。そんな事を指図すれば向うでは取り合わせに都合が悪いかも知れないが、先ずそう云う事でもともと贔屓《ひいき》の鮨を再び家へ入れる事にしよう。取らなかった期間は一年八ヶ月である。その間にその店の御主人は他界し、ノラのいる時、家へ届けて来たノラの馴染みの兄さんが今はお店で握っているのだと云う。

クルツもその玉子焼を貰えばよろこぶに違いない。しかしノラがいないのに、それをクルツにやる気にはなれない。ノラが帰って来たら、そうしたら一緒に与えてどちらもよろこばせよう。それ迄は玉子焼はお預けにする。

　家内の入院と云う事件の為に、もう一つ区切りをつけた事がある。ノラの失踪後、熊本在住の未知の人から教わった猫が帰って来るおまじないを続けて、毎晩お灸を据えて、その数が五百三十五になったのが入院の前晩である。ノラを待つ気持に変りはないが、それを続けていられない事情が起こったのだから止むを得ない。五百三十五回で一先ず打ち切った。

　そんな事をこのクルツはみんな知っているのか、丸で知らないのかわからない。起きなおってもとの通りお膳のそばに坐り、人の顔を見ている。お酒がいい工合に廻ったところで、ついノラの事を思い出したから、困る。目の裏が熱い。

「ねえクルや、困るねえ。よそうねえ。そうら、あんなに雨が降っている。段段ひどくなって来た。雨が降るのも困るねえ。音がするからいけない。クルや、お前か」

　膝の上へ抱き上げたら、その儘自分ですわりをよくして落ちついた。辷らない様に片手で支えてやっていると、次第に膝が温かくなり、それを感じた拍子についクルの顔の上へ涙が落ちた。

「クルや、何でもないんだよ。そらもうお酒もお仕舞だ。お仕舞にしようね。それで、そもそもお前は猫である。膝の上なる猫はお前か。お前が猫でクルでお前で、まみでむじなで狸ではなかったか」

クルやお前か

一

蘇《そ》聯《れん》の衛星船ボストーク三号と四号が地球の外に飛び出して、まわりをぐるぐる廻っているそうだが、そんな事はどうだって構わない。うちの猫クルツがこないだ内から病い篤《あつ》く、家の者三人、私と家内と女中と、惣掛《そうがか》りで夜の目も寝ずに介抱している。ボストークは八月十二日と十三日であったが、その騒ぎの外に十八日から十九日に掛けては十二番颱風《たいふう》が接近し、庭樹の枝があわただしく動いて、揺れている梢《こずえ》に頻りに通り雨が降り灑《そそ》いだ。

硝子戸越しにその濡れた庭の見える座敷の、何日来敷き放しにした家内の寝床の上で、クルは一日一日とおとろえて行く様である。寝たきりで、もう起き出す元気はないらしい。

傍についていて、可哀想だから何度でも頭や背中を撫でてやる。その手ざわりに、段段骨がはっきりさわる様になった。毛の生えた肌もたるんで、だぶだぶになって、皺が深くなった。

しかし一たび治療の験《げん》が見えて来れば、それから先は著著《ちゃくちゃく》と元気をつけてやる事が出来る。早くその転機を迎えたいと、猫の枕頭に附き添い神様にたよる気持で一心に祈る。

クルは家に来てから五年三ヶ月、その間私共に心配ばかりさせている。気が強くて喧嘩早いので、年がら年じゅう怪我をして帰って来る。その疵口《きずぐち》の消毒薬、化膿を防ぐ抗生物質の薬二三種、別にクルの主治医の所から貰って来てある内服薬など、クルの薬局の小箱に薬を絶やした事はない。

心配の種は大概外傷であったが、今度も矢張《やは》りそれがもとだったかも知れないけれど、ひどい暑さの続いた土用の後半から、クルは何となく元気がなくなった。

八月に入ってからの或る日の朝、家内がいつもの通り外へ出たがるクルを抱いて、玄関前の庭から門の方へ行った。まだ門まで行かない内に、クルが抱かれた手から下りようとするので放してやると、家内の前を先へ歩いて行きかけたが、見ていると、その足どりが何となくよたよたしている。

こんなに元気がないのに、外へ行けばきっと又喧嘩をするに違いない。その際この調子では廂《ひさし》や屏に攀じ登る事も困難だろうと思ったので、家内は手から降ろしたばかりのクルを又抱き上げて、その儘《まま》うちへ連れ戻った。

それきりクルは再び外へは出なかった。

あの時、あの儘クルを外へ出していたら、或はもう帰って来られなかったかも知れない。どこかの知らない家の縁の下か、空地の草むらの中などで、こんなに病気になったとしたら、どうしてやる事も出来なかったでしょう。あの時すぐに連れて帰ってよかった、よかったと、寝ているクルをさすりながら、頻りに家内が繰り返した。

二

クルは毎晩家内の寝床に抱かれて寝た。寝る時は枕をするのが好きらしいので家内が小さな猫の枕をこしらえてやった。ずっとその枕で寝ていたが、この頃になってから枕でなく、家内の腕に抱かれて寝る癖になった。

後から考えると、何となく段段人にすり附いていたがる様になったらしい。

そうしておとなしく寝ていればいいが、自分が寝るだけ寝て目をさますと、独りで起きているのは淋しいのだろう。夜なかでも、夜明け前でもお構いなく、いろんな事をして寝ている家内を起こす。人の顔のそばに自分の顔をくっつけてニャアニャア鳴いたり、濡れた冷たい鼻の先を頰に擦りつけたり、それでも起きないと障子の桟に攀じ登って、障子の紙を破いたり、抽斗棚の上に置いてある独逸《ドイツ》土産のシュタイフの仔鹿を引っくり返したり、有らん限りのいたずらをする。家内がいくら叱っても怒っても利き目はない。猫の目的は、自分独り起きているのはいやだから、人が寝ているのが気に入らないのだから、寝ている家内を起こす事に在る。だから家内が根負《こんま》けして、そこに起き直ればおとなしくなる。起きたのを見届けて、それで気が済むと今度は寝床の足もとの方に廻り、らくらくとくつろいだ恰好になって、又ぐうすら寝込んでしまう。

我儘《わがまま》で自分勝手で、始末が悪い。

しかしそうやって、何と云う事なく人にまつわり附いていようとする猫の気持が可愛くない事はない。

家内はお蔭で寝不足が重なり、何日目かには頭がくらくらすると云って昼寝をしたり、薬をのんだりしなければならない。

そうして朝になると外へ出たがる。

どこに、どんな用事があるのか知らないが、丸でお勤めにでも行く様に出掛ける。

しかし雨が降っていれば出さない。

家内が、お前は傘もさせないし、雨靴もないのだから駄目だよ、と云ってもわからない。抱き上げて、硝子戸越しに外の雨を見せても納得しない。

まだ出たがって、ばたばたする。

家内が抱いた儘、勝手口から一足外へ出て、猫の額《ひたい》に雨垂れを二三滴当てる。「そうら、雨こんこん、降ってるだろ」と云い聞かす。そうするとクルはあきらめる様である。後はもう騒がない。

外へ出た日は、朝行ってお午まえにはもう帰って来る事もあり、夕方暗くなってもまだ帰らない事もあり、待っているのに到頭帰って来ないで一晩家をあけると云う事もある。そうなると翌くる日は家内が近所の心当りの家へ猫探しに廻る。前のノラの時からの仕来たりなので、先方でも、見かけませんよとか、昨日は家の庭にいましたよとか、よその猫を二匹後ろに従えて、あっちの方へ行きましたよ、とか教えてくれる。

一晩でなく、二晩も続けて家をあけて、非常に心配させた事もある。

出て行った後でお天気が変り、雨が降り出して、迎えに行ってやる当てもなし、どうしようと思っているところへ、濡れねずみになって帰って来た事もある。

近頃は大体出這入《ではい》りが順当になって、余り大した心配もさせなくなった。帰って来ると初めに頸玉の鈴の音が聞こえる。微かな音だが必ず家の者のだれかが聞きつける。先年のノラ探しの時に、人から貰った小さな鈴で、南洋のどこかの島の産だと云う。非常に遠音《とおね》のする銀鈴である。

その音と共にクルがニャアニャア云いながら帰って来る。うちの庭へ這入ると鳴き出すらしい。段段に間を詰めて、何か意味ありげに人を呼ぶ。「只今」と云っている様でもあり、「帰って来たじゃないか。なぜ迎えに出て来ない」と云っている様でもある。

どこへ行って来たのか知らないが、考えて見ると、こうしてうちへ帰って来ると云うその気持が可愛い。

クルは私のうちを自分の家だと思っているに違いない。人に飼われていると云う、そんな劣等感など微塵もないらしい。我儘に横柄《おうへい》に振る舞い、したい放題の事をして、ほしい物は遠慮なくねだる。それがまた口は利かなくても、私共の方によく解り、猫の求める所がその儘人間に通じるので、自然、萬事がクルの思う通りと云う事になる。猫が人間と対等であるのみならず、どうかすると猫の方が一枚上であるかも知れない。

そうやって鈴の音をさせ、ニャアニャア云いながら帰って来ているのに、すぐに中へ這入らず、いつ迄も外で鳴いているから、家の者が行って見ると、クルはお勝手の前の物置きの屋根にいて、そこから宙《ちゅう》を飛んでお勝手の棚へ乗ろうとしているらしい。

クルが飛びつこうとする所には硝子戸が閉まっている。その硝子戸を開けろと云って屋根の上で騒いでいるのである。しかし台所の棚だから、いろんな物が列んでいる。そこへ飛び乗られては困る。しかしクルは今にも飛び出す姿勢で、腰を揉んで、はずみをつけている。硝子戸の閉まった儘の所へ飛びつけば、爪が掛からないから下に落ちるに違いない。その下には鏡を抜いて水を張った四斗樽がある。樽の中へ落ち込めば又一騒ぎを起こす。早く連れて来なければいかんと云うので、女中が外へ出て、物置きの屋根に梯子《はしご》をかけ、手を伸ばして抱き下ろそうとした。

するとクルはその手を擦り抜け、屋根の後ろ側へ廻り、隣りとの境の屏の上へ行ってしまった。

仕方がないから女中が梯子を降りると、クルはまたもとの場所に引き返し、同じ姿勢になって、飛び掛かるはずみをつけている。

もう一度同じ事を繰り返したが、矢張りクルは手に抱かさらない。こちらで根負《こんま》けして、クルが飛び込んでもいい様に棚の物を片づけた上、急いで硝子戸を開けてやったら、上手にひらりと宙を飛んで棚の上へ乗った。

それで彼の気が済んだらしい。棚から降りて甘えて、鰈《かれい》の御飯をうまそうに食べた。

外で喧嘩をして、傷をして帰った時も、すぐには中へ這入らない。ニャアニャア鳴きながら、何となく外で躊躇している。

それは永い間の経験から、こう云う時はすぐにつかまって、消毒液で痛い所を洗われる。それから治療されるにきまっている。それを知っているから、こうして帰って来て早く中へ這入るにはその覚悟をしなければならない。それでつい足が重たいのだろう。

外の切り上げが早く、お午まえに帰って来た時は、朝の遅い私は大概まだ寝ている。昼間はクルは私の寝床で寝る習慣である。

帰って来て戴く物はいただき、方方をなめて毛づくろいも終ると私の所へ来る。寝ている私の顔のそばに自分の鼻面を近づけて、大きな声でニャアニャア云う。或《あるい》は私が掛けている毛布の中へもぐり込む。

そうしてすぐに寝入ってしまう。

一眠りした後、いつもきまってする癖は、それから私の足もとに廻り、そこにクルの為に敷いてある座布団に上がって、すっかり本式にくつろいで寝込む。クル用の座布団は私の寝床の裾に重ねた儘、決して外へ動かす事はしない。だからクルはそこへ来ればいつでも自分の寝る所をよく知っているのだろう。一廻り外を廻って来て、帰って来てから好物の鰈《かれい》の御飯を食べて、身体をなめて、すっかり落ちついてから、その自分の座布団の上でぐっすり寝入る。もう少少の事では目をさまさない。遅くなってから私が目をさまし、起き出す時分にはクルは大概ぐうすらである。猫の鼻から提燈は吊るさないが、そばで人が起き直ったり、動き出したりするのは何の刺激にもならないらしい。第一、寝ているクルは何の警戒も用心もしていない。敵に備えると云う心構えなぞ丸でなさそうなのである。

私は起き出して寝床を離れる時、必ずクルに口を利く。眠っているクルの額《ひたい》に私の顔を押しつけ、手でクルの胴を抱えながら話し掛ける。クルにはクルのにおいがする。

「クルやお前か」

咽喉の奥の方で、「うンうン」と云う様な声をする。眠っていながら返事をするつもりなのだろう。

「クルや、お前か、そうやって寝んねしているのか」

「うンうン」と云いながら小さな手を伸ばして、手の先の爪のある指の間をみんな広げて見せる。

「クルや、お前はお利口だねえ。そうやってお利口に寝んねしているのか。クルやお前か」

今度は頤《あご》を自分の両手の間に抱え込む様にして、くるくるっと丸く、細螺《きしやご》の貝の恰好になって、すうすうと鼻息を立てる。私が構っている間じゅう、一度も目は開かない。

その儘夕方まで寝ている事もあり、又はいつの間にか起き出して来て、みんなに交じって家の中を行ったり来たりする。

私が廊下に起って硝子戸越しに庭を見ていると、そばにやって来て、片足にそっと身体を擦りつける。或は二本の足の間に這入ってそこに腰を下ろす。そうして私と同じ様に庭の方を向き何かを一心に眺めているが、一体何を見ているのだろう。私はそこに起って庭を見ているが、ただそうやってそっちを向いているだけで、何を見ているわけでもない。クルは私が何かを見ているかと思って、私と並んで庭に向いているのか、それとも自分には自分で興味のあるものか、気になるものかがあって、庭を見ているのか、私には解らないが、解らないなりにいつ迄もそうやって私と一緒に向うを見ていると云うクルの気持が可愛い。

昼間じゅうぐうすら寝続けている時でも、夕方近くなって魚屋の兄さんがお勝手口にやって来ると、その気配ですぐに目をさまし、起き出して来て台所へ出る間境《まざかい》の襖をがりがり引っ掻く。

そら、もう起きて来た、どうしてわかるのだろう、とこっちで話している間もがりがり引っ掻いて、早く開けろと云っている様である。

開けてやると出て来て、それで気が済むらしい。必ずしもその場で何か貰おうとするのではない様で、いつも自分の好きな物を持って来てくれる兄さんが好きだから、出て来て猫の挨拶がしたいと云うのだろう。

それから又もとの自分の寝床に帰り、まだ温《ぬく》もりのある座布団の上で寝直す。猫は寝子だと云う通り、本当によく寝る。

私の晩のお膳はいつでも遅い。私がお膳の前に坐り、晩盞の杯を取ろうとする時になると、その頃合いをクルは実によく知っていて、それまで寝ていてもちゃんと起き出し、ぴたりと遅滞なくお膳のそばへやって来る。

そこへ来ても、私の横には坐らず、私と鉤の手にお膳に向かっている家内の膝にすり附き、私の方の手もとを見ながら、いつ迄でもおとなしくして待っている。頻りに小さな杯を脣《くちびる》に持って行く私を眺めて、感心しているのか、じれったがっているのかわからないが、時時坐り直すところを見ると待ち遠しいのだろう。

私は毎晩お酒を飲むので、お膳にはいつもお刺身がある。それは随分昔からの事だが、いつの間にかそのお相伴にクルがいる事になって、クルの小皿に分けてやり、一人前のお刺身を一緒に食べる習慣になっているので、たまにクルの帰りが遅く、私のお膳に間に合わぬ時や、今年の春の様に何日も入院させた時なぞは、一人でお刺身のお皿に箸を出すのが物足りなく淋しい。

私のお刺身は白身である。だからクルもいつも白身のお刺身をいただく。クルの主治医の注意に従い、鰺《あじ》や鯖《さば》は脂こくて猫によくないそうだから、常食には鰈《かれい》を与える事にしている。お刺身の白身は鯛の事もあるが大概平目である。クルが晩にいただくお刺身が白身の平目ならこれも申し分ないだろう。

いよいよクルにお刺身を取り分けてやる順序になる。

「クルや、お利口に待っていたのか。さあ上げるよ」

人の言葉が解るのか解らないのかと考えて見る迄もない。解るにきまっている。単語の一つ一つが猫に理解出来るか否かと云う事でなく、こちらの云っている事が全体として彼に通じる事は疑いない。起ち上って伸び上がり、家内の膝に両手を突いて、もうじっとしていられないと云う恰好をする。

私がクルの見ている目の前で、クル用の小皿に取り分けてやる。しかし決してお膳の上ではやらない事にしているので、家内がその小皿を持ってお膳を離れる。そうしてそこでお刺身を貰う位置が毎晩の事だからクルにもわかっているので、その場所へ先廻りし、いつもきまった方へ向いて家内の膝の前に坐る。

坐っては見たものの、便便と待ってはいられない気持で、腰を上げて中腰《ちゅうごし》になる。それはお行儀が悪いと云う事になっているので、家内が「えんこして、えんこして。えんしなければ駄目」と云うと上半身を出来るだけ伸ばした姿勢で、しかし腰だけは畳につける。

そうして手を伸ばして家内の腕を引き寄せる様にしてせがむ。家内の手から一切れずつ取って貰って食べる。見ていて、あんまり可愛いので、こちらから、もう少し食べさせてやれと、進んで追加をする事もしょっちゅうである。

お蔭で私の食べ分は半分にも足りなくなるが、それでいい。

その時の様子を思い出すと、私はクルのいないお膳でお刺身を食べる気がしない。

食べるに堪えない。

永年お膳のその順序で食べ馴れたお刺身だが、お刺身なぞ食べなくてもいい。食べたくない。

もう一ヶ月以上経つけれど、まだ一度もお刺身を註文しない。

三

朝出掛けて行こうとするクルの足もとが、よたよたする様だと云うので家内が連れて戻ったその日から、クルはもう外へは行かなかった。無理に行こうともしなかった。おとなしく家にいて、家の者と一緒に交じって一日を暮らす。全く家族の一員である様な顔をしている。それはそうだろう。外に身寄りがあるわけでもないのだから。おとなしいのはいいが、どうも元気がない様で、少し心配である。いつもの場所でよく寝て、晩のお刺身を楽しみに起きて来る日日のクルの順序に変りはないが、何となく気がかりである。

家から遠くない九段四丁目に古くからの犬猫病院があって、そこの院長さんがクルの主治医である。クルはしょっちゅう怪我をして来たり、何か故障を起こしたりするので前前からお世話になっているが、今年に入ってからも二月に八日間、五月に五日間その病院に入院させた。

今度もほっておくのは心配なので、前晩その病院に電話してクルの様子を話し、来診して貰う様頼んだ。

八月六日の朝、ドクトルが来診して手当の注射をしてくれた。その時は朝早いので私は失礼して診察に立ち合わなかったが、猫の夏風邪《なつかぜ》と便秘なる由。猫の夏風邪とは中中俳趣のあるお見立てだと思った。

八月九日木曜日　気温三五・七度

クルが引続き元気がない。心配で堪《たま》らぬ。朝クルのドクトル来診。手当を受く。早朝なれども起き出して挨拶し、又頼んだ。

八月十日金曜日　三四・三度

夜半三時半起き出して、クルの寝ている新座敷に行き、クルの様子を見る。

朝重ねてドクトル来診、手当。心配だから起き出して立ち合う。

八月十一日土曜日　三三・一度

夜明け四時半に起き出して、昨日の様にクルの様子を見に行った。その後も何度かクルの為に起きたが又寝床に帰って寝た。
今朝もドクトル来診、手当。朝早くても心配でその場を外すわけに行かない。立ち合って何とかしてやって下さいと頼む。毎日の手当の甲斐なくクルはまだ元気にならない。昨夜お刺身を少し吐いたが、その後ずっと何も食べない。今日一日牛乳も卵黄も受けつけない。午後遅く家内が病院に電話してその事を訴えたけれど、今朝の注射に栄養が入れてあるから、今日一日何も食べなくても大丈夫だとの事。しかしそう云われても、クルの丸で元気のない様子を見ると心配で堪《たま》らぬ。家じゅうがしんとして、お勝手に人が来ても、だれも余り口を利かない。

星落秋風五丈原
清渭《せいい》の流れ水やせて
むせぶ非情の秋の声
丞相《じようしよう》病ひ篤《あつ》かりき

切れ切れに思い出す昔の新体詩、丞相《じようしよう》は諸葛孔明、病い篤《あつ》きはうちの猫。猫が孔明であってもなくても、なおればいい。

八月十二日日曜日　三二・六度
朝八時半クルのドクトルの来診にて起きた。手当を受けたが容態は良くない。ますます心配である。夕方クルが牛乳を飲んだので、漸《ようや》く良くなりかけたかと思い、うれしくてこちらも元気が出て、暫らく振りにお膳のお酒が進んだ。ところが後でクルがさっき飲んだ牛乳を戻したので、矢っ張り駄目かと可哀想になり泣いた。涙が止まらない。クルの小さな額《ひたい》に顔をくっつけて、クルやお前か、クルやお前か、と呼びて憐れむ。

八月十三日月曜日　三四・一度

七時前目をさます。クルの事が気がかりで、一たん目をさましたらもう寝られない。今日は八時前にドクトル来診。手当をして貰ったが、敗血症を起こしているのではないかと思うとの事にて一層心配也。

八月十四日火曜日　三五・二度

朝八時ドクトル来診。手当。クルは二三日前よりはらくになっている様で、どこと云う病苦はなさそうだが、依然何も食べない。すでに骨に毛が生えた程やせている。この儘《まま》で推移すれば恢復は六ずかしいだろうと思い、心配で堪らない。

八月十五日水曜日　三二・六度

朝八時過ドクトル来診。手当。クルは昨日あたりから少し良くなりかけている様で、少量ながら牛乳を飲み出した。

八月十六日木曜日　三三・八度

未明午前三時から三時半頃、クルはだれも知らぬ内に、足もとがヒョロヒョロしているのがどうして独りで歩けたか、電話のある三畳の古新聞や未開の郵便物の積み重ねの前に来て、坐っていた。

何のきっかけか解らぬが、その隣りの三畳に寝ていた私が気がつき、廊下を隔てて鉤の手になった新座敷に寝ている家内を呼び、「クルが独りでこっちへ来ているではないか」と云ったので家内が驚いて起きて来て抱いて行った。

三畳のそこはクルがいつも積み重ねの新聞の縁を引っ搔いて叱られる所である。以上の事は後で家内から聞いて知ったが、自分では丸で記憶がない。なぜ目がさめたか、それもわからぬ。思い出せないので、夢だったかと云う気もしない。

ドクトル朝八時過来診。手当。クルは病苦はなさそうだが、牛乳も鰈《かれい》のそぎ身も食べたがらず。朝ドクトルが鰈《かれい》を食べさせてくれたのと、午後一時過重湯と牛乳を混ぜたのをほんの少し飲んだだけで、その後四時頃又牛乳を与えようとしたが飲まない。昏睡に陥っているのではないかと案ぜられる。午後ドクトルとその事に就き電話で話したが、矢張りクルは良くならないらしい。可哀想で堪らないけれどドクトルの口占《くちうら》から察すればそう思わなければならない様である。毎日来て診ていて、大丈夫です、今に良くなりますとはただの一度も云っていない。

クルの為に片づけずにその儘《まま》にしてある家内の寝床で、クルは一日じゅう寝ている。そうしてだれかがいつもその傍にいてやる様にしている。

同日の午後、その傍にほんの一寸《ちょっと》の間だれもいなくなったのに気がつかなかった。こっちの三畳にいた私の耳に、二声猫の声が聞こえた様に思われたので、お勝手口にいた家内に、猫の声がする様だがちがうかね、と云うと、猫の声ではないでしょうと云った。しかし矢張り気になるので新座敷へ来て見ると、どうして上がったか、そんな体力はない筈のクルが卓袱台《ちゃぶだい》に上がって、家内の湯呑み茶碗を引っくり返していた。水が飲みたかったのかも知れない。

家内が来て抱いて下ろすと、お勝手の方へ行きたがって、仕切りの硝子戸の前でそっちを見ている。行きたがる所へついて行ってやれと云ったので、家内がついて行くと、よろめきながら洗面所へ行った。上に上がろうとするらしいので、到底上がれはしないから、家内が抱いていてやると、抱かれた儘《まま》で洗面器の水を飲んだ。いつもクルが外から帰って来ると上がって飲む所である。

夜半の三畳と云い、卓袱台と云い、洗面所と云い、皆クルが馴染みの場所へ一通り行って見たのではないかと思った。

晩のお膳の時、クルは起き出して、よろめきながら私の寝床のある三畳の方へ行き、いつも自分の寝る座布団のある所まで来て、その横の襖の前でヒョロヒョロして倒れた。微かに変な声をした。いよいよ駄目かと思い、みんなあわてたが、幸いまた持ち直した。その儘、動かすのは可哀想だから、家内も三畳へ来て一緒に寝てやって、夜通し腕に抱いていた。

八月十七日金曜日　三三・四度

朝八時ドクトル来診。手当。クルは依然験《げん》は見えず。昨日の電話の時、この上の処置は強心剤の注射だが、利き目が切れた時苦しむので、と云う話だったが、遠い昔の祖母の臨終に、八十三歳で寿命が来ているのに、医師の強心剤の処置の為、最後を苦しんだ時の事を思い出し、こうして段段衰えているクルに、昔の祖母の様な苦しみはさせたくないと思った。クルは今日も殆んど何も食べない。夜もその儘で一日過ごした。可哀想なれど止むを得ざるか。

八月十八日土曜日　三三・一度

昨夜はクルが心配で、三畳の自分の寝床に帰って寝る気がしないから、新座敷へ来てクルの傍でごろ寝をした。

朝八時前ドクトル来診。手当。その時牛乳少量を匙にて飲ませて貰った。午頃また牛乳を飲ませたら、自分で口を動かして匙から飲んだ。昨日よりは少しは良いかと欲目が出る。しかし夕方もう一度与えようとしたら、全く飲みたがらない。そうして手足の先が冷たくなりかけている。脚に湯婆《ゆたんぽ》の罎を入れてやって、何とかからくにしてやりたいと思う。今夜もクルが心配でクルのそばに寝る。

夜頻りに通り雨。十二番颱風の前触れなり。

八月十九日日曜日　二八・七度
朝八時ドクトル来診。手当。今日もドクトルに牛乳を飲ませて貰おうとしたが、クルは受けつけず。
信頼してまかせたお医者に、素人が立ち入った事を尋ねるのは差し控えるべきだと思うけれど、ドクトルの鞄から毎日いろんな注射液のアムプルが出て来るので、今日のは何何かと聞いて見た。
○リンゲル○葡萄糖○ヴィタミンB12○卵白から造った肺心臓の強化剤○輸血代用の注射液
輸血の件は猫の血液型を調べるのが六ずかしく、又猫の血液は凝固が早いので実際に使うのは困難だとの事。

以上五種の内、四種を太い一筒に混ぜ、別に小さな筒にて一種。

牛乳は飲まなかったが、注射の後暫らくすると、クルは何となくらくになった様で、いい顔をしてすやすや眠り、これでなぜなおらぬかとじれったくなる。食べさえすれば、もう一度元気になるだろう。しかし食べられないのが即ち病気と云う事になるのか。寝顔を見ていて可哀想で堪らぬ。

クルの額に顔を押し当て、クルやお前か、クルやお前か、と云うと、毛の生えた小さな三角の、左の耳をピッピピッと動かした。又手の先の指の間を少しひろげて反応する。もうこんなになっているのに、わかるのか知ら。

クルの嗅覚はすでに麻痺している。目も見えぬらしい。ドクトルが懐中電気の光りを当てて調べてそう云った。しかし耳だけは聞こえるのか。「クルやお前か」と云えば小さな三角の耳を少しピッピッと動かすその可愛さ、いじらしさ。

今朝も五時過に起き、丸で寝が足りないので午後三時半頃、クルのそばで横になったが、中中寝つかれず。

クルを撫でている家内が、吃逆《しゃっくり》をすると云ったので、すぐに跳び起き附き添ってやる。臨終也。余り苦しみはなく、家内と二人でクルに顔をくっつけ、女中が背中を撫でてやる内に息が止まった。午後四時五分。三人の号泣の中でクルは死んだ。ああ、どうしよう、どうしよう、この子を死なせて。取り乱しそうになるのを、やっと我慢した。しかしクルや、八月九日以来十一日間、夜の目を寝ずにお前を手離すまいとしたが、クルやお前は死んだのか。

四

縡切《こときれ》れたクルを暫らく抱いてやる。無論まだ温かく、可愛い顔をしている。しかしすっかり痩せて、ふだんの半分よりまだ軽い。可哀想な事をした。こんなに痩せる迄、どうにもしてやれなかった。顔をくっつけて、「クルや、クルや」と呼んだ。クルの小さな額《ひたい》や三角の耳に、クルの毛が濡れる程涙が落ちた。

しかし、もうする事はしてやらなければならない。

先年の「阿房列車」の当時、私は東海道の由比駅が好きで、何度も出掛けた。その時の由比の駅長が今は国鉄をやめて静岡の会社にいる。

その昔の駅長さんが、毎年季節になると静岡の蜜柑を送ってくれる。一顆ずつに青い蜜柑の葉が二枚ついていて、いつもその風味を賞する前に、先ず見た目を楽しませてくれる。

物置きにその空き箱があった筈である。私があんなに喜んだ蜜柑の箱だから、クルをその蜜柑箱に納棺しようと思う。

箱の底にクルの小さな布団やタオルを敷き、頭の下に小さな枕を置き、家内が抱いてその上に寝かせた。クルはまだ温かい。手足も柔らかい。私がその手を持って、御機嫌のいい時いつもする、くるくるっと巻いた細螺《きしやご》の様な恰好に手を曲げて、重ねてやった。

○

翌二十日は曇、頻りに通り雨、十二番颱風はそれるらしい。

昨夜頼んでおいた植木屋が朝来て、庭の屏際の小高くなった所に穴を掘り、クルの蜜柑箱を埋めてくれた。

終って植木屋が帰った後、颱風の余波の強い通り雨が、クルを埋めた土くれの上に降り灑いだ。

○

その日は終日うつら、うつら、流れ出る涙を抑えかねた。

その翌くる日もうつら、うつら。そうして非常に暑いと思ったら、三十七度一分に昇った由。

その次の日、クルの十九日から三日目の二十二日の朝、五時過に目がさめた。自分の三畳の寝床に帰って行く気になれないので、矢張《やは》りクルのいた新座敷に寝ている。まだ寝は足りないが、しかしもう寝られないだろうと思っている内に、その儘うとうとして三十分許《ばか》り眠った間にクルの夢を見た。

新座敷には浅い半床の床の間があり、銀の地が焼けて真黒になった漱石先生の短冊が懸かっている。

クルはその前の家内の寝床に寝ていて、悪くなってから最後の二三日は頻りにその床の間に上がりたがった。食べた物を吐いたり戻したりしたのは大概その床板の上であった。

夢でクルはもう死んでいるのに動き出し、一たん左の方へ行き、よろけながら右へ引き返して、その床の間へ上がった。家内に早く見てやれと云った。クルはもう目がなくなっている。床の間に行ったクルは、そこで丸まり、細螺《きしやご》の様になって前足を組み合わせて落ちついた。一昨昨日《さきおととい》蜜柑箱に納める時、箱の中でそうしてやったその儘の姿勢である。

その夢を見て、あれでよかったのだなと思った。

○

八月二十三日の夜になって、初めてこおろぎの声を聞いた。もっと前から鳴いていたかも知れないが、今年はクルの事で今夜まで気がつかなかった。

○

結婚のお祝、誕生日のお祝等に飾り菓子を出す。あれはお目出度い御祝儀のお菓子だが、霊前に供えたり、お悔みに届けたりする不祝儀の飾り菓子と云う物はあるのか。そう云う仕来たりがあるかないか、私は丸で不案内で知らないが、今年の冬私の小学校以来の旧友が亡くなった時、取りつけの菓子屋に註文して不祝儀の飾り菓子を造らせ、霊前に供えた。

八月二十五日、午後雷が鳴り、夕立が来て、雨は夜に入っても降り続いた。今日はクルの初七日である。クルをもう一度達者にして貰う事は出来なかったが、クルの最後まで連続十一日間、クルの為にいろいろ手を尽くして貰ったドクトルに感謝の気持を伝える為、不祝儀の飾り菓子を造らせて家内がお届けした。

菓子の表にチョコレートでクルの名前を入れた。

Kater Kurz

お菓子に書いたその字を見たら、独逸生れの米国籍の演奏指揮者エフレム・クルツ氏を聯想した。猫と一緒にしては相済まんが、お名前がうちの猫とおんなじだと云うだけで他に意味はない。今年の早春だったか、新聞に今夜羽田に著《つ》くと書いてあったその晩、私のそばにいたクルに、「クルや、お前は出迎えに行かなくてもいいのか」と云って頭を撫でてやったのを思い出す。

今日の夕立の雨は寝る前になっても降り続き、雨音繁し。クルの帰りが遅い晩は、こう云う時非常に心配する。今はその心労なし。ああして眠らせた後なれば。

○

八月二十六日の日曜日は朝から頻りに通り雨が降った。熊野灘から日本海へ抜けた十四番颱風の余波である。

クルは前週の日曜日の午後四時五分、うちの三人に撫でられながら、小さな頭を抱えられた儘息を引き取った。今日の今がその四時五分。しかしそれはもう済んだ事であり、又その日を数えるなら昨日を初七日としてドクトルへの届け物も済ませた。同じ曜日の日曜だからと思うのは意味はないだろう。しかし今日はその四時五分が気になって、どうにも払いのける事が出来ない。午過ぎから寝なおすつもりで横になったが、眠られず、頻りにクルのその時の事が思われてならぬから起きてしまった。二時過なり。起きて見れば時刻はますます四時に近づく。

○

八月晦日の夜遅く、お膳の途中で手洗いに起つ。帰って来れば必ずそこにいたクル、毛の生えた三角の耳をピンと立てていたクルがいない。夢でいいから、もう一度クルに会いたい。抱きたい。げに夢猫をうつつにぞ見る。

○

九月に入ってからの或る朝、まだ寝たいと思ったが中中眠られず、あきらめて起きた。その前にうとうとしたと見えて、クルの夢を見た。だから矢張り寝ていたのだろう。岡山の生家志保屋の店の土間から、表の倉へクルを抱いて這入《はい》って行った。「クルや、可哀想だったね」と云ったのは、クルが死ぬ時の事を思い出したからである。その倉の中の土間へ降りようとするのを抱き上げ、土間だから爪が引っ掛からない。そのクルの手を抱いているところで目がさめた。だから矢張り寝ていたのである。寧ろその夢を見る為に、覚め際に一寸《ちょっと》寝たと云う気がする。すぐに起き直ったが、クルを抱いていた腕や、クルの額《ひたい》にくっつけた顔に、まだクルのぬくもりが残っているのをはっきり感じた。

○

その翌くる日、夕方近くから空がかぶり、荒い雨の音がし出した。雨の音を聞くと、いつもそうだが、クルがまだ帰っていない時は、雨がひどくならぬ内に早く帰ればいい、と念じた。そう云う時に、降り出した雨をすり抜ける様にして、こちらの思った通り帰って来た事もある。今日の雨音を聞いて、何べんでもおんなじ事を思い出し、クルを思い出し、雨の音に耳をそらしたい気持になった。いくら待ってもクルはもう帰って来ない。

○

中秋名月から二三夜過ぎた宵、チンチロリンの松虫の声がする。このあたりにしては珍らしい。どこかの家の虫籠で鳴いているのだろうと思った。

彼岸猫の季節なので、外の猫にさかりがついたらしく、家のまわりでうるさく鳴き立てる。クルがいなくなってから、丸で庭に猫の影を見なかったのに、ニャアニャア云うので思い出す。家内は夜中猫の声が耳について寝られなかったと云う。お午まえ、さかりの声ではないらしい鳴き方で、家のまわりを何だか、うちの者を呼んでいる様な鳴き声で、頻りにニャアニャア云うからそわそわする気持になった。ノラとは違いクルは勿論そんな筈はない。

昨夜の松虫は近所の虫籠で鳴いているのでなく、うちの庭の筧《かけい》のそばの草むらにいるらしい。

○

クルの十九日がもう近い。この一ヶ月の間、連日の大暑の中で鬱鬱と暮らし、家じゅうみんなで腫れ物にさわる様にクルの事に触れるのを避け、クルの事を口に出さぬ様用心して過ごしたが、昨日一昨日の宵の松虫は実にうれしい。その声を聞くとすがすがしい気持になる。元来私はリンリーンの鈴虫よりはチンチロリンの松虫の方が好きであり、又近頃何年もその声を聞いていないので珍らしい。夕闇になると筧《かけい》のあたりで綺麗な、澄んだ、はっきりした節で鳴き出す。クルが私を慰める為、松虫になって、そこいらで鳴いてくれるのではないかと、昨夜からそう思い出した。そう云えば松虫のいるらしい草むらの少し先の所にクルの蜜柑箱が埋めてある。

五

野良猫の子のノラがうちに飼われて、家の猫になった後に新座敷が出来た。

だからノラは新座敷の普請を知って居り、門の屛際に積んである材木に乗って遊んだりした。

今から五年前の昭和三十二年の春、三月二十七日のお天気のいい午後、新座敷で家内が縫物をしている所へノラが来て、ニャア、ニャアと呼び掛け、外へ出たそうにするので、家内が抱いてお勝手口から門の内側の庭へ出て行った。ノラが抱かさった家内の腕をすり抜け、木賊《とくさ》のしげみをくぐって池のある方の庭に出て、屛を越えて南隣りの庭へ行ってしまったきり帰って来なくなった。

私の所には、昔の田舎の生家にも、又東京で家を持ってからも、大概いつも猫がいた。しかし家の猫が特に可愛いと思った事はなく、あまり構ってやった事もない。いてもいなくても、ちっとも気にしなかった。

それが今度、憐れな野良猫の子のノラが帰って来なくなってから、実に深刻に猫の可愛さを知った。

それから二ヶ月ばかり後、まだ毎日私がノラの事で泣いている所へ来たのがクルツである。だからクルは五年何ヶ月になる。

クルのその初めの時分の事、それに続いた私共との起居に就いては、この稿の前に幾篇かの書きとめた文章があった筈であるが、今すぐには思い出せない。

クルは五年何ヶ月、正確には五年三ヶ月の間に、すっかり私共の間に溶け込み、段段に可愛くなった。

初めクルは家へ帰れなくなったノラの言伝《ことづけ》を伝えに来たと私は思い込んだ。どこかの草むらか屛の陰でノラがクルに向かい、うちへ行ってそう云ってくれと云ったに違いない。クルは尻尾が短かいが、その外は毛並みと云い、顔かたちと云い、そっくりノラの生き写しである。

初めの内クルは涙をためた様な目で、人の顔を見上げた。その様子が何とも云われない程可愛く、次第にクルの事が気に掛かり出した。

ノラで懲りている。あんまり可愛くなっては困ると、いつもそう思っていながら段段に可愛さが増して来た。

何年来、毎日半日は三畳の私の寝床の足もとへ来て寝た。

私が起き出してから机に向かい、一生懸命に考え込んでいるところへ、さっきからあっちの新座敷やお勝手の方で何かしていたクルがやって来て、机の向う側からこっちへ向いて、人の顔をまともに見ながら、口をとがらしてニャアニャア云う。あっちで何か自分の思う通りに行かない事があって、私に言いつけに来るらしい。

何度でもそんな事があって、口は利かなくてもクルのつもりがこちらに通じる様に思われ出した。

しかしながら、可愛いけれど、夜中やまだ暗い内から騒ぎ出して、無理に家内を起こしてしまうのは困る。家内のいろいろの順序が翌日に差し支える。

それが余りひどくなって、毎晩続いて、家内がへとへとになり掛けた。可哀想だけれど、人間が寝なくてはならない間はクルを檻で寝かす様にしようかと相談した。

大体実行するつもりで、クルのドクトルに相談した。座敷に上げられる様な綺麗な檻があるそうで、二重の床になっていて、砂箱も入れられる。註文すればすぐに届けて来ると云うその店の電話番号も教わった。

もう電話を掛けるばかりである。

しかし考えて見るに、その中へ入れられて寝るのは、クルはよろこばないにきまっている。一度や二度なら兎に角、いつも夜になるとその中に入れられ、ついそこにある自分の行きたい家内の寝床へもぐり込む事が出来ない。檻の格子をがりがり掻いても外へは出られない。いやになって、晩になればその中へ入れられると思うと、家へ帰って来るのが気が進まないなどと云う事にでもなったら大変である。

そうなってからクルの行方を心配し、クル探しに気を遣う様な事にならないとも限らない。

クルを寝かせる檻を買うなぞ、そんな事を考えるのはよそう、と云う事になった。檻はやめたが、砂箱は夜寝る時にクルのいる新座敷へ入れておく。もとはお勝手の狭い土間の隅に置いたのだが、いつの間にか座敷へ上げておく様になった。

クルが病気になって、寝ついてからは、昼夜そこへ置き放しにした。初めの内、自分で歩いて行かれる時は勿論、よたよたしてそこまで行くのが大変になってからも、だれかに支えて貰ったり、抱かれたりして砂箱へ行った。一日一日と衰えて、抱いて行って貰っても、その箱の中に起っていられなくなり、人の手で支えて貰いながらでも矢張《やは》り砂の中にして、一度もしくじらなかった。

それが十九日の前日の夕方から、可哀想に到頭垂れ流しになった。勿論不潔であり、厚い敷布団は台無しになるが、そんな事は構わない。布団の事なぞ云っていられない。打ち直せばいい。そんなに、それ程までに弱って衰えたクルを動かすのは可哀想である。クルが好きで寝て、寝馴れた家内の寝床にその儘《まま》寝かしておいてやろう。

ただ一つの心遣りは、帰って来なくなったノラと違って、してやり度いだけの事はみんなしてやった。クルがしたがった事はみなさせてやった。

六

昔の中学の初年級から漢文を教わった。段段に六ずかしくなり、五年級では白文の韓非子などを読まされた。

しかし初めはやさしいのから入り、漢文の読本で教わるのは本来の漢籍から移したものでなく、興味のありそうな事を、物物しい調子の漢文で綴った教材であった。

印度の総督の幼い令嬢のお守りをする象の話、見世物の象が象使いの言うが儘に芸当をするわけ、そんなことが漢文で書いてあった。

そう云う話の一つに、濠洲《オーストラリア》の鴉が数を数える話が載っていた。

鴉が沢山いる所へ小屋を建てて、鴉の見ている前で幾人かの人が小屋の中へ這入《はい》って行く。小屋の前には鴉の好きな握り飯を積んでおく。

教わった時には何とも思わなかったが、後になって考えて見ると、オーストラリアの握り飯と云うのはおかしくはないか。オーストラリアの事はよく知らないが、或は土人は米食するのか知ら。

そんな事はどうでもいいので、解り易く握り飯と云う事にしたのだろう。それを見ている鴉は早く飛んで行って食べたくて仕様がない。

しかし小屋の中には人が這入っている。うっかり近づくわけには行かない。それでまわりの木の枝にとまった儘じりじりしている。

その時小屋の中から人が一人出て来て、どこかへ行ってしまう。後から又一人出て来る。続いて又もう一人出て来る。

つまり三人出て来た。すると今まで待ち構えていた鴉は一斉に枝から降りて、握り飯のまわりに集まる。

小屋の中に後に幾人残っているかは、鴉の関せざるところであって、三人出たのを見れば鴉は安心する。これに由《よ》ってこれを観《み》れば、鴉は三つまで数を数える事が出来ると云う話である。

猫は幾つまで数えられるのか知らないが、私の家は家族三人、その三人が揃っていないとクルは気が済まぬ様である。三人を一人二人と数えて行くのかどうか、それはわからないが、一人一人に見覚えはあり、別別の味の馴染みもあるだろう。猫が我我を点呼するわけではなくても、だれかが抜けていると不安定な気持になると云うのは想像出来ない事もない。

外を出歩いて、どこで何をしているのか知らないが、時には帰って来ない晩もあるくせに、自分が帰って来て家の者が三人揃っていないと、家の中をあっちこっちニャアニャア鳴きながら探し廻る。初めの内は何をうるさく騒いでいるのかわからなかったが、だれかがどこかから出て来たり、帰って来たりして顔が揃えばそれでいらしく、じきに寝てしまう。

クルはもとから淋しがり屋だったが、近頃は特に人をなつかしがって、何と云う事なく人にすりついた。自分で死ぬとは思っていなくても、淋しいから人を恋しがり、人にしがみついたのだろう。

私はあれからずっと新座敷に寝ている。もとの三畳の私の寝床に帰って行く気になれない。

寝ている枕もとの頭の上の障子は、クルが引っ掻いて破いたもとの儘である。張り替えてきれいにするのがいやなので、もう暫らくほっておけと云って手をつけさせない。

日が経ってもクルの思いは消えない。思い出すとその後がいけないので、成《な》る可《べ》くさわらない様に、つい心に浮かんでもそこで立ち停まらない様にしている。しかしクルがいなくなった後に一つ、クルがそうしてくれたのかと思う事がある。私は年来寝起きの順序が立たない為、一日の時間が思う様に使えなかった。随分長い間の習慣なので、もう仕方がない事とあきらめていたが、それがこの頃、朝は大体人並みに起きられる様になった。なぜそうなったかと云うに、クルが病気になってから、心配で朝も早くからクルの寝ている所を見に行き、ドクトルが毎日来てくれる様になってからは、その診察、手当に立ち合って容態を聞き、その度にどうか何とか取りとめてやって下さいと頼んだ。ドクトルの来診の時刻は大概八時、又はもっと早い事もある。しかしいくら早くても早過ぎるなどと思った事はなく、寧ろ待ち兼ねたぐらいで、それが十一日間続いたから、一時的の事にしろ、自然に習慣になりかけた。

朝起きられる、人並みの順序が立つと云う事は私に取って望外の仕合せであり、今までに何度そうしようと思い立っても出来なかった事が叶いそうになった。あのクルの置き土産だと思う。

置き土産はいいが、又クルに持って行かれた物もある。前にも述べたお刺身の一件で、その後私は一度も魚屋からお刺身を取らない。食べる味がいやになったのではないが、毎晩私がお膳に坐るのを待ってあんなに喜んだクルの事を思い出すのが堪らないから、その聯想の媒介となるお刺身を遠ざける。仕舞い頃、もう平目のお刺身の切れは大き過ぎて食べられなくなってからは、生の鰈《かれい》をそぎ身にして与えた。その最後のクルの食べ残しが冷蔵庫にあったのを後で煮つけにして私が食べた。鰈《かれい》ももう余り食べたくない。

あんなに暑かった夏も過ぎ、少し日が詰まって朝が遅くなりかけている。

夜明け前にふと目がさめた。

隣りの寝床で家内が泣いている。紙を目に当てて泣き入っている様である。

お互にクルの事は何も話さない事にしているが、あの後すぐの或る朝、朝になるとつらいと家内が一言云って泣いた事がある。

その時からもう一月半も経っている。

しかし日は過ぎても、夜明けの今頃の時刻になると、寝ている家内を起こそうとして騒いだクルを思い出すのだろう。家内が何かで目がさめたが、腕の中にクルがいないから泣いているのだろう。

カーテル・クルツ補遺

一

「クルはいますね」

「いるよ」

家内が云うには、どこかから帰って来て、どろどろに汚れたきたない毛のまま、布団の足許《あしもと》のところで寝ていたクルが、いきなり起きて飛びついて来た。きたないではないかと云っても構わずに家内の胸にしがみついた。

私が「いるよ」と云うのは、夜半に目がさめて、寝返りを打とうとする足の所にクルが乗っている。重たいからすぐわかる。

夜なかでなく、昼間でも来て乗る。こないだ机の前で徹夜して、明かるくなってから疲れて横になると、すぐにうとうとと眠りかけた。その時、まだすっかり寝てはいない私の足の上に、早速クルがやって来た。

おやじさん、済んだか。御苦労さまとクルが云いに来たと私は思った。それで足の上にクルを乗せた儘《まま》、いい心持に寝入った。

クルは去年の晩夏、暑い盛りの八月十九日の午後四時五分に、私共の慟哭《どうこく》の声を聞きながら可愛い小さな息を引き取った。

その時からもう半年近い。そうしてこの頃の明け暮れはこの様に寒い。クルはうちの庭の屏際の、少し小高くなった地中に眠っている。箱の中には小さな布団を敷き、上からもかぶせ、タオルを詰め、小さな枕も入れてあるが、寒いだろう。しかし土の中は暖かいかも知れない。雨が降ってもじかには濡れない。何しろうちにいるのだから時時出て来て、家内や私に抱かさったり、布団の足の上に乗ったりする。

私は猫の幽霊の話をしているのではない。一般の幽霊の実在につながる考え方と一脈通ずる所があるかも知れないが、クルの幽霊を相手にし、クルが化けて来たなどと考えているわけではない。私にしても家内にしても、半歳前にいなくなったクルの事はまだ忘れられない。いつも私共の心の中にいる。私共の中でじっとしていて、外の刺戟に調和し、食い違わない時はクルが中にいる事も気がつかないが、雨が降ったり、雨の音がひどくなったり、寒風が軒を鳴らしたり、よその猫が庭で騒いだりすると、私共の内にいるクルがはっきりして来る。

そのクルに姿を与えるのは何でもない事であって、自然であって、姿をそなえたクルは当り前の如く人に抱かさったり、布団の上に乗ったりする。

私共がこうしていれば、従ってクルもそうしていると云う事に何の不思議もない。

少少どうかと思うのは、クルがいなくなった後、家じゅうには一匹もいない筈の蚤が家内の腕を喰ったと云う。朝になって見ると、そこの所にちゃんと喰い痕が残っている。そう云えば昨夜はクルが来て、人の枕に並んで寝たので猫の髭がこちらの鼻のまわりを突っ突いて、くすぐったくて困りました。

クルの髭がくすぐったかった迄はいいが、その時猫の蚤に螫《さ》された痕が朝になっても残っているのは困った話である。本当の実在の蚤がいたのだろう。

クルは今後とも、いつでも、遠慮なく出て来なさい。こっちがこうしている限り、いつでもお前を待っている。

私共がいなかったら、いない所へ来ても仕様がないだろう。人間同士の話だが、幽霊が退屈してぶらぶら散歩しているところへ出くわしたと云う例は聞いた事がない。人間の幽霊は、その幽霊を見る人の為に出ると考えていいだろう。況《いわ》んやクルは幽霊ではない。クルはいつも私共の心の中に安住している。

猫は小さな子供と同じで、だましたり、うそを云ったりしてはいけない。クルが私の所にいた五年半、人間が彼をあざむいた事は一度もない。相手は猫でも、誠心誠意彼とつき合った。

クルも心底から私共に信頼していた。

二

クルは病死したが、随分手当てはしてやったけれど、死ななければならなかったのだろう。生きとし生けるもの、必ず死ぬ。その死ぬ前に生きているのであって、それは勿論そうで、生きていないものが死ぬ事は出来ない。猫と云えどもその通り、クルもその通り。その死ぬ前に生きている時、私共と起居を共にした。そうしてこの通り深刻な感銘を残して行った。

家内が遠くの方へ耳を澄ます様な顔で、

「矢張《やは》りニャアと云っている声が聞こえます」と云う。

初めは私もそうかと思ったが、違う。

喘息気味の咽喉の奥が、微かに鳴っているのである。

「クルや、お前は咽喉の中まで這入《はい》って来たのか」

玄関脇の木戸の所で、何かがやがや云っていると思ったら、近所の双葉学園の女の子が五六人かたまって来て、お宅の猫が死んだそうで可哀想だから、代りに雄の三毛猫の子を差上げます。よろしかったら今すぐに連れて来ます、と云うのだそうで、或はそう云う風に指図した先生がいたのかも知れない。

御親切は忝《かたじけな》いが、とお礼を云って猫はことわった。

知らない人から電話で、暹羅猫《シャムねこ》の子をやると云う。クルちゃんの事ばかり考えていないで、是非飼えとすすめる。おことわりするのに気を遣った。

越後の新潟からその家の子猫に、お前は東京へ行ってクルちゃんの代理の様な顔をして、先生の家へ這入り込めと教えていると云う便りがあったが、大雪で汽車が停まっているそうだから、先ずやって来る心配はないだろう。

皆さんの御親切は難有いが、私は先年の春、三月二十七日の午後のうららかな庭の木賊《とくさ》の茂みを抜けて、どこかへ行ったきり帰って来ないノラと、今度のクルと、この二匹の猫が大切なのであって、その外の優秀な猫、珍らしい猫、或は高価な猫などに何の興味もない。ノラもクルもどこにでも、いくらでもいる駄猫で、それが私には何物にも換えられないのである。

そのノラ探しの時、見つけて下さった人にはお礼をすると広告した一項に目をつけて、少少物騒な交渉を持ち掛けて来たのがいたので、一応所管の警察署に届けておいた。

その係の人が二三人来てくれた時の話に、警察は人の生命財産がおかされそうな場合、保護するのが役目でして、うちの猫は駄猫で、そこいらにいくらでもいると云われると、一寸《ちよつと》勝手が違うのです。あの猫は五萬円するとか、十萬円で買ったとか、そう云う事になれば筋が立ち易いのですと云って笑った。

一体私は猫好きと云うのではないだろう。そう云う仲間に入れて貰う資格はなさそうである。ただ、いなくなったノラ、病死したクル、この二匹が、いてもいなくても、可愛くて堪《たま》らないと云うだけの事である。

しかし人は猫好きのおやじだと思っているらしい。いろいろ親切に云ってくれるのもその為だろう。「日本ネコの会」と云うのがある様で、そこから招待を受けた。その会には全国事務所があり、又別の場所に東京事務所がある。来る何日、人権擁護の向うを張って、猫を護る為の「猫権デー」を催す。その法律を作ろうと云うので、当日の集いに招待されたのである。

「従イマシテ、猫トイタシマシテハ」と云う猫の演説があったのかも知れないが、私は遺憾ながら欠席した。

三

近所のお屋敷の女中さんが来て、猫が怪我をして私の所の庭に寝ています。頸輪をしていたので、お宅の猫ではないかと思いまして、お知らせに上がりました、と云った。

クルがいなくなってから後の事なので、うちの猫ではありませんが、御親切に難有う御座いましたと御礼を云った。

家内が、頸輪をつけたその猫なら、よくうちの庭へ来たので知っていると云う。まだ若い雄で無論どこかの飼い猫でしょう。若いから喧嘩に負けたに違いない。若い猫は場数を踏んだ猫にはかなわない。うちのクルは強かったけれど。

後で聞くと、その猫は矢張りその儘で死んだらしいが、倒れていた所から少し動いて、お隣りとの屏境まで来て死んでいたと云う。倒れていた所から、少しでも動いたのは、自分の家へ帰りたかったのだろうと思うと可哀想である。クルにさせていた頸輪には私の家の所番地と名前と電話番号を彫りつけた細長い真鍮板《しんちゅうばん》を皮の輪に嵌め込んであったが、その若猫の頸輪にはそんな物はつけてなかったそうで、だからどこの飼い猫だかわからないので、取り敢えず蜜柑箱に入れて、近所の心当りを探していると云う事であった。

大変親切な話で、聞いただけでも難有く思う。それにつけても、クルの場合は事が違うけれど、ノラはどこかで、そんな事で死んだのではないかと又当時を思い出す。ノラは一歳半の若猫であったし、又初めて手掛けて育てた猫なので、こちらに経験がなく、猫を保護する為の色色の処置が不十分であった。ノラには頸輪もさせてなかった。だからそのお屋敷で死んだ若猫と事情が同じである。寧《むし》ろその若猫の方が、所番地や名前はわからなくても、飼い猫だと云う事が人に知られたのはノラよりもましであったと云える。

ノラが帰って来なくなってから、あわてて名前入りの頸輪を造らせた。その内には帰って来るだろう。帰って来たらすぐつけさせよう。そのつもりで取り替え用の分まで用意して、幾つも造らせた。しかしノラは帰って来ない。ノラの言伝《ことづけ》をもたらしたと思われるクルに、その頸輪をつけさせた。

クルは喧嘩に強かった。負けた事はない様である。しかしその為に、しょっちゅう大怪我をして帰って来る。その怪我はみんな向う傷である。以ってその奮戦の勇姿を想見する事が出来る。

喧嘩に勝っても、向う傷でも、化膿すればほってはおかれない。クルの主治医の猫のお医者に手当を受けたり、薬を買ったり、入院させた事も二度にわたり、その後は当分衰弱して、すぐに元気にはならない。

クルが病死するに到った原因は、度重なる化膿によるかも知れない。最後の時の何日目かに、ドクトルは敗血症を起こしている様だと云った。

しかし達者な時は勇気凜凜《りんりん》、よその猫がうちの庭に入る事を許さなかった。見つけると飛び出して行って、追っ払ってしまう。

勢い余って、相手の猫と一緒に池の中へ落ち込んだ事もある。

さかりの時は一層強くなる様で、雄雌《おすめす》入り乱れて庭に来ている猫共を、片っ端から追い出してしまう。クルの威武あまねくして、到頭一匹もいなくなる。クルは離れの小屋根に上がり、庭内を見渡して、これでよし、と思っているらしいが、しかしながら肝心の雌もどこかへ行ってしまって、一匹もいなくなったのはどうした事だろう。

クルや、何の為の威武だかわからないではないか。

クルはその後を追って行くでもなく、まだ廂の上で庭のどこかを眺めている。

ネコロマンチシズム

文芸上の自然主義の後に唱えられた新浪曼主義、ネオロマンチシズムは、墺太利《オーストリヤ》のフーゴー・フォン・ホフマンシュタールや白耳義《ベルギー》のメーテルリンク等によって若かった私共に随分影響を与えた。漱石先生のまだお達者な当時で、木曜日の晩の漱石山房の席上、ネオロマンチシズムがしばしばみんなの間に言議せられた。鈴木三重吉さんは先生の「猫」に当てこすって、ネオロマンチシズムをいつもネコロマンチシズムと云った。

ふとその古い洒落を思い出したので、この稿の文題に擬する。

一

三月二十七日がもう近い。

五年前の三月二十七日の午後、家の猫のノラが木賊《とくさ》の茂みを抜けて、庭を渡ってどこかへ行ったきり、帰って来なくなったあの当時の事を思い出す。

思い出すのは苦しい。成《な》る可《べ》く触れたくないが、しかしその日が近くなれば矢張《やは》り思い出す。

そもそも昭和が三十年を越してから、私の身の上にろくな事はない。三十一年の初夏、梅雨空の東海道刈谷駅で宮城道雄がなくなった。惜しい人を死なせたとか、天才を失ったとか、そんな事でなく、私にはじっとしていられない程つらい、堪えられない事であった。

翌三十二年の春、ノラがどこかへ行ってしまった。家にいる間、可愛がってはいたけれど、いなくなったらこれ程可哀想な思いをしなければならぬとは知らなかった。その晩帰って来ないので、ろくろく眠られない程心配して一夜を明かしたが、その日の夕方から雨になり、夜に入ってからはひどい土砂降りで、烈しいしぶきの為にお勝手の戸を開ける事も出来なかった。

その晩の大雨でノラは帰って来る道を失ったのだろう。迷った挙げ句にどこかへまぎれ込み、家に帰れなくなったかと思うと可哀想で堪《たま》らない。

そうしてその翌年の三十三年秋には、家内が大病で入病した。幸いになおったけれどその間の心配は筆舌に尽くし難い。つまり連続三年間、一生の悲哀と苦痛を煎じ出して嘗めさせられた様な目を見た。

二

行方がわからなくなったノラを探し出す為に、いろいろ手を尽くした。

先ず初めに新聞の案内広告欄に、猫探しの広告を出した。

反響があったと云うのか、実にいろんな方面から心当たりを知らせてくれた。その中には随分遠方からの便りもある。

手掛かりを得る為に、無駄ではなかった様だが、しかし考えて見ると猫が迷って行く範囲には大体の限度がある。余り遠くの人人に訴えて見ても意味はないだろう。

そこで今度は新聞に添えて配る折込み広告を試《こころみ》る事にした。近所の新聞店に頼み、その受持ちの配達区域に配布して貰った。

この効果は著しく又直接的であって、心当たりを知らせてくれる郵便の外に、電話の応対に忙殺される位である。尤《もっと》も中には冷やかしや多少脅迫めいたのもある。知らせてくれたらお礼をすると書いた項に引っ掛かって来るらしい。

しかしまだノラは見つからない。それで間をおいては又新らしい文面の折込み広告を出し、到頭前後四回に及んだ。配る区域を少しずつずらし、印刷した枚数もその時時で多少ちがうが、合計すれば二萬枚近くになったかと思う。ノラが迷って行ったかも知れないと思われる範囲に外国の公館が幾つかあり、又米人の蒲鉾《かまぼこ》兵舎がかたまっている所もあるので、そこいらを目標に配る英文の折込み広告も作った。方方の人が親切に教えてくれる心当たりを、家の者が一一見に行った。しかしよく似た猫はいても、ノラではない。

ノラ探しで世間に親切な人は多い事をしみじみ感じた。ノラに似た猫、ノラかと思われる猫がいるから、或はこれこれの時間にきまってやって来るから、見に来いと知らせてくれるばかりでなく、事によるとそうかも知れないと思われる猫が死んでいたので、うちの裏庭に埋めてやった。念の為に掘り返して御覧なさいと云ってくれる。そう云う知らせを四ヶ所から受けた。一一家の者が出掛けて行って、そのお家の庭を掘らして貰った。死んだ猫を掘り返すなど、勿論気味の悪い話である。それを敢えて知らせてくれるだけでなく、その家の人も立ち会ったり手伝ったりしてくれた。しかしどれもノラではなかった。掘り掛けて土の中から現われた尻尾を見ただけで違う事がわかったのもある。

区役所のそう云う処理をする係へも行って、調べて貰ったが得るところはなかった。結局ノラの行方はわからない。わからないなりに歳月が流れたが、今でもまだ帰って来る様な気がする。いろんな人から色色の事を教わったり、慰められたりしたが、猫探しを続けている一番仕舞頃に、区内の或る人からこんな事を聞かされた。

お宅から半蔵門は近い。お宅のノラはそっちの方へ行ったかも知れない。多分その方角へ迷って行ったのでしょう。

そう云われて見ると、そんな気がする。事実の上で何の根拠もあるわけではないが、ノラは私の家を出てから南の方へ行き、何となくそっちの方を伝い歩いている内に翌晩の大雨に会って道がわからなくなった。家に戻るつもりで迷っていると、段段その先へ先へと家から遠ざかった。ノラはどうも南又は東南の方角へ迷って行った様な気がして仕様がない。北の方も、西北の見当も探したし、又そっちの方からの知らせも受けたが、矢張りそれよりは反対の方角へ行った様な気がする。皇居の半蔵門は私の所から東南に当たる。

半蔵門の事を云い出したその人は、もしそうだとすると、お宅のノラは麴町の通の家並みの間を伝って、又は英国大使館の横を抜けて半蔵門の方へ行ったかも知れない。

半蔵門から皇居の中へ這入る。

皇居に這入って帰らなくなった迷い猫は無数にいる。彼等は御所のある鬱蒼たる森の中に住みつき、野性に戻った様な事になって中中外へは出て来ない。或は出られないのかも知れない。ノラが半蔵門から御所の中へ這入ったとすれば、先ず帰って来ると云う事はないでしょう。

私はそう聞いても、まだノラをあきらめる気にはなれない。しかし今日まで帰って来ないノラの足取りを考えるとすると、私の家を出て、東南の方へ迷って行き、幾日目かに半蔵門から皇居に這入ったとする筋が一番納得出来る様な気もする。

それならば、ノラが皇居の中にいるとするならば、私はノラの事を一こと、お情深い皇后様にお願い申上げておきたいと思う。しかし一度も拝謁した事もないのだから、勿論まだその機会はない。

最近両陛下のお住居の吹上御所が出来て、もとからあった皇子達の呉竹寮は取りこわしになったそうである。その呉竹寮があった当時、森に棲む野性を帯びた猫どもが頻りにその廻りに出没したと云う。

森の猫が余りに殖え過ぎて、樹の枝の小鳥を襲ったり巣を荒らしたりするので、猫狩りをしたと云う新聞記事を見た。罠《わな》を仕掛けて三十何匹とか四十何匹とかを捕えたと云う。その中にノラが這入っていなかったか。気になるけれど、見に行くわけには行かないし、第一、皇居の森にノラがいるかどうかも、よくわからない。

三

管轄の麴町警察署へ捜索願を出した。

猫一匹の事で忙しい手を煩わして済まないと思ったが、非常に親切に扱ってくれた。

ところがノラは駄猫である。そこいらに、どこにでもいるありふれた猫で、素性は野良猫の子である。これが波斯猫《ペルシャねこ》、暹羅猫《シャムねこ》、アンゴラ猫などであったら、どうかすると一匹十何萬円、或はもっとするかも知れない。そうなると警察はこちらの願いを取り上げるのに扱い易い。人の生命財産を護ってくれるのが警察の任務である。そんな高価な猫がいなくなった、或は盗まれたかも知れないとなれば警察の一仕事である。私の所でいくら大事に思っても、もともとただの野良猫の子であって見れば、野良猫の子がいなくなったから探してくれと云われても、警察としては猫探しに手を貸すのは少少勝手が違うだろう。

しかし麹町警察署は親切であった。電話で何度か情報を伝えてくれたり、私の家へ刑事が来てくれたり、ノラはまだ帰らぬけれどその当時の警察の扱い方は思い出しても難有い。

麹町警察だけでなく、隣接の神楽坂署、四谷署、赤坂署へも捜索願を出した。神楽坂署からは巡回の巡査が見て来たと云う知らせを受けて、すぐに行って見たが、ノラではなかったけれど、それを伝えてくれる警察も、又こちらが見に行くまでその猫を止めておいてくれた先方の家の人の親切も難有い。

難有いとか、親切だとか云うけれど、ろくでもない駄猫一匹の為に、そうやって世間を騒がし、況《いわん》や公の機関である警察を煩わしたりしたのは怪しからんと怒る人があるかも知れないが、その通りで全く申し訳ない。相済まぬ事であったが、しかしノラはどこへ行ったのだろう。

春の三月二十七日にノラが帰って来なくなったその年の暮、文藝春秋新社から「ノラや」と題する単行本を出した。それから五年目の春がめぐり来て又三月二十七日が近づいたのでこの稿を書く気になったが、それに就いてはところどころ右の「ノラや」を参照したい箇所がある。「ノラや」の本を取り出し、机の傍に置いたが、どうも開けて見る気になれない。所所にしろ、中を読み返すのがいやなのである。

この「ノラや」は最初から自分で読むのが気が進まず、上梓の際の校正その他も一切人任せにして、よろしくお願い申して本に纏めた。五年経っているから、もういいかと思ったが矢っ張りいけない。開いた所を少し読もうとすると丸で昨日今日の事の様に当時の悲哀がよみがえり、苦しくなって結局開いた所を見るに堪えないから又閉じてしまった。

「ノラや」の本は兎《と》も角《かく》として、ノラはまだ帰って来るかも知れない。

四

三月二十七日から半月余り経った四月十五日の日記に出て来る屏の上にいた貧弱な猫が、今私の家にいるクルである。ノラとちがって尻尾が短かいから独逸語でクルツと名づけたが、クルツは三音で呼びにくいので、いつの間にかクルになってしまった。

クルはその後五月十一日頃から又時時日記に現われている。そうしていつの間にか私の家に這入り込んでしまった。だから彼はもうすでに五年私の家にいる事になる。いつの間にか這入り込んだと云ったが、別に胡麻化してもぐり込んだと云うわけではなく、実に当然僕はここにいるのだと云う風に落ちついて澄ましている。ノラよりは小柄で貧弱だが、尻尾が短かい外は全身の毛並みも顔つきも全くノラそっくりで、単に似ていると云う程度ではない。家に来る猫通《ねこつう》の見立てでは、ノラの弟だろうと云う。

ノラの素性はわかっているが、クルはどこで生まれて、どこで育ったのか丸でわからない。私の家に這入って来た時は、まだ耳の裏に毛が生えていなかった位で、生まれてから一年は経っていないだろうと思われた。しかしどこかに飼われていた事は確かで、決して野良猫ではない。

それがなぜ私の所に来たのか。クルはノラの伝言《ことづけ》をもたらしたのだと私は思う。どう云う言《こと》づけなのか、クルはまだ伝えないが、しかし猫の口から聞かなくても大体はわかる。そう思うと又ノラが可哀想で堪《たま》らない。

同時にノラそっくりのクルも段段可愛くなった。彼はもとから私の所の猫だった様な顔をして、したい放題の事をし、勝手に振る舞って五年を過ごした。

その間に病気をして人を心配させる。猫医院のお医者の来診を乞うたり、薬はしょっちゅう貰いに行く。猫医院は私の所から遠くない。近所にいい医院があったのはクルの仕合せである。

最初に来診を乞うた時は内科的の故障であったが、つい一月程前には外で喧嘩をした時受けた傷が化膿し、猫の気分が重いらしいので来診して貰った。

診断の結果は入院を要すと云う事になった。場所が顔なので危険である。敗血症を起こせば命取りになり兼ねない。

翌日入院させた。毎朝家からクルの好きな物を運んでやった。昨夜クルの為に取りのけておいた平目のお刺身の残り、毎日彼が食べている鰈《かれい》の切り身、シュークリーム、ガンジー牛乳。

ノラは生の小鰺《こあじ》の筒切りばかり食べていたが、クルは初めの内は鯖《さば》をよろこんで食べたけれど、後にお医者から鯖や鰺はあぶらが強くて猫のおなかに悪いから、鰈の様な淡味のものを与える様にと云われたので、以後はずっと鰈にしている。私も石がれいやまがれいは大好きなので、しょっちゅうクルと同じ物を魚屋に註文する事になる。

ガンジー牛乳はノラも飲んでいたが、ノラはその外の牛乳は飲まなかったけれど、クルはそれ程我儘《わがまま》ではない。しかし入院中なのだから、一番うまい牛乳を届けてやる。

シュークリームはクルの好物である。但し中身のクリームしか食べない。家では皮は私が食べるけれど、病院の差し入れではそうは行かない。皮がどうなったか、よく知らない。

入院八日間で、漸くなおって帰って来た。その間毎朝同じ物を持って行ってやった。家から差し入れしなくても、勿論向うで入院食を与えてくれる筈だが、可哀想だから彼の好きな物を運んでやった。

夕方の食事は、朝こちらから持って行った物の残りを向うで与えてくれる。ところが家から持って行ったお皿でなく、医院の食器でやろうとしたら、クルはぷいと横を向いた儘食べようとしなかったそうで、お宅の猫はお皿がちがうと食べませんねと猫の女医さんが云ったと云う。

退院する前の晩からおなかをこわしたそうで、少し弱っているが、傷口の方はもういいのだからお連れなさいと云うので、家内と女中が迎えに行った。

大ぶりのバスケットに入れてさげて帰った。庭の方から帰って来たが、枝折戸《しおりど》のあたりから、バスケットの中でニャアニャア鳴いているのが聞こえた。

廊下に上がってバスケットから出してやった。

すっかり痩せて半分ぐらいになり、おまけにおなかをこわしたと云うので、ひょろひょろしている。真直ぐに歩けないので自分の向いている方とは違った方へふらつく。それでいて人の手に頭をすりつけ、うれしそうな声でニャアニャア云いながら、どたりとそこへ寝て見せる。

五

大分弱っているので当分外へは出さない事にした。

しかしもうお彼岸が近い。節分猫が済んでこれから彼岸猫の季節である。よその猫が入り代り立ち代りやって来て、庭で騒ぐ。

それでも初めの間はクルは出ようとしなかったが、暫らくする内にめきめき元気になって毛のつやもよくなり、身体のこなしもしゃんとして来た。

もういつ迄も家の中に我慢してはいられないだろう。目出度く外へ出してやったら忽ち喧嘩を始めて、よその猫を庭の外へ追い出そうとする。

ノラもそうだったが、クルも同じ事で、ここは、この庭は僕の領分だ、出て行けと云う様な気勢が見られる。

昨日の朝は彼が出掛けて行く目の先にいた白黒の玉猫にいきなり組みつき、白梅の咲き盛っている枝の下で格闘を始めた。

取っ組み合った儘ころがって、草の枯れた池の縁から水の中へ落ちた。

尤《もっと》も結氷の為、池の縁のコンクリートに裂け目が出来て水が減っているので、猫が溺れる程深くはない。しかしその浅い水の底には泥と藻と枯れた水草の根と苔がよどんでいる。水に落ちた拍子に、組みついた二匹は一先ず離れたが、水から出てまだ追っ掛けるつもりらしい。彼は水の底のいろんな物を全身にかぶって這い上がり、満開の梅ヶ枝の下でぶるぶると雫を振るった。

垣隣り

一

垣隣りは戦後に建った木造の二階家で、上は一間《ま》、下は二間《ま》か、せいぜい三間《ま》ぐらいの狭い家だが、何に使うつもりだったのか、お勝手の続きに馬鹿に大きな土間があった。私の家よりは後に出来て、窮屈な地所を一ぱいに使う必要があったのか、軒の雨垂れが私の所の裏庭に落ちる程くっつけて建てた。

一度、表から廻って、その二階を見上げた事がある。障子が開け放しになっていたので、欄間《らんま》のまわりに、ずらずらと肖像の額が列べて懸けてあるのが目についた。大分離れているので、だれの肖像だか、はっきり解らなかったが、大体どれも皆、上人《しょうにん》様の姿の様であった。しかしそれが何枚も列べて懸けてあるのは一枚一枚ちがうのか、同じ人のちがったポーズなのか、よくわからなかった。

中年の夫婦暮らしで、子供はいなかった様である。主人は何をしているのか知らないが、勤め人ではなかったらしい。細君は時時垣根越しに私の家の者と口を利き、挨拶を交わした。地境に接した私の所の裏庭に生えている韮《にら》を取らしてくれと云い、毎日の様に少しずつむしって行った。

何年か前の話で、今はもうお隣りはいない。その家は取り毀し、別の人が地続きに建てた大きなビルの裏庭になっている。

実はもとそこにいたお隣りの、上人様の額を掲げたり、韮の葉をむしったりした夫婦がその後どうしたか、と云う話ではないので、全く歳月の流れるのは早い、去年の晩夏家猫クルツが病床に伏してから十日余りで死んだ八月十九日は、もうすぐそこに迫っている。

この一年間、何かと云えばクルを思い出した。今年の入梅の長雨の時、家の中の方方の柱や襖や、障子の腰板などに、クルが達者な時ひっ掛けた小便の跡が、湿気を呼んで再びじとじとし出した。すでに一年近く経っているのに、当時のしめりが戻って来るのが不思議であったが、そのしみを見るにつけて、今はもういないクルの我儘《わがまま》を回想の中でおさらいする気持になった。

クルは六年いたが、六年前になぜ私の所へ来たかと云えば、それはその前にいたノラに関聯がある。六年前の三月二十七日のうららかな春日和の午後、庭の木賊《とくさ》の繁みを抜けて出て行った儘、帰って来ないノラの言伝《ことづけ》を、クルが私の所にもたらそうとしたと私は思った。

だからクルとノラは私の気持の上では一筋につながっている。又してもノラの話か、クルの話かと云わずに、極くかいつまんだこのあわれな猫の身の上をお聞き下さい。

垣隣りの夫婦の話はこの本筋の前置きであって、ノラがその上人様の額を飾った家の縁の下で生まれたと云うのが事の始まりである。

二

隣りの縁の下で生まれたノラは、独りっ子だった様である。

私は一般の猫の事は余りよく知らないが、若い親猫は一腹《はら》で何匹も子を産み、歳を取るに従って段段にその数がへるそうで、仕舞には一腹《はら》に一匹しか産まなくなると云う。

ノラが生まれた時、外に兄弟がいたか、どうか、余り立ち入った事はわからないが、歩ける様になってから、いつも私の家の屏の上に、母親に連れられて上がって来たのはノラ一匹だけで、ノラ以外の子猫を見た事はない。

そうだとすると、ノラの親猫は随分歳を取っていたのだろう。或はノラが末っ子だったのかも知れない。

よその家の縁の下でお産をするのは野良猫だからで、飼い猫ならそんな事はしないだろう。

縁の下で生まれた野良猫の子だから、ノラと云う名前をつけた。イプセンの「人形の家」のノラとは関係はない。イプセンのノラは女だが、うちのノラは男であった。

猫でも小いさい時は小いさい。ノラも夢の様に小いさかった。

一日じゅう屏の上で母親と向き合っていた。

一日一日と大きくなり、段段にいろんな事を覚えて来た様である。その内に私の所の物干しの柱を伝って、こっちへ降りて来る様になり、家内が手に持っている柄杓《ひしゃく》にじゃれついて水甕《みずがめ》に落ちたりした。

そう云う事は旧稿「ノラや」に書き留めておいたが、その復習をするのではなく、クルにつながる一筋をノラから通しておきたいと思ってこの稿を企てたが、驚いた事に、もう六年経っている当時のノラが、思い出すに堪えない程可哀想で到底書き続けられない。他日を期して出直す事にして、尻切れの儘《まま》筆を措く。垣隣りの上人様の額の懸かっていた家を取り払った跡は、今のお隣りの裏庭である。そのお庭で近所の飼い猫が喧嘩の傷の為死んだ話を聞き、帰って来ないノラの運命と思い合わせた。その猫が初めに倒れていた所から重傷の儘少し動いて屏際まで辿《たど》りつき、そこで死んだと云うのは自分のお家へ帰りたかったのだろうと憐れに思うにつけ、その事を、帰って来ないノラと区分して、それはよその猫の話だと思うのは困難である。

木賊を抜けて

昭和三十二年、弥生三月二十七日のうららかな昼下り、家内がほどき物をしている新座敷の、お勝手へ通ずる硝子戸の外にノラが来て、外へ出たいと云った。

猫がそんな事を云うものか、と思うのは浅はかであって、同じ屋根の下にこうして一緒に明け暮れを過ごしていれば、猫が云おうとする事はこっちに解る。

家内がそれでは行ってお出でと起ち上がり、いつもの通りだっこして勝手口から裏庭へ出た。

抱いた儘《まま》で玄関脇の木戸の所まで行くと、ノラが家内の手から降りようとするから降ろしてやった。

ノラはそこにある木賊《とくさ》の繁みをくぐり抜けて、庭に出て、隣りの学校との境の屏を越えてどこかへ行った。

それはいつものノラの通り路なので、家内は何とも思わなかったが、それ切りノラは帰って来ない。

　そうして今もまだ帰って来ない。

　一晩待った翌くる日は、土砂降りの大雨で、一層帰りにくくなったかと心配した。ノラを待って、実にいろいろな手を尽くしたが甲斐はなく、しかし思い切る事も出来ないまま年月が過ぎた。

　ノラを探して心当りのお宅へは一一出向いた。ノラが来ませんでしたか。お見掛けになりませんでしたか。もし来ましたら、すぐにお知らせ下さい。

　その心当りの最も濃厚な筋に、勝新太郎さんの御本宅がある。

　私の家の南隣りは学校で、学校の向う側の塀に沿った道を行くと、その南側の路地になった入口に汽船会社の木札が掲げてあって、その何何汽船の縁の下にもノラはよく行ったそうで、家内は何度もその床下をのぞかして貰った。

　そのお隣りが即ち勝新太郎丈のお宅である。裏庭によく猫が集まるそうで、勝さんのお母様は私の所のノラを認識していられると云う。だから家内も度度お邪魔してノラの消息をお尋ねしたり、もし寄りましたらと云うお願いもする。私自身お家の方に御挨拶した事はないが、ノラが帰って来なくなった後間もなく、その何何汽船の路地に這入《はい》り、忍び込んだと云うわけではないが、無断でそこいらにノラの気配をさぐり、勝さんのお宅へも触角を延ばして、「ノラや、ノラや」と呼んで見たりした。

失踪した猫の足取りは、東南の方角に追跡せよと云う。勝さんのお宅は、東は少しそれているが、大体その見当である。どこへ行ったのか知らないが、その行きがけの通り路に勝さんのお宅があった事は疑いない様に思う。

こちらがそう云う事で、取り乱さぬばかりになっている時、その気持を察して親切にされるのは実に難有い。勝丈はそのお家の息子さんである。自分のお仕事で、段段に大名《たいめい》を馳せて行くのを見れば、ついうれしくなり、贔屓《ひいき》になるのも止むを得ない。その贔屓はしかし、この稿の前前からことわっている通り、彼の芸に接した結果ではないから、そんな贔屓はおことわりすると向うから押し戻されるかも知れないが、願わくは、ほっておいて貰いたい。私は私の勝手でなお一層の勉強と成長を期待する。

昭和三十二年の春、その頃は勝丈はどうしていられたのか。私の所へ来る御用聞きの若い者にもノラ探しの協力を頼み、何かの手がかりを得たいと念じていろいろ話し合う時、いつでも何何汽船の縁の下と、勝さんのおうちの裏庭の事が出る。あすこの息子さんは映画俳優ですよ、と教えてくれる。しかしどう云う役柄なのか、えらいのか、へっぽこか、そんな事は丸で知らなかった。

爾来八年、ノラはどこへ行ったのだろう。

映画俳優勝新太郎さんはこんなにえらくなった。ノラや、お前がいつも裏庭にお邪魔していたあすこのお兄さんだよ。ノラや、お前はあのお兄さんを知っているんだろう。

身辺と秋筍

上　期外収縮《エキストラ・シストーレ》

今年は八月十八日の夕方、初めてこおろぎの声を聞いた。大体いつもと同じ頃である。少し遅れて鉦叩《かねたた》きがもう鳴きそうなものだと思って、心待ちにしたが、最初に耳にしたのは一ヶ月後の九月十六日であった。隣りとの屛境の裾の草むらにいるらしく、実にかすかな、うっかりすると聞き洩らしそうな小さい声だが、それでいて、一たび耳に入れば、切れのよい澄み切った声で拍子を間違えず歌い続けている。秋の虫の声は周辺の噪音、雑音とは別に聞こえて来る様で、汽車が崖の横腹すれすれに走って行く時、その轟音と反響音の中から、白金の針金が光っている様な、チンチロリン、リーンリンと鳴く松虫鈴虫の声を車窓に聞いた覚えは何度でもある。

うちの庭に邯鄲《かんたん》はいないらしい。その鳴き声もはっきり記憶に残っていない。昔、私も若く宮城道雄も若かった時、牛込にいた宮城さんの手を取って引っ張り出し、神楽坂の夜店をぶらついた際、虫屋が邯鄲を売っていたので、その籠を買って宮城撿《けん》挍《ぎょう》に進呈した事を思い出す。秋虫の籠など、ああして亡くなった撿挍の思い出の種として大変なつかしい。

こおろぎ、鉦叩き、邯鄲などの外に、草ひばりが気になる。草ひばりは鉦叩きと違って美しい連続音で鳴く。私の所の庭にはいた筈だけれど、今年の秋はまだ聞かない。到頭この儘《まま》秋が冬になるのか、聞きそこねたか、いなくなったか、それはわからない。何しろもう初冬で、こおろぎはまだ鳴き続けているけれど、夜毎夜毎に声が細り行く様で、今までは屏の裾や庭の草むらにいた筈だが、段段に家の中へ近づいて来て、お勝手の土間や縁の下で鳴き出した。間もなくもう虫の声ともお別れだろう。

今年の夏は、土用中の暑さも厳しかったが、立秋の声を聞いてから後の残る暑さは殊の外ひどく、すでにお歳を召している私などには随分こたえた。

漸く秋のお彼岸になり、暑さ寒さも彼岸迄でほっとしたけれど、時候が少しらくになったと思った時分から、身体に変調が起こった。

床屋が来てくれて、うちで散髪をする。庭の方を向いて坐っている姿勢で、時時子供の泣きじゃくり見たいな呼吸をした。初めは自分でもよくわからなかったが、その内定期に診察を受けているお医者様が来診された際、血圧測定の時、大分脈が抜けていますね、と云われたので初めて気がついた。泣きじゃくりはその所為だったのである。

私はもともと脈搏の事、つまり心臓の問題で随分長い間苦しみ、大袈裟に云えば生死の間を往ったり来たりした経験を持っているが、脈が抜けると云うのは、その当時の苦しみと不安に比べれば物の数ではない。

脈が抜ければ勿論正常の脈搏ではないけれど、乱脈、不整脈と云う味ではない。

仮りに七十なり八十なり搏っているとして、その中の幾つかが、拍子を乱さず整然と抜けると云うわけには行かないが、抜ける前が少し片寄ったり、抜けた後がそれに追いつく様に急いだり、と云う程度の不整は免れないけれど、ずっと以前に経験した乱脈と云う様な趣きではない。

大体歳を取れば、本人が知らぬ間に、脈が抜けていると云う事は有り勝ちの様で、私は昔、自分が心臓に不安を感じ始めた後、家にいる高齢の祖母の健康が心配で、時時祖母の脈にさわって見た。実に立派に落ちついた搏ち方の間に、また見事にはっきりと抜けている。それでいて祖母は全然自覚もなく、勿論苦痛などは感じていない。歳を取るとこんなものかなあ、とこちらが教わった。

私自身がその位の歳に近づき、同じ様な事が私の体内に起こっているのなら、仕方がないし、止むを得ないし、ほっておけばいいだろう。

ところが当時の祖母よりは私はまだいくらか若いのだろう。又昔の年寄りと違って、いろんな事を気にするから、自分の体内の変調に丸で無関心でいると云うわけには行かない。

脈搏なり心臓の鼓動なりに不安を感じ出した時、一番いけないのは自分でそれを気にして撿脈する事である。この位有害な事はない。それは百も承知している筈である。ところが、だからよそうと自制する事が出来るには限界がある様で、その限度を越すと矢《や》っ張《ば》り自分で自分の脈に触れて見る事になり、いけないと承知していながらやるのだから、ますますいけない。

今秋の私の不調の程度は、そこまで来た。その上戴いている薬の中にその効果もあるのか、一日じゅう途切れ途切れに寝たり醒めたり、一昼夜二十四時間では足らず二十六時間も二十七時間も眠っていると云う状態になってしまった。

病気には違いないが、病気と云っても発作に苦しめられているのではない。その状態に陥っているのであって、だから発作ならおさまればその時はなおるけれど、状態では拭い去った様にさっぱりすると云うわけには行かない。

それで胸の中が不安で割り切れない儘《まま》、日夜うつらうつらしていると云う事になる。止んぬるかな。どうしたらいいだろう。どうにかなればそうする。どうにもならないから、いらいらする。いらいらしながら、薄っすらして、ぼんやりしている。

発作ではない、状態なのだと云う事を繰り返し自分に言い聞かせる。

身辺にどの様な影響が起こるかと云うと、先ず、一体全体、何事も埒があかない。埒をあけようと念ずれども、なんにもどうもならない。人から親切の固まりの様な物を贈られる。薄っすらしていても、うろうろしていても、難有い位の事はわかる。そのお礼をしたためたい。お礼状ではなくても、少くともお請けの挨拶はしなければならない。だから、失礼ながら簡単に、葉書にその事を書く。表の名宛書もちゃんと書いた儘、葉書箱に入れて、何がどう邪魔するのか知らないが、或はもう一ぺん読み返してからとでも思うのか、それがその儘、家人に投函しろと云うところ迄行かない内に、何十日でも経過する。

おかしいな、済まないな、と思いながら、又同じ新らしい手順が溜まってしまう。

これは何も、この秋の新らしく起こった結滞脈の所為ばかりではない。もとからの身辺のわざわいであって、思い起こせばその源《みなもと》は遠い。当時だって結滞脈、乱脈はあったけれどその所為ばかりと云えたものではないだろう。心根《こころね》、心掛けの然らしむる所に違いないが、二十何年前、身辺の処理が溜まって溜まって、どうにもならなくなった丁度その時、亜米利加の敵機B29がやって来て、どっちへ向いているか、どう重なっているか、わからなくなったもろもろの大事な諸件をみんな焼き払って行ってしまった。

もう一度頼んで、又来て貰おうか。

すでに一年以上経つ。去年の秋の或る日、思い掛けない一片の葉書を貰った。なつかしい郷里のその思い出の中の一番古い幼馴染の一人が、東京に居を移したと云う知らせである。

私の身辺、いつでもそうだが、直ぐと云うわけには行かないけれど、成《な》る可《べ》く早い機会に打ち合わせて会いたいと思い、その葉書をしまい込んだ。

しまい込んだ葉書が、後でどこへ行ったかわからなくなった。大事に思って何かの間に挟んだのがいけないので、いくら探しても出て来ない。まだ二度目のB29が来て焼いて行ったわけではないので、どこかそこいらにある事は確かだが、その場所がわからない。

それっきり先方からは何のたよりもない。こちらから何も云ってやらないから、なぜ黙っているかと、もう一ぺんそう云って来たらよさそうなものだと恨めしく思う。

二三ヶ月後にお正月が来たが、どうせどこかへ出したに違いない年賀状のついでに、私にも一通くれればいいのにとも思った。そうすれば聯絡をつける手掛かりが出来る。

上京後の様子を丸で知らないので、向うの起居に就いて何の判断も出来ないし、その資料がないわけだが、変りなく元気ではいてくれるだろう。

気になる結果、劣等感覚に就いて二つの場合を考えた。一つは向うが劣等感覚を起こしている。知らせてやったのに何の返事もよこさない。どうせ自分などは相手にしないのだろう。それならそれでいい。ほっておけ。もう一つはこちらの劣等感覚で、向うがそんな事を考えてやしないかと疑ぐる。しかし最初の通知が無くなったので、今の儘ではどうにもならない。なぜそんなに、ひねくれるのか。

ひねくれているか、どうだか解らないが、交互的劣等感覚、インフェリオリティ・コムプレックスで時時思いわずらう。

往年の学校教師時代の学生が昔を思い出し、自分の会社で扱っているタオルの寝巻の様な物を贈って来てくれた。ふだん文通もしていないので、特に難有く思った。だからお礼を書こうと思う。そう思っている内に夏が過ぎ、秋になった。すぐ書けばまだ結滞脈は起こっていなかった。気にしている間に今秋の発作でない状態の病気になり、何も手につかなくなった。結滞脈が身辺のあらゆる不始末の結末をつけてくれる様なところもある。

残暑が終って新涼に入る前後から、毎年秋のいろいろのおいしい季節の物が出始める。私の歳の数に、なお来年の長命の縁起を含めて一つ数を加えた栗を昔の学生がくれる。昔の学生と云っても、今はすでに大紳士である。何年か前、数が一つ足りないと云うので、後からわざわざ栗を一粒届けてくれた事がある。ろくろくお礼も云わない癖に、一顆足りないよとすぐに取り立てて、わざわざ電話を掛けたのは、萬事埒があかない筈の私であった。

毎年秋になると、甲州の葡萄園から葡萄を送らせてくれる友人がある。しかしその葡萄は所謂甲州葡萄ではない。古今東西にわたる世界各国産の品種を栽培した珍らしい物で、すでに何年も続けて貰っているから、その季節になれば心待ちにする。来るのが楽しみではあるが、来ればお礼かお請けの挨拶をしなければならない。それはまた大変である。ところが今年も、果して大体の見当通りの或る日、箱詰めの荷物になって、やって来た。ドキンとした気持と、よかったと思ううれしさが混淆した。結滞脈はあれども、好きな物を食べる方はまた別であると見えて、その内に各品種とも綺麗になくなってしまった。

しかし一件の方、つまり来たとも、難有うとも、そっちの手順はまだその儘である。

郷里の岡山から白桃が来る。これも年年の事で待っている。二口あって、一つは子供の時からの旧友が送ってくれる。もう一口は昔の中学の同窓だった在京の友人が、岡山の果物屋にそう云って送らせてくれる。あちらの桃はうまい。水蜜桃の昔から季節の味に馴染んで育ったので、口の中だけでなく、しんからなつかしい。

両方とも愚図愚図しないで食べてしまった。早くしないと白桃は痛みやすい。綺麗に片づいたがお請けもお礼もまだである。いつ書けるか見当が立たない。

下　秋の竹ノ子、春の木ノ子

木ノ子の代表松茸は秋に出廻り、竹ノ子は春になって頭を出して生え始める事になっているが、そうは行かない。

大阪に近い周辺の市にいる私の愛読者の若い婦人が、すでに十年にわたって年年歳歳、秋の松茸と春の筍を送ってくれる。

彼女はそこの病院にいるらしく、初めは婦長さん位かと思っていたが、そうではない様で、医員であり何か専門を持っていて、毎年どこかで開かれる学会に出席する。この頃はその病院の副院長の様な事になっているのではないかと思う。すぐれた教養をそなえた女性の様だが、一年に一度か二度か私の所へ来る様になってからもう十年、私はまだ一度も会っていない。

何年か前に一度、春の学会のある季節に、あらかじめ打ち合わせて会いたいと思い立ち、都合を問い合わせたところ、その年の学会は岡山だったか博多だったか、何でもあっちの方で開かれるから東京へは来ないと云うので残念ながらその儘になり、思い立った機会もお流れになった。

私は会った事がないが、いつも応対に出る家内の言う所では随分美人の様で、十年経ってもお若いと云う。

彼女は訪ねて来る度、又は飛行便等でいろんな物をくれたが、中でも秋の武庫山の松茸、春の山城の朝掘りの筍は欠かした事がない。いつも走りの初物を送って来る。

その親切を難有く思い、思い詰めていると、ふと憂鬱になる事がある。もう十年になる前の春、三月二十七日、うららかな春日和の午後に、家で育てた野良猫の子のノラが庭から出て行ったなり帰って来なくなった。随分手を尽くして探したが手掛かりは得られない。常識で判断して、もう帰らないだろうとは思うけれど、それでも萬が一、ひょっこり、老猫になって帰って来やしないかと思う未練もある。

ふと、彼女の贈ってくれる筍や松茸は、ノラがよこしているのではないかと思う事がある。

今年の秋も、貰った松茸のかおりをふくみながら、急に目の中が熱くなって、鼻の中が濡れてあわてた。

彼女との縁はノラに始まるのである。

岡山で育った私は、割り合いに大阪に馴染みがあって、所所よく知っている。

北区常安町に遠縁の親戚があって、よくその家へ泊まりがけで行った。

今晩は牛肉のすき焼で御馳走をしますと云うので、そんならおばさん、僕がそのお使いをしますと云って、教わった肉屋へ牛肉を買いに行った。常安橋を渡った町筋の左側にある肉屋で牛肉を買って来た。竹の皮の肉に添えて味噌が土手の様に入れてある。その時分は牛肉は臭いと云うので、そう云うサーヴィスをしたのだろう。岡山の私の家はすでに貧乏して、造り酒屋はやめていたけれど、牛の様な四つ足を食べる事は祖母がきらったので、滅多に牛鍋などにはありつけなかった。大阪のその常安町の遠縁の家は耶蘇教の牧師だったので、そんな事にはお構いない。

だから常安町の町筋は知っている。橋が常安橋だから、その下を流れる掘り割りだか川だかの名前が常安川かどうかは知らないが、その岸に起って夏の真っ盛りの暑い日に照らされ、汗を拭き拭き天神祭の渡御《とぎょ》をおがんだ記憶がある。

その場所の後ろが当時の大阪の医学校のコンクリ塀で、後にそれが大阪医科大学になり、更に今日の大阪大学となったのだろう。

常安川の岸に沿ったコンクリ塀の中が、大阪医大の当時だったのか、もう綜合大学になっていたか、それは知らないが、その川沿いの塀の上に猫が一匹いて、それが彼女の目にとまり、彼女が気にして連れて行った、と云うのが話の始まりである。

彼女はその時まだ学生であったか、もうインターンであったか、それはよく知らないが、何しろまだえらくはなかった。その塀の上の淋しい猫と、私のノラの話が彼女の中に感情移入、ゲフュールス・アインフュールンクの作用を起こし、十年に及んで今だに私は秋の松茸、春の筍を貰っていると云うわけである。そうであるとは云い切れないが、多分そうだろうと思う。

それでつい、貰った松茸を口にふくんで、突然泣き出す様な事になる。人が聞いたら馬鹿馬鹿しい話、相手の向う様でもわけの解らぬじじいの愚痴と思うか知れないが、私に取っては彼女の親切とノラの未練とを切り離す事が出来ない以上、私の感情生活の現実な事実であって、止むを得ない。

常安橋を向うへ、北だか西だかよくわからないが、そっちへ渡れば右手の川沿いに倉庫があって、そのわきに船荷を揚げる為の石段がある。そこへしゃがんで夏の午後の一刻を過ごした事を思い出す。その場所の後ろは大阪控訴院で、明治四十三年夏、北区の浜田莫大小《メリヤス》工場から出た火が、狭い通の向う側には全然移らず、こっち側にばかり燃えひろがって大火になり、一萬三千戸が焼けた。その火が控訴院の横の小さな橋の下にもやっている小舟に燃えつき、その上に架かった木橋が焼け出して、控訴院に移って、全焼させた。

控訴院の裏側に、狭いどぶの様な蜆川《しじみがわ》が流れている。

その涙が蜆川に流れたら、小春が汲んで飲みやろう。あんまりむごい治兵衛さん。

いい工合に話がそれて、ノラや彼女に結末がつきそうである。

文題の秋筍は無理な用語で、秋に筍は出ない。罐詰の筍や、ヴィニール栽培の事を云ってやしない。秋は松茸である。

今年の秋もその松茸の走りを貰った。年来毎秋変らない。貰って食べたけれど、その後はその儘である。これも年年変らない。一二年すぐにお礼を出した事はあるが、寧ろその方が変態で、先方でも意外だったか知れない。

しかし物を貰って黙っていると云うのは普通ではない。よくない事はわかっている。だから平気で晏如《あんじょ》としているわけではない。済まん済まんと思っている内に日が経って、じきに半年が過ぎ、今度は春の筍が来てしまう。あわてて秋の松茸のお礼を云う事になる。

先年私が阿房列車の旅行を続けていた時、肥後の熊本に近い八代《やつしろ》が気に入って、前後十回ぐらい同地を訪れた。

熊本から八代に向かう鉄道線路の右側に、「千丁の柳」と呼ばれる大きな柳の樹があって、行く度にその柳の姿に心を惹かれた。

当時の旅行記に千丁の柳の事をしばしば書いたが、丁度その時分彼女が出張か何かでその同じ道を通過した時、走って行く急行列車の車窓から撮ったと云う千丁の柳の写真を送ってくれた。

偶然その年の第十九番目の颱風があの辺を掠《かす》めた時で、だから大きな柳の枝が豪壮に横に靡いて揺れている姿がその儘写っている。

大いに珍重して小さな額縁に嵌め、いつも坐るお膳のわきの床壁に立て掛けた。

時時思い出してちらりちらりとその方を眺め、しかし、千丁の柳、八代の宿はまだいいが、ノラが失踪したその年の初夏にもそちらへ出掛けたので、その時のつらかった思い出が蘇《よみがえ》らない内に目をそらす。胸の中が穏やかでない今そう云う所へ戻るのは甚《はなは》だよくない。

アビシニア国女王

一

私の家内はアビシニア国女王陛下である。

アビシニア国がどこに在るか知らない。

わかっていても、口に出しては云わない事。

同じ国を別の呼び方で云うと、さしさわりが生ずる。国際上の摩擦、外交上の支障が懸念される。

外交上のさしさわりになっては困るのは、外務大臣の三木さんが私の住居の真ん前にいる。そこが三木さんのおうちか、事務所なのか、それは知らないが、空襲の戦火で辺り一帯が焼かれる迄私の住んでいた同じ場所に、三木さんの家が出来た。私は道を隔てた前側に移っているので、つまり三木さんと向かい合う事になったのである。

私がもといた家の周辺を三木さんは併呑して、広大な敷地にビルを建てたが、戦後のこの界隈はビルが林立しているので、特に三木さんの所が目立つと云う事はない。或る日私の家内即ちアビシニア女王が用達しに出て歩道を歩いていると、通行人が呼び止めて、

「ミキサーの事務所はどこでしょうか」と尋ねた。

ミキサーは一時大変はやった電気装置の食べ物の攪拌器で、固まりや繊維を摺り潰してしまう。うちにもあったので、家内も知っている。

しかし近所にミキサーを扱っている家があるとは知らなかったので、わからないと云って別かれたそうだが、後で考えて見ると、外務大臣の三木さんの事ではなかったかと云った。

アビシニア国の名を持ち出して、近所の御主人に迷惑を掛けてはならない。

倫敦《ロンドン》のハイド・パーク公園のベンチに色の黒い男が腰を掛けて、キョロキョロあたりを見廻している。何をしているのかと尋ねたら、

「自分はアビシニア国の王室から遣《つか》わされて来た者だが、この度王室では新らしく一人の廷臣を御採用になる事になった。就いてはロンドンでだれか自分と一緒にアビシニア国へ行く者はないか」

アビシニア国と云うのは、あまり人は知らないが、黒人国だと云うくらいはわかっ

ている。それが飛んでもない話で食人国と思われた一面もあって、だから聞いた者はびっくりし、匆匆にその場を起ち去った。危きに近よらず、は漢文を知らないロンドン子でも直感したのであろう。

昔昔、博文館から出ていた「新青年」の誌上にそんな記事が載っていて、大いに愛読した。感銘の余り、その食人国と間違えられた点を重く視て、家内にアビシニア女王の尊号を奉ったが、ロンドン子の心配が杞憂であったと同じく爾来数十年、私は未だ喰われてはいない。尤《もっと》もそこが甘いところで、鼬《いたち》や貂《てん》が雞の血を吸う如く、わからぬ間に生き血を絞られているかどうか、それは私にはわからない。又わかる事ではないし、わかってはいけない。

庄さんは郷里の中学以来の友達であるが、ずっと同級で五年を過ごした。学校の成績は普通であったけれど、若い時から文学に嗜《たしな》み深く、又文章を好くしてその面では秀才であった。

後に満洲に渡り、満鉄に入って嘱託になった。仕事の上の事は知らないけれど、無闇に同僚に威張り散らし、若い者を威圧したらしい。工合が悪くなって満鉄を止め、日本に帰って来たが、郷里の岡山には足を停めず、東京に出て来て、当時私が呼吸をひそめていた下宿の近くで同じく下宿住いを始めた。

近いから、しょっちゅうやって来る。

一緒にいる家内、即ちアビシニア女王に対し、妙な顔をして、

「アビさん、今日はまだ一粒一滴」と云う。

アビさんは勿論アビシニアを略しているのだが、造詣のある男だから、阿鼻叫喚《あびきようかん》の阿鼻に掛けて、「阿鼻《あび》さん」と呼んでいる響きもないではない。

阿鼻さん一粒一滴、の一滴は、今日は朝から水も飲まず茶も飲まず、と云う事ではない。お酒が一滴も咽喉を通っていないと云う意味。一粒とは未だなんにも食べる物を食べていない。腹ぺこです。阿鼻さん何とかして下さいと云う事になる。

庄さんはその下宿にのたれ込んでいるだけで、ろくろく下宿代も払えないのだろう。だから帳場や下女に対して、腹がへった、あれを持って来い、これを届けさせろなどと口幅ったい事は云い出せないに違いない。

そこで私のところへ来て、「阿鼻さんきょうは未だ一粒一滴」と云う事になる。ところがこちらも帳場に対する遠慮は同じ事で、訪ねていらしたお客さまがそう仰しゃるから、急いで何を用意しろとか、これを取り寄せろとか、そんな事が言い出せた義理ではない。アビさんは天手古舞いし、心胆を砕いて近所へ一寸《ちよつと》一走り、何か知ら仕入れて来て彼をもてなす。

いくらか人心地がついて御機嫌になると、庄さんはおかしな事を云い出す。栄さん、わしは今までに、手帳に書きとめてあるだけで、つまり名前がわかっとるだけで、女

を五百六十人知っとるがな。

二

その内に庄さんは私の近くの下宿から、どう云う伝手《つて》だか知らないが、隅田川に近い向う側の素人下宿へ移った。夏の暑い日に訪ねて行くと、その家のおばさんが、二階にいるからお上がんなさいと云うので梯子段を登って行ったら、庄さんは素裸で畳の上に寝転んでいた。

私の気配で起き直った背中を見ると、後ろから一太刀浴びせられた様な大きな刀傷がある。驚いてそれはどうした傷かと尋ねたが、つまりお行儀が悪かった罰で、大手術を受けなければならなかったその時の名残りだと云った。

その家は両国の国技館に近い。

国技館と云うのは、角力は日本の国技であるから、国技館と云う。それでよく解るけれど、最初出来たのは常陸山当時で、命名は当時の大ファン板垣伯爵であった。新聞などで悪く云われて私も覚えているのだが、よくもこんなにギクシャクした名前をつけたものだと云われた。

コ・ク・ギ・カン、みんな五十音図のカ行ばかりである。目で見た字面はそれでいいが、口に出して言えば、どもりの発音練習みたいな事になる。

私も庄さんも生国は備前岡山である。岡山藩の領主の後裔のところへ皇室から内親王が降嫁された。

だから皇室との関係は深い。その内親王が御降嫁先で大病されたので、今上陛下は皇后さまと御一緒に何度も岡山へお立ち寄りになり、じきじきにお見舞いされた。

そう云う事で陛下は岡山にお馴染みが深い。今年、昭和四十三年新春のお歌会始めの御製は、

岸近く烏城そびえて旭川
流れゆたかに春たけむとす

と云うのであった。岡山にゆかりの者には誠に難有い。

地元の市民は大変によろこび、御製の歌碑を旭川のほとりに建てて、永く記念しようとした。

それが今年の春竣工し、丁度一年前陛下が植樹祭の為に岡山へ行幸になった四月九日を卜《ぼく》してその除幕式が行われた。

内親王厚子さまが幕を除かれ、岡山産の萬成石《まんなりいし》で出来た御製碑が烏城の対岸に姿を現わしたと云う。

私など殆んど岡山へ帰らない者にも本当にうれしい便りであった。

ところでこの御製の上五、「岸近く」が気になる。両国の国技館のどもりの発音練

習の様なカキクケコに類して、この上五はキ・シ・チ・カ・クと固い音が五音続く、五十音図の縦のカ行だけでなく、横のイ段キシチニにも列び、目で読めば抵抗はないが、歌だから朗誦し、又は作曲に乗せて歌うとなればキチキチ引っ掛かるに違いない。宮中にはお歌所もある事だし、寄人《よりうど》もいられるのだから、なぜ一筆お直し申し上げなかったかと思う。

三

その内庄さんは両国国技館の近くを引き上げて、こっちに帰り、暫らく先輩の家に居候をしていたが、結局郷里岡山の甥の家に身を寄せた。

初めの間はそうでもなかった様だが、段段に折り合いが悪くなり、居づらくなったらしい。尾羽打ち枯らした身の上ではあるけれど、もともと気位は高いし、又我儘の性分なので、自分の為にしょっちゅういざこざが絶えない甥の家に寄食している明け暮れが堪えられなくなった。

意を決して甥の家を出てしまった。

家を出て、どこへ行くかと云う当てはない。どこかをふらふらさまよったかも知れないが、それはわからない。

庄さんは旭川に入水《じゅすい》した。ひたひたと刻む川浪の裏側に、五百六十人の美女の中から呼び声を立てたのがあったかも知れない。

川水が流れ去って、名残り惜しい。岡山にいる中学の同窓の一人から手紙が来て、庄さんの思い出の為に河畔に碑を建てたい。賛同者を纏めて実現したいが、加わってくれと云って来た。

よろこんで応分の寄与をすると返事しておいたが、その後何の聯絡もなく、結局川浪と共にどこかへ流れてしまったのだろう。それならそれで、或はよかったかも知れない。庄さんもそんな事をされるよりは、うたかたと消えてしまった方が本望だろう。一たん思い切って水に入ったのだから、後から我我がその才を惜しんでも、却ってさわりになるかも知れない。

四

最近の二三号前のこの欄に、私の意味のない独り言の事を綴った。

カケーヴィ

ケケケーヴィ

カキコーキョ

その他を書き留めたが、それは勿論、人に聞かせる為に云っているのではない。又私の身辺にはアビシニア女王の家内しかいやしない。

どうも、大体お酒が少し廻って来た時に出るらしいので、酔っ払いのくだの一種かも知れない。

昔の私の学生金矢は、私のところで大いに飲んで、いつ迄でも御機嫌がいい。もう帰れと云われるまで飲んでいる。

翌くる日又やって来て、昨夜と同じ様に始める。少し廻って来ると矢張《やは》り御機嫌がいい。

「先生いただきます」と八ツ手の葉の様な大きな手に小さな杯を捧げて、

ドロスコドンノドン
ドンドンドン
ドロスコドンノドン

と繰り返す。

その同じ座に金矢より後輩の中野がやって来る。金矢に劣らぬ大酒呑みであるが、時時くだを巻いて、こちらを手こずらせる。一度は同座の金矢にうるさがられて、往来へ摘まみ出された事もある。

這入《はい》って来た初めは猫の様におとなしい。特にその前私と一緒に飲んで、いくらでもこちらを困らしたと云う自覚がある場合は、特にすなおでおだやかで、ただ一途《ず》にヘイヘイばかり云っている。

しかしその調子はいつ迄も続きはしない。少し廻り掛けると、忽ち御機嫌になり、多弁になる。

「金矢さん、こうして御一緒になるのは暫らくでした。その杯を戴きましょう。しかし、飲み過ぎた翌くる日の気分はいやなもんですな。度度聞かされている金矢さんのドロスコドンノドン、あれは全くあの通りの気持で、僕だっていつもドロスコドンノドンだ。ねえ金矢さん、そら、ドロスコドンノドンだ」

金矢も、もう大分御機嫌がいい。一緒に声を合わして、二人で、

ドンドンドン

ドロスコドンノドン

ドンドンドン

とやり出した。

もうわかった、もういいよと云うと、中野が、「うるさいですか先生、何云ってるんだ。アハハ。ドンドンドン」

そろそろ虎の気配がする。

私が市ヶ谷の合羽坂にいた時の事で、古い話がある。勿論その席にはいつも家内がいて、彼等にお酒を供したのは即ちアビシニア女王である。入水した庄さんの「阿鼻さん」の外、金矢も中野もアビシニア女王の坤徳《こんとく》に浴している。

その後数十年の星霜の後、金矢は郷里の自分の家のすぐ近くで道ばたに倒れ、間もなく亡くなった。中野は市ヶ谷合羽坂時分は朝日新聞にいたが、後に全日空に入り専務取締役になった。社用で北海道に渡り、小さな飛行機で帯広の上空を飛んでいる時、空中分解を起こして、彼の生れ故郷の帯広平野の牧草の中に落ちて一生を終り、二人共ドロスコドンノドンとなってしまった。

目覚時計のカチカチと云う音に合わせる私の無駄な独り言をもう一つ。勿論同じく何の意味もない。

プリランナンニ、ノンチャカチャンチャン、
テレウチ、テッチン、ウッチンチンチン、
フンフン、イヤ、ヤ、ヤ

時計のカチカチに乗せると実によく合う。何の事だか本人の私にもわからないが、中程にあるテレウチ、テッチン、ウッチンチンチンは地歌の三味線の手である事だけは見当がつく。私は三味線は弾けないけれど、琴に合わせて貰う時などに聞き覚えたのだろう。松竹梅の途中にあるのではないかと思う。

無意味の独り言に続けて、十何年前に失踪し、いまだに帰って来ない家猫ノラの名前を呼ぶ。帰って来るとはもう思わないが、呼ぶのをいつから止めると云う切りもないので、つい口に出る。「ノラや」と呼ぶ時は真面目である。無駄だ、帰って来やし

ないよと云うのは余計なおせっかいで、そうやって呼んでおやりになれば、ノラがさぞよろこぶでしょうと云うのは胡麻摺りである。ひとりでに口から出る無駄言なのだから、願わくは、ほっといて貰いたい。

「ノラや」と呼ぶのは、私の心の中で思い余った事がある場合、などと云う深刻なわけがあるのではない。何か少し片づかない気持の時、つい口をついて「ノラや」が出る。

傍にいる家内が、その場の拍子で飛んでもない事を云う。アビシニア国女王陛下は、澄ました調子で、

「ハイ」

ノラにハイと返事をされては、私の立つ瀬は全くない。

ピールカマンチャン

一

撿校《けんぎよう》宮城道雄と私は実にしばしば一献した。お互が大分いい心持になると、彼れ撿校はきまって、わけのわからぬ事を口走る。片手の指先で軽くお膳の端をとんとん敲きながら、

ピールカマンチャン
ピールカマンチャン
ピールカマンチャン

と云う。

それは何ですか、と聞いてもにやにや笑うだけで答えない。重ねて問うと丸で返事の様な調子で又同じ事を、

ピールカマンチャン
ピールカマンチャン

と繰り返す。

はたの人に尋ねても、何の事だかわからないと云う。私の同座しない時でも、御機嫌がよくなれば、一人でピールカマンチャンをやるらしい。

結局何の意味だかわからないが、わからないなりに後になって考えて見たのは、彼はおさない頃神戸の居留地で育ったので、その時分何かの物売りか、振り売りの囃し声が耳の底に残っているのではないだろうか、と云う事である。

しかしこの推測は当てにはならない。

ふと彼のピールカマンチャンを思い出すと、今でも悲しくなる。東海道本線刈谷駅の構内で、駅を通過する急行列車のデッキから顚落し、本線と立体交叉する私設会社線の高架の橋脚に頭をぶつけた。

刈谷の病院で亡くなった後、私はその同じ場所を訪ね、少しの間を何度も行ったり来たり、去るに忍びない気持であった。すぐそばの農家が崖になっている傾斜に乾した雑糞のにおいが今でも鼻の奥に残っている様である。

意味のない無駄口、同じ事を何度でも繰り返す口癖は私にもある。自制してよそうとも思わないが、そう思っても止められるものではないだろう。

矢《や》っ張《ば》り一ぱい飲んで御機嫌がよくなると、つい出て来る。

　カケーヴィ

　ケケケーヴィ

　カキコーキョ

何の意味かと云う事は、はっきりしないが、およその見当はつく。

子供の頃、夏の午下《ひるさが》りの退屈な時に、表の往来でそんな声がした。研ぎ屋か、鋳掛《いか》け屋か、のこ切りの目立て屋か、何かそんなものの呼び声ではなかったかと思う。

それを何十年も経った今、御機嫌の工合で思い出すのだろう。

私は商人の子で、町家に育ったから、父は常常こう云った。この子に学問などさせるつもりはない。商人の子は「読み書きそろばん」が出来ればよろしい。英語なぞ習う必要はない。それでも学校で教わるなら、石炭箱の蓋に書いてある横文字ぐらい読める様になればそれで十分だ。

石炭箱と云うのは石油箱の事で、当時は石油の事を石炭油《あぶら》と云った様である。木の一箱に長方形の石油罐が二つ宛《ずつ》詰めてあった。その木箱の蓋には英語が書いてある。それが読める様になればいいと云うのである。

ところがその蓋に書いてある英語は、父が云う程やさしい物ではなく、いろんなむずかしい単語があり、特に固有名詞が沢山這入《はい》っているので、いつ迄たっても私には読めなかった。

しかし「読み書きそろばん」の方は耳に胝《たこ》が出来る程聞かされたので、その語呂が耳につき、つい口癖になった。カケーヴィの後に、「読み書き」が食っついて、

カケーヴィ
ケケケーヴィ
カキコーキョ
ヨミカーキ

と口走る事もある。

何しろ、たわいのない無意味な口癖で、やめてもいいが、やめる様に心掛ける程の事でもない。

二

もう一つ、ふとした機《はず》みについ口をついて出る「ノラや」がある。

ノラは私のうちで育てた野良猫の子で、名前はノラでも雄である。今から十何年前の春爛漫たる三月二十七日の午後、花の咲き乱れたうちのお庭を通り抜けて南境から外へ出たまま、今日に到る迄いまだ帰ってこない。今更帰って来たら、猫の事だからそれこそ今の私にまさるじじいになっているに違いないが、それでも構わないから、

今日にも帰って来ないかと待っている。

ノラが失踪した時は、筆紙に尽くし難い心労をしてその行方を探したが、甲斐はなかった。そのため方方へ心配をかけ、猫一匹の為に大袈裟ながら世間を騒がしたが、結局ノラはどうなったのか、わからない。どこかで死んでしまったと云う確証がないので、あきらめる区切りがつかない。調べる事は随分調べた。心当りの幾ヶ所では死んだ猫を庭の隅に埋めたと云う話から、そこを掘り返して貰ったりした。

少し経ってから、ノラによく似たどこかの猫が、私の家につかつか這入って来た。こちらがそんな気持の時だったので、何だかノラのことづけを伝えて来た様に思われて、その儘《まま》うちへ置き、クルと云う名前をつけてやった。

初めはノラの弟分の様に思っていたが、後になってそうではなく、ノラよりはずっと歳上だった事が判明した。

そのクルの事、又前のノラの事に就き、おのおの一冊ずつの私の覚え書がある。そんな事から私は世間の一部でいっぱしの「猫好き」のおやじの様に思われた事があったが、実は私は猫が好きではない。ただノラの失踪を憐れに思い、それにつれてクルを可愛がったばかりの話である。猫なるもの一般に対して格別の興味があったわけではない。だから当時、そんなにノラの事ばかり思いつめるなら、自分の所にいるいい猫の子を上げましょうと云ってくれた人が幾人もあったが、みんなことわった。

日、暑いさかりの午後命数を使い果たした。しかしクルは私の所で死んだ。先年の夏八月十九日、暑いさかりの午後命数を使い果たした。その前の毎日、連続十一日間、区内の専門の猫医の来診を乞い、出来る限りの手をつくした。だからクルには思い残すところはない。気にかかるのはノラである。

それだからつい、不用意の口癖「ノラや」が今でも口から出る。

ノラもクルもおとなしい、礼儀正しい猫であった。どちらも猫一流の得手勝手な事はするが、又いやにキチンキチンとした所もあって、却ってこちらが迷惑した。

向うの都合で気の向いた時に家に帰って来る。お勝手から土足の儘《まま》で上に上がり、新座敷の壁際に置いてある蜜柑箱の砂の中に這入って小便をする。

足の砂を振るって出て来たと思うと、そのまま又お勝手口から外へ出てしまう。ノラもクルも同じ事をした。つまり、わざわざ小便しに帰っただけの事で、それなら何も座敷の砂箱へ這入るまでもなくて、雄なのだからそこいらの外で、木の根もとにでも引っかけて来ればいいものを。濡れた砂は新らしいのと取りかえなければならない。新らしいのが無い時は、よごれた砂を水で洗って、乾かさなければならない。何と云う無駄な手間を掛けるのだろうと家内はブツブツ云った。しかし、わざわざ座敷の上まで小便しに帰ると云うのが可愛くない事もない。

ノラやクルのその様なお行儀について、猿の話を聯想する。猿は大変「ふんし」が悪いそうである。私は猿を飼った事もないし、飼いたいとも思わない。どうもあの顔つきが気に入らない。好きでないと云うだけでなく、どこか奥の方でひどく反撥するものがある。反撥するのは或はこちらに先方と何か一脈共通するものがあるからではないのか。そんな事を考えるとますますいやになってしまう。

つき合っている人人の中に、猿が似ていると思う様なのはいないか。いたいた。今はもうなくなったが、記憶の中からそんなかすかな聯想を呼ぶ様な表情が思い浮かぶのがある。

しかし、実に下らない事を考え出したもので、百害ありて一利なし。よしましょう。猿に限らず、横顔の感じが牛そっくりの人。鼻つらのあたり、独逸語で云うシュナウツェが馬その儘の顔。犬のコーリーに似た外国軍人。そう云うお前は何に似ているのかと云われればそれは自分ではわからない。しかし人さまが抜かりなく、ちゃんと目当てを立てているだろう。

無意味、無意識の口癖「ノラや」の話がそれてしまったが、私のケケケーヴィ、宮城のピールカマンチャンはそのところで述べた通り、先ず意味はないと思うけれど、「ノラや」には、その言葉に意味はなくても、それがふと口をついて出て来る時には後ろに多少の陰翳《いんえい》がある。困った時、弱った時、つい「ノラや」と言うと云うのではないが、何か心の中にひっかかる際、割り切れない時に「ノラや」が飛び出して来る事には間違ない様である。何が割り切れないか、何が引っかかるのか、そんな事は、あんたさん、秘密だよ。

「ノラや」

今、この原稿を書いていて、三月二十九日の「ノラや」の日が近い事を思う。ノラは三月二十七日に出て行ったのだから、三月三十日の朝だったかも知れない、目がさめて、昨夜ノラが帰って来なかったと思った途端、全然予期しなかった嗚咽《おえつ》がこみ上げ、忽ち自分の意識しない号泣となり、涙は滂沱《ぼうだ》として流れ出して枕を濡らした。今となって思うに、その時ノラは死んだのだろう。遠隔交感《テレパシィ》の現象を信ずるも信じないもない。ノラが私の枕辺にお別れに来た事に間違いない。

当時の私はまだ七十歳に成るか、成らずであったが、その間の数十年来、こんな体験をした事がない。

一人でいれば、あたり構わずどこででも泣き出す。はばかりの中は特にそうで、一人でワアワア泣いた。少し気をつけなければ、御近所へ聞こえてしまうと家内がたしなめた。自分で収拾《しゅうしゅう》する事が出来ない。年来ペンを執っている上は、この激動を書き留めておかなければならないだろう。

一心に念じて、つらい気持を駆り立て、「ノラや」の一文を書いた。書き続けている間じゅう、いつも心に描いていたのは、備前岡山の北郊に在る金山《かなやま》のお寺である。金山の標高はどの位あるのか、よく知らないが、せいぜい六七百米だろうと思う。或はもっと低いかも知れない。しかし景色は大変よく、一眸《ぼう》の下に南の脚下にひろがる岡山の全市を見下ろす。私共は小学校の遠足で連れて行かれたが、登って行くのがそんなに苦しい行軍ではなかった。金山寺の前に起って、目がパチパチする陽光を浴び、南から吹いて来る風を吸って、思わず深い呼吸をした。

「ノラや」を書き続ける間、絶えずその景色が心に浮かんでいた。雑誌に載っている時から反響があり、見も知らぬ多くの人人から、失踪した自分の飼い猫の、悲痛な思い出を綴った手紙が寄せられた。

後に「ノラや」を単行本として一本に纏めた時、それ等の手紙はすべて巻中に収録したが、そこは特に陸離たる光彩を放って全巻を圧している。

ところがそう云う最中に驚いた事に、手に持った感じで、三四百枚、或はもっとあったかも知れないが、飛んでもない大きな原稿の小包が来た。

何をどうしろと云うのかわからない。小包のかさで度肝《どぎも》を抜かれて、中を開けても見なかったが、後で考えて見ると、時時悪い癖の人がいて、郵便法違反を敢えてし、小包の中に信書を封入して来るのがある。若しそんな事だったら、中を開けて見ればどう云うつもりの小包かもわかったかも知れないが、私はその時包みの儘《まま》、片づけてしまった。

その外にも、手ざわりで二三百枚と思われるもの、或はもっと軽く二百枚ぐらいか、そんなのが幾つか届いた。

開けて見ないから解らないが、こちらはノラの大騒ぎの最中、そんなおつき合いなど出来るものではない。

ノラの後にクルと呼ぶ猫を飼った。

飼ったと云うのは当たらない。向うが勝手に私の家へ這入《はい》り込んで来たので、丸でノラの兄弟みたいな顔をして落ちついていた。一生懸命にノラを探している最中、実にノラによく似た毛並の猫が、いつもお隣りの屏境を伝い、随分見馴れて馴染みになった。そのしお時に彼は私の家へ這入り込んで来た。

だから、どんな素姓の猫か、こちらでは丸で知らなかったが、いつも傍にいれば矢《や》張《は》り可愛いくなる。ノラと違って、時時お行儀の悪い事もするが、叱れば又おとなしくなる。

ただ、しょっちゅう病気するので、近所の猫医者の病院の御厄介になった。

段段元気がなくなり、弱って来て、猫病院の院長さんに来診を乞う様な事になった。

院長さんは毎朝早く来る。それが十幾日続いたけれど、験《げん》は見えない。院長さんは来ると挨拶もそこそこ、忽ちそこへ小さな注射のアンプルを数種列べる。上手な手つきでアンプルを切り、家内に抱かれたクルに注射する。

どうもクルの経過は良くない様である。

私が言った。兎《と》に角《かく》、今はまだこうして生きているのですから、この生命の燈《ひ》を消さない様に、もう一度元気にしてやって下さい。お骨折りにのし掛かる様ですが、どうかお願い申します。そう云って頭を下げた。

これは大変な無理だった様で、院長さんは病院に帰ってからも、私の云った事でみんなと相談して下さったそうだが、私の方ではクルの素姓を丸で知らなかったので、すでに歳を取って、もう余命が無くなり掛けていたのに気がつかなかったのである。猫医者の方でも最後の一日二日前になって、おや、この歯の様子から見ると、随分歳を取っている様です。いつから飼っていらっしゃるのですか、と云う様な事になった。

クルは家じゅうの号泣の中に、最後の息を引き取った。常命《じょうみょう》なれば仕方がない。猫だって人間だって変るところはない。

ノラ、それからクル、その後に私のところでは猫は一切飼わない。

寒い風の吹く晩などに、門の扉が擦れ合って、軋《きし》む音がすると、私はひやりとする。そこいらに捨てられた子猫が、寒くて腹がへって、ヒイヒイ泣いているのであったら、どうしよう。ほっておけば死んでしまう。家へ入れてやれば又ノラ、クルの苦労を繰り返す。子猫ではない、風の音だった事を確めてから、ほっとする。

猫が口を利いた

足の片方が悪い。うまく使う事が出来ないので、その為全身に影響してからだを思う様に動かす事が困難である。結局年がら年じゅう寝たままと云う事になる。その寝た儘《まま》の寝床に猫がいて、別に邪魔でもないが、何かしている内に、猫が姿勢を硬直させた。こちらの経験で、猫は小便をしようとしているのだと云う事がわかる。困った事だと思う内に果たして、ジャアと小便をしてしまった。

これは実に困るので、こちらのからだは思う様に動かないし、そこいらが濡れてしまって、どうしていいかわからない。枕もと、寝床のわきには、ちり紙がたくさんに用意してある。猫が小便するかと思って備えたわけではないが、寝たままでいれば何かと紙のいる事が多い。

そのちり紙を取り出して、猫の不始末の後始末をする。いくら重ねて拭いてもまだ足りない。

ちり紙もいろいろ有るが、そう云う風に使う紙は、家内があらかじめそろえて、切って用意してくれている。その紙の切れ端、始末の悪い千切れ端などで、猫の不始末を処理しようと思うけれど、中中うまく行かない。紙が足りない。こちらは寝たままの仕事なのでじれったい。

しようがないな

とつぶやいたら、足の方で何か云った様な気がする。

おや

と思った途端、頭から水をかぶった様な気がした。

こらッ、何か言ったか

言ったよ

コン畜生め、と思えども、こわくて堪《たま》らない。どうしていいか、わからない。猫が私の足もとで、口を利き出した。

「言ったよ。どうしたと云うんだ」

「何を言ったか」

「騒いだって仕様がない。手際よく始末しておけ、ダナさん」

猫は足もとで、もそもそ動いている。

猫の云う事は割りにはっきりしていて、何となく聞き覚えがある様な調子である。

「脚がわるいと云って、こうして寝てばかりいれば、いつ迄たってもなおるわけはないよダナさん。人の言う事を聞いて、なおす様に心掛けて、歩け出したら外へ出掛けなさい、昔の様に」

気分が悪くて堪らないので、寝た姿勢の片手をあげて、シャムパンを飲もうとした。そのシャムパン・コップを持った私の手を猫が、例の猫の手の柔らかい手先で、いやと云う程強く引っぱたいたから、さっきの小便ではなく、又そこいらが一ぱいに濡れてしまった。

「何をする」

「猫じゃ猫じゃとおしゃますからは」

「どうすると云うのだ」

「ダナさんや、遊ぶのだったら、里《さと》で遊びなさいネ」

「どこへ行くのか」

「アレあんな事云ってる。キャバレやカフェで、でれでれしてたら、コクテールのコップなど、いくらでも猫の手ではたき落としてしまう。ダナさんわかったか」

解説　忘れえないものに捧げた挽歌

稲葉真弓

うちの猫のいきつけの動物病院の入口に、小さな掲示コーナーがある。「子猫の里親を探しています」という何枚かの張り紙があり、その横にいなくなったペットを探す張り紙がある。先日立ち寄ったときには、シベリアンハスキー犬と、飼い猫を探す紙がピンで留めてあった。シベリアンハスキー犬は、ドライブの途中、山梨県でいなくなったそうだ。飼い猫のほうは、三月の初旬、ふっつりと姿を消したという。愛された犬や猫だと分かるのはカラー写真つき、飼い主が日々なじんだ彼らの体の特徴が事細かに記してあるからだ。

それと前後するように、家の近くの電柱に迷いオウムを探す紙が貼ってあった。こちらも写真つき、「呼べば返事をします」などとありオウムの名前が書いてある。どちらの掲示も、藁にでもすがりたいような飼い主の気持ちが切々と伝わってくるようなものばかりだ。

こういうものを見るといけない。一日中、心をひきずられる。猫や犬を飼ったことのある者、あるいはペットを失ったことのある者にとっては他人事ではない。

本書は内田百閒の猫ものばかりを集めた作品集だが、読み返すのは久しぶりだ。私もまた百閒と同じで、二十年ともに暮らした猫が死んだあと、まるで魂を抜かれたようになり、足が地につかない状態だった。町角で猫に会うとただぼうぼうと涙が出て、「猫」という文字を見るのもいや、ついに猫に関する本は本箱の奥の奥にしまいこんでしまった。

猫を飼わない人は、「たかが猫で」と言うが、心と体に深くしみこんだものは、人間の関係以上の親密さで残り、去られたあとごっそりとなにかを持っていかれたような喪失感で体に力が入らない。

久々にページを繰りつつ、また涙が出た。魂を抜かれた百閒の、宙に浮いたような全身の痛みが、ひりひりとこちらに伝わってくる。「ノラやノラや」と呼ぶ声が、まるで自分の声のように思われもする。私の場合は幸い猫の最期を看取ることができたが、理由もわからないまま愛する猫を失った百閒の動揺と悲しみはどんなに深かっただろう。猫に体を預けるようにして二十年暮らした私は、その悲しみの質がよくわかる。そう、私は猫を飼ったのではなかった。猫に体を預けた。朝に夕にその顔を眺め、声を聞き、抱き、からかい、一緒に遊び、眠った。あるいは私は、なにものかと一緒に暮らす精神を、猫と分けあい、猫から学んだような気もする。

日々、なじんでいくものが重みを増し、生活になくてはならないものになっていく。百閒は一匹の野良猫の子が家の物置小屋の屋根からやってきて、老夫婦の静かな暮らしにとけこんでいくまでの過程を微細な観察を交えて書き記す。物置小屋に置いた蜜柑箱の寝床から、ノラを家の中で飼うようになった過程、呼べば振り向いて「ニャア」とこたえるノラのしぐさや、風呂の湯船の蓋の上で安心したように眠る姿、それを眺めるときのなんともいえない幸福感……。猫と人の間に流れているふくふくとした時間のあまやかさは、「ノラやノラや」といいながら体をさすってやる百閒の姿や「いい子だ、いい子だ、ノラちゃんは」と抱いて家中を歩く妻の姿にあますところなく現れている。

そのあまやかな時間がふいに断ちきられたとき、百閒は尋常ではなくなっていく。「ノラや」の面白さ、おかしさは、猫がいなくなったことで生活の根幹をすくわれていく人間の悲しみが、こっけいさと紙一重になっているところだろう。むきだしの悲しみ、恥も外聞も世間体もかなぐり捨てた百閒の落胆と悲嘆は、ともすれば希望へと傾き、あるときはまた絶望へと振り子のように行き来する。振り子は眠るときにも揺れ、ノラが帰ってきた夢をみさせたりもする。

姿を消したノラを探す百閒の、知人、友人、編集者を巻き込んだ騒動の描写は圧巻だが、このとき、百閒は六十八歳、食事も喉を通らずろくに眠ることもできず、「ノラやノラや」とつぶやきながら痩せ衰えた亡霊のようになっていく姿には鬼気迫るものがある。そのなりふり構わぬむきだしの感情が、読むものを揺さぶるのだ。

百閒は私にとっては不思議な作家で、「サラサーテの盤」や「花火」など、あの世とこの世がひと続きの夢のようにあぶりだされる作品に妖しい吸引力がある。「ぞっとする」「おそろしい」「寒けがする」「いやな気持ちになった」などの表現に見られるように、目には見えぬものと触れ合うときの描写に独特のものがあるのだ。足元に冥界があり、その上を歩いているような目くらましの世界。エッセイとも小説ともつかぬ曖昧さも魅力だった。

本書にも数編、「ぞっとする」ような影の世界を描いたものがあるが(「猫」「梅雨韻」「白猫」)、「ノラ」と「クル」、二匹の猫に関するものにはいかなる「影」もない。ただ具体性があるだけだ。ノラを失ったあと、鼻水と涙でぐしゃぐしゃになっていく百閒、猫探しに人を走り回らせ、自分でも意識せずに「世間」を巻き込んでいく百閒。そうした身も世もない精神の動きが、この作品を傑作にしている。百閒の心の動きだけではない。百閒の悲しみに添う「世間」の人々の善意や、動転につけこんでくる得体の知れぬ人々の気味悪さもまた、同時に描き出されている。

おそらく百閒自身はこの作品が傑作になるとは夢にも思わなかっただろう。ましてや、彼という人物を鮮やかに活写する「鏡」のような作品になるなど想像もしなかったはずだ。本書の中で百閒は、「ノラや」は校正をすることすらしなかった、読み返すこともしないままだったと何度も書いているが、ほとんど思考も働いていなかっただろうときに書かれたものがこれほどの完成度を持っていることに私は逆に打たれる。

本書にある最後の作品「猫が口を利いた」は、ノラが失踪した十三年後の、百閒最晩年にあたる昭和四十五年に発表されたものだが、その間も折りに触れ彼は、ノラと、ノラのいなくなったあとのクルという猫について書き続けた。その「しつこさ」にも百閒の言葉を借りると「深刻な感銘」を受ける。血肉と同化した猫たちが、ついに百閒の死の間際までその体を離れることはなかったということが私の心を揺さぶるのだ。

いま私は、新しい猫を飼っている。若くて精悍な雄猫は毎日声を張り上げ、部屋を駆け回る。その姿を見るたびに、二十年共にいて死んだ優しい雌猫のことが思われる。百閒がついに最初の猫「ノラ」を忘れえなかったように、人には忘れえないものがあるのだ。この作品集は、ひと言でいうと「忘れえないものに捧げた」美しい挽歌というべきだろう。

内田百閒先生のこと

吉行淳之介

四月末日に、一通の封書が届いた。差出人は「東都橋下堂」とあって、住所は記されていない。この十年ほど平均すれば数カ月に一度ずつくらいの割合で、同じ筆蹟の手紙が送られてくる。いつも住所はなく、一方通行である。署名は気まぐれで、「天道公平」とか「八百屋の娘はなより」などというのもあった。

その手紙のあいだから、一枚の紙片が落ちた。黒枠の中央に、筆の文字で記してある。

烏乎百閒先生
長逝之慟冥福之禱

当方に学のないのを心得ていてくれて、その紙の裏側に、赤いボールペンで隅に小さく読み方が書いてある。烏乎《アア》（筆者註、いくらなんでも、そのくらいは知っているぞ）百閒先生　長逝《ヲ》之《レ》慟《カナシミ》　冥福《ヲ》之《レ》禱《ル》。

この赤いボールペンの文字は、おそらく半ばユーモアであろう。ここから、筆を「読者の手紙」の方角へも進めることができるが、いまは百閒先生の方角を選ぶ。

内田百閒とは、私が引越すまで、三十年ほど隣りの町（というより、同じ町内という感じの近さであった）に住んでいたが、もちろん訪れたことはないし、偶然見かけたこともなかった。私の叔母に熱狂的な百閒ファンがいて、その影響で学生のころ読みはじめ、かなりのファンになった。

百閒先生に、「東京焼盡」という被爆日記があって、精しく天候のことも書いてある。戦後、空襲体験を小説にしたとき、この日記の天候の部分が大いに役に立ったことを白状する。

この数日のうちに、高橋義孝氏の百閒先生についての文章を二つ読んだ。「別冊文春」のものは、文句のつけようのない立派な作品である。いまその雑誌を探したがフシギにも見付からない。友人たちが私につけたアダ名に「ないないないアッタの先生」というのがある。すぐに物品が行方不明になり、「ないないこの家はものがなくなる」と怒鳴っているうちに、出てくる。しかし、いまは間に合わないので記憶で書く。

百閒文学の底には、悲哀が流れていて、それは「生きていること自体」につながる悲哀であると、氏は指摘する。

これは卓見である。そこを踏まえて、数々のエピソードが書かれているが、じつに面白い。百閒先生はタバコを喫うとき、片手にピンセットを持ってピースの罐を覗きこみ、

「はて、どのタバコが喫われたがっているかな」

と、呟いたそうだ。

高橋氏が岡山名産の大手饅頭（私も岡山出身なので、このマンジュウの旨さ、とくに戦前の旨さは、よく知っている）を届けて、玄関先で帰ってきた。あとで聞くと、百閒先生は、並んでいるマンジュウに、

「気をつけ！　休め」

と、号令をかけて、その一つをパクリと食べたという。


（六月六日）

（「内田百閒先生のこと」）

＊

「新潮」のほうの高橋義孝氏の文章には、分らないところがある。

要約すると、高橋氏が本を出すについて、題簽を書いてもらいたい、と百閒先生に頼む（以下原文引用）。

『「いや、それは明朝体《みんちょう》の活字がいい。明朝体は味がありますぜ」

と云って先生はにこりと笑った。細めた眼の辺には少し何かこう泣いているような感じもあった。

むろんお酒の席である。恐らく先生のお宅でお膳についていたのだと思う。

先生はもう少し御機嫌で、顔をてらてら光らせていた。

先生は、書かないとは云わなかった。書く書かないには初めから全然触れずに、おっかぶせるように「いや、それは明朝体の活字がいい」と云うのである』

ここまで読んで、私は話の筋道が分った、とおもった。題簽を書くということは、テレくさいことであって、百閒先生はあわてて話をそらしたのであろう。私はいくらなんでも題簽を書くように言われたことはないが、赤ん坊の名付け親になってくれ、と頼まれたことがあって甚だテレくさくなって断った。

ところが、義孝氏の筆は意外な方向に進んでゆく。

『先生は泣き笑いの顔をそのままに、

「明朝体はいいですぜ」

ともう一度云った。

私は話の継ぎ穂を失って、微かに「はあ」といって眼を伏せた。その場がそれからどうなったかはもう記憶にない。しかしあの時、私の念頭に掠め過ぎた一つの言葉があった。それは、Jealousy という言葉であった。先生は私を、私が本を出すということを羨み、やっかんでいるなと私は直感した』

これは、意想外の考え方である。そのあとに、高橋氏は百閒先生が飲み屋の主人の詩集に題簽を書いた話を紹介して、解釈を加えているが、その文中「やっかむ」という言葉を「テレる」と置き替えても、そのまま通用する。

これは、長年の交際において、百閒先生の性格を知悉した高橋氏の考え方であろうか。もしそうなら、もっとその点に即したデータを並べてほしかった。

ノラという飼猫失踪のときの、高橋氏の意見には同感である。百閒先生は異常なほど悲歎にくれ、それは私の眼にも不可解であった。高橋氏は酔ったまぎれに、電話口で、

「何だこの糞じじい、あんな猫なんか今頃三味線の胴に張られてらい」

と言って、百閒先生は悲憤したそうだが、これは私にも分る。

当時、近所に住んでいる私のところにも、新聞のはさみ込みに、ノラを探す紙が入っていたが、紙質粗悪、字の配列の不様さ、その上文章まで悪いもので、その点なにか感じはあるが、あまり異常なので保存してある筈である。

（六月十三日）

（「嫉妬か含羞か」）

＊

故内田百閒の飼猫ノラが失踪したとき、百閒先生は異常なほど悲歎にくれた。そのときのことを、私はこの連載の第十六回で次のように書いた。

『当時、近所に住んでいた私のところにも、新聞のはさみこみに、ノラを探す紙が入っていたが、紙質粗悪、字の配列の不様さ、その上文章まで悪いもので、その点なにか感じがあるが、あまり異常なので保存してある筈である』

ところが先日、旧作を調べる必要があったとき、当時のことを書いた文章が見つかった。それによって、私は大へんな記憶違いをしていたことが分ったので、その文章を左に書き写す。

『△月△日
朝、新聞のあいだから、失踪猫捜索のための折込み広告が出てきた。

玄関に投げ込まれてある朝刊紙を拾い上げると、いつも私はその折目のところを指先でつまんで、上下左右に揺すぶることにしている。そうすると、新聞のあいだから幾枚もの広告ビラが滑り落ちて、三和土《たたき》の上に散乱する。

これをしないで、うっかりそのまま部屋に新聞を持ちこむと、困った結果になる。私は寝床に仰臥して、朝刊を読む習慣なので、広告ビラが私の顔の上に降りかかってくる。払い除けると、部屋中に紙片が散らばって、朝の気分が毀れてしまう。

その日、三和土に落ちた広告ビラの中に、私の眼にとまった一枚の紙片があった。真白い紙に墨色の活字が尋常に並んでおり、朱色の枠でその文面を囲んであった。その枠は毛筆の荒いタッチで描かれてあって、大売出しの広告ビラとは明らかに違う趣が感じられた。

それは、失踪した薄赤虎ブチの雄猫を探すためのビラであった。走り読みして丸めて捨てるつもりで、私は眼で活字を追った。そのうち気持が変った。

「猫ヲ探ス」という見出し文字につづく、「その猫がゐるかと思ふ見当は麴町界隈という書出しには、風格が感じられた。以下、簡潔に猫の特徴を挙げ、「猫が無事に戻れば失礼ながら薄謝三千円を呈し度し」と、神経の行き届いた文章で結んであった。広告主の住所氏名は記載されておらず、電話番号だけ印刷されてあった』

要するに、私は蕪雑なビラのあいだから典雅なものを発見して保存する気になったのだ。大へんな相違である。その後、その広告主は百閒先生と分かり、「ノラや」などという著書も出た。その本を読んで、私は異様な感じを受けた。「これは話がすこし大袈裟ではあるまいか」と共感しかねるところも出て、歳月とともに私の記憶の中で広告ビラの形が変質してしまったようだ。しかし、この記憶違いは訂正しなくてはならない。どんなに取乱したときにも、百閒先生はこのような文章を書かれたのである。

（十月二十五日）

（「前言訂正」）

（「週刊読書人」昭和四六年、「内田百閒先生のこと」（六月二一日号）、「嫉妬か含羞か」（六月二八日号）、「前言訂正」（一一月八日号））

初出（初刊）一覧

猫　「新青年」昭和四年五月号（『旅順入城式』昭和九年二月、岩波書店）
梅雨韻　掲載誌不詳（『無絃琴』昭和九年一〇月、中央公論社）
白猫　「週刊朝日」昭和九年七月二九日号（『無絃琴』）
鶫　「女子文苑」昭和一〇年四月号（『凸凹道』昭和一〇年一〇月、三笠書房）
立春　「アサヒグラフ」昭和一七年二月一八日号（『沖の稲妻』昭和一七年一一月、新潮社）
竿の音　「スイート」昭和一七年八月号（『戻り道』昭和一九年七月、青磁社）
彼ハ猫デアル　「小説新潮」昭和三一年二月号（『いささ村竹』昭和三一年二月、筑摩書房）
ノラや　「小説新潮」昭和三二年七月号（『ノラや』昭和三二年一二月、文藝春秋新社）
ノラやノラや　「小説新潮」昭和三二年八月号（『ノラや』）
ノラに降る村しぐれ　「小説新潮」昭和三二年一二月号（『ノラや』）
ノラ未だ帰らず　「小説新潮」昭和三三年六月号「彼岸桜」より（『東海道刈谷駅』昭和三五年二月、新潮社）

猫の耳の秋風　「小説新潮」昭和三四年一月号（『東海道刈谷駅』）
クルやお前か　「小説新潮」昭和三七年一二月号（『クルやお前か』昭和三八年七月、東都書房）
カーテル・クルツ補遺　「小説新潮」昭和三八年四月号（『クルやお前か』）
ネコロマンチシズム　「小説新潮」昭和三七年五月号（『クルやお前か』）
垣隣り　「小説新潮」昭和三八年一〇月号（『波のうねうね』昭和三九年八月、新潮社）
木賊を抜けて　「小説新潮」昭和三九年四月号「たましい抜けて」より（『波のうねうね』）
身辺と秋筍　「小説新潮」昭和四二年一月号（『夜明けの稲妻』昭和四四年三月、三笠書房）
アビシニア国女王　「小説新潮」昭和四三年七月号（『残夢三昧』昭和四四年一一月、三笠書房）
ピールカマンチャン　「小説新潮」昭和四三年四月号（『残夢三昧』）
「ノラや」　「小説新潮」昭和四五年五月号（『日没閉門』昭和四六年四月、新潮社）
猫が口を利いた　「小説新潮」昭和四五年九月号（『日没閉門』）

編集付記

一、ちくま文庫版の編集にあたっては、一九八六年一一月に刊行が開始された福武書店版『新輯 内田百閒全集』を底本としました。

一、表記は原則として新漢字、現代かなづかいを採用しました。

一、カタカナ語等の表記はあえて統一をはからず、原則として底本どおりとしましたが、拗促音等は半音とし、ヰはウィに、ヸはヴィに、ヷはヴァに改めました。

ステツプ→ステップ
キスキイ→ウィスキイ
市ケ谷→市ヶ谷

一、ふりがなは、底本の元ルビは原則として残し、現在の読者に難読と思われるものを最小限施しました。

一、今日の人権意識に照らして不適切と思われる人種・身分・職業・身体障害・精神障害に関する語句や表現がありますが、作者（故人）が差別助長の意図で使用していないこと及び時代背景、作品の価値を考慮し、原文のままとしました。

名短篇、ここにあり　北村薫／宮部みゆき編
読み巧者の二人の議論沸騰し、選びぬかれたお薦め小説12篇。となりの宇宙人／冷たい仕事／隠し芸の男／少女架刑／あしたの夕刊／網／誤訳ほか。

名短篇、さらにあり　北村薫／宮部みゆき編
小説って、やっぱり面白い。人間の愚かさ、不気味さ、人情が詰まった奇妙な12篇。華燭／骨／雲の小径／押入の中の鏡花先生／不動図／鬼火／家霊ほか。

読まずにいられぬ名短篇　北村薫／宮部みゆき編
松本清張のミステリを倉本聰が時代劇に⁉　あの作家の知られざる逸品からオチの読めない怪作まで厳選の18作。北村・宮部の解説対談付き。

教えたくなる名短篇　北村薫／宮部みゆき編
宮部みゆきを驚嘆させた、時代に埋もれた名作家・長谷川修の世界とは？　人生の悲喜こもごもが詰まった珠玉の13作。北村・宮部の解説対談付き。

世界幻想文学大全
幻想文学入門　東雅夫編著
幻想文学のすべてがわかるガイドブック。澁澤龍彥、中井英夫、カイヨワ等の幻想文学案内のエッセイも収録し、資料も充実。初心者も通も楽しめる。

世界幻想文学大全
怪奇小説精華　東雅夫編
ルキアノスから、デフォー、メリメ、ゴーチエ、ゴーゴリ……時代を超えたベスト・オブ・ベスト。岡本綺堂、芥川龍之介等の名訳も読みどころ。

日本幻想文学大全
幻妖の水脈　東雅夫編
『源氏物語』から小泉八雲、泉鏡花、江戸川乱歩、都筑道夫……。妖しさ蠢く日本幻想文学、ボリューム満点のオールタイムベスト。

日本幻想文学大全
幻視の系譜　東雅夫編
世阿弥の謡曲から、小川未明、夢野久作、宮沢賢治、中島敦、吉村昭……。幻視の閃きに満ちた日本幻想文学の逸品を集めたベスト・オブ・ベスト。

60年代日本SFベスト集成　筒井康隆編
「日本SF初期傑作集」とでも副題をつけるべき作品集である（編者）。二十世紀日本文学のひとつの里程標となる歴史的アンソロジー。（大森望）

70年代日本SFベスト集成1　筒井康隆編
日本SFの黄金期の傑作を、同時代にセレクトした記念碑的アンソロジー。SFに留まらず「文学の新しい可能性」を切り開いた作品群。（荒巻義雄）

こころ　夏目漱石

友を死に追いやった「罪の意識」によって、ついには人間不信にいたる悲惨な心の暗部を描いた傑作。詳しく利用しやすい語注付。（小森陽一）

美食倶楽部　谷崎潤一郎大正作品集　種村季弘編

表題作をはじめ耽美と猟奇、幻想と狂気……官能的な文体によるミステリアスなストーリーの数々。大正期谷崎文学の初の文庫化。種村季弘編で贈る。

三島由紀夫レター教室　三島由紀夫

五人の登場人物が巻き起こす様々な出来事を手紙で綴る。恋の告白・借金の申し込み・見舞状等、一風変ったユニークな文例集。（群ようこ）

命売ります　三島由紀夫

自殺に失敗し、「命売ります。お好きな目的にお使い下さい」という突飛な広告を出した男のもとに、現われたのは？（種村季弘）

方丈記私記　堀田善衞

中世の酷薄な世相を覚めた眼で見続けた鴨長明。その人間像を自己の戦争体験に照らして語りつつ現代日本文化の深層をつく。巻末対談＝五木寛之

小説 永井荷風　小島政二郎

荷風を熱愛し、「十のうち九までは礼讃の誠を連ねた中に、ホンの一つ」批判を加えたことで終生の恨みをかってしまった作家の傑作評伝。（加藤典洋）

てんやわんや　獅子文六

戦後のどさくさに慌てふためくお人好し犬丸順吉は社長の特命で四国へ身を隠すが、そこは想像もつかない楽園だった。しかしそこは……。（平松洋子）

娘と私　獅子文六

文豪、獅子文六が作家としても人間としても激動の時間を過ごした昭和初期から戦後、愛娘の成長とともに自身の半生を描いた亡き妻に捧げる自伝小説。

江分利満氏の優雅な生活　山口瞳

卓抜な人物描写と世態風俗の鋭い観察によって昭和一桁世代の悲喜劇を鮮やかに描き、高度経済成長期前後の一時代をくっきりと刻む。（小玉武）

落穂拾い・犬の生活　小山清

明治の匂いの残る浅草に育ち、純粋無比の作品を遺して短い生涯を終えた小山清。いまなお新しい、清らかな祈りのような作品集。（三上延）

せどり男爵数奇譚　梶山季之

せどり＝掘り出し物の古書を安く買って高く転売することを業とすること。古書の世界に魅入られた人々を描く傑作ミステリー。（永江朗）

川三部作 泥の河／螢川／道頓堀川　宮本輝

太宰賞「泥の河」、芥川賞「螢川」、そして「道頓堀川」と、川を背景に独自の抒情をこめて創出した、宮本文学の原点をなす三部作。

私小説 from left to right　水村美苗

12歳で渡米し滞在20年目を迎えた「美苗」。アメリカにも溶け込めず、今の日本にも違和感を覚え……。本邦初の横書きバイリンガル小説。

ラピスラズリ　山尾悠子

言葉の海が紡ぎだす、〈冬眠者〉と人形と、春の目覚めの物語。不世出の幻想小説家が20年の沈黙を破り発表した連作長篇。補筆改訂版。（千野帽子）

増補 夢の遠近法　山尾悠子

「誰かが私に言ったのだ／世界は言葉でできていると」。誰も夢見たことのない世界が、ここではじめて言葉になった。新たに二篇を加えた増補決定版。

兄のトランク　宮沢清六

兄・宮沢賢治の生と死をそのかたわらでみつめ、兄の死後も烈しい空襲や散佚から遺稿類を守りぬいてきた実弟が綴る、初のエッセイ集。

真鍋博のプラネタリウム　真鍋博　星新一

名コンビ真鍋博と星新一。二人の最初の作品『おーいでてこーい』他、星作品に描かれた挿絵と小説冒頭をまとめた幻の作品集。（真鍋真）

鬼譚　夢枕獏編著

夢枕獏がジャンルにとらわれず、古今の「鬼」にまつわる作品を蒐集した傑作アンソロジー。坂口安吾、手塚治虫、山岸凉子、筒井康隆、馬場あき子、他。

茨木のり子集 言の葉（全3冊）　茨木のり子

しなやかに凛と生きた詩人の歩みの跡を、詩とエッセイで編んだ自選作品集。単行本未収録の作品なども収め、魅力の全貌をコンパクトに纏める。

言葉なんかおぼえるんじゃなかった　田村隆一・語り　長薗安浩・文

戦後詩を切り拓き、常に詩の最前線で活躍し続けた伝説の詩人・田村隆一が若者に向けて送る珠玉のメッセージ。代表的な詩25篇も収録。（穂村弘）

沈黙博物館　小川洋子
「形見じゃ」老婆は言った。死の完結を阻止するために形見が盗まれる。死者が残した断片をめぐるやさしくスリリングな物語。（堀江敏幸）

星間商事株式会社社史編纂室　三浦しをん
二九歳「腐女子」川田幸代、社史編纂室所属。恋の行方も友情の行方も五里霧中。仲間と共に「同人誌」を武器に社の秘められた過去に挑む!?（金田淳子）

通天閣　西加奈子
このしょーもない世の中に、救いようのない人生に、ちょっぴり暖かい灯を点す驚きと感動の物語。第24回織田作之助賞大賞受賞作。（津村記久子）

この話、続けてもいいですか。　西加奈子
ミッキーこと西加奈子の目を通すと世界はワクワク、ドキドキ輝く。いろんな人、出来事、体験がてんこ盛りの豪華エッセイ集！（中島たい子）

水辺にて　梨木香歩
川のにおい、風のそよぎ、木々や生き物の息づかい。カヤックで水辺に漕ぎ出すと見えてくる世界を、物語の予感いっぱいに語るエッセイ。（酒井秀夫）

ピスタチオ　梨木香歩
棚（たな）がアフリカを訪れたのは本当に偶然だったのか。不思議な出来事の連鎖から、水と生命の壮大な物語「ピスタチオ」が生まれる。（管啓次郎）

冠・婚・葬・祭　中島京子
人生の節目に、起こったこと、出会ったひと、考えたこと。冠婚葬祭を切り口に、鮮やかな人生模様が描かれる。第143回直木賞作家の代表作。（瀧井朝世）

図書館の神様　瀬尾まいこ
赴任した高校で思いがけず文芸部顧問になってしまった清（きよ）。そこでの出会いが、その後の人生を変えてゆく。鮮やかな青春小説。（山本幸久）

僕の明日を照らして　瀬尾まいこ
中2の隼太に新しい父が出来た。優しい父はしかしDVする父でもあった。この家族を失いたくない！隼太の闘いと成長の日々を描く。（岩宮恵子）

君は永遠にそいつらより若い　津村記久子
22歳処女。いや「女の童貞」と呼んでほしい――。日常の底に潜むうっすらとした悪意を独特の筆致で描く。第21回太宰治賞受賞作。（松浦理英子）

アレグリアとは仕事はできない　津村記久子

彼女はどうしようもない性悪だった。すぐ休み単純労働をバカにし男性社員に媚を売る。大型コピー機とミノベとの仁義なき戦い！　（千野帽子）

こちらあみ子　今村夏子

太宰治賞と三島由紀夫賞、ダブル受賞を果たした異才、衝撃のデビュー作。3年半ぶりの書き下ろし「チズさん」を収録。　（町田康／穂村弘）

すっぴんは事件か？　姫野カオルコ

女性用エロ本におけるオカズ職業は？　本当の小悪魔とはどんなオンナか？　世間にはびこる甘ったれた「常識」をほじくり鉄槌を下すエッセイ集。

絶叫委員会　穂村弘

町には、偶然生まれては消えてゆく無数の詩が溢れている。不合理でナンセンスで真剣だからこそ可笑しい、天使的な言葉たちへの考察。　（南伸坊）

ねにもつタイプ　岸本佐知子

何となく気になることにこだわる、ねにもつ。思索、奇想、妄想はばたく脳内ワールドをリズミカルな名短文でつづる。第23回講談社エッセイ賞受賞。

杏のふむふむ　杏

連続テレビ小説「ごちそうさん」で国民的な女優となった杏が、それまでの人生を、人との出会いをテーマに描いたエッセイ集。　（村上春樹）

うれしい悲鳴をあげてくれ　いしわたり淳治

作詞家、音楽プロデューサーとして活躍する著者の小説&エッセイ集。彼が「言葉」を紡ぐと誰もが楽しめる「物語」が生まれる。　（鈴木おさむ）

つむじ風食堂の夜　吉田篤弘

それは、笑いのこぼれる夜。――食堂は、十字路の角にぽつんとひとつ灯をともしていた。クラフト・エヴィング商會の物語作家による長篇小説。

小路幸也少年少女小説集　小路幸也

「東京バンドワゴン」で人気の著者による子供たちを主人公にした作品集。多感な少年期の姿を描き出す。単行本未収録作を多数収録。文庫オリジナル。

包帯クラブ　天童荒太

傷ついた少年少女達は、戦わないかたちで自分達の大切なものを守ることにした。生きがたいと感じるすべての人に贈る長篇小説。大幅加筆して文庫化。

尾崎翠集成（上・下）　尾崎翠／中野翠編

鮮烈な作品を残し、若き日に音信を絶った謎の作家・尾崎翠。時間と共に新たな輝きを加えてゆくその文学世界を集成する。

クラクラ日記　坂口三千代

戦後文壇を華やかに彩った無頼派の雄・坂口安吾との、嵐のような生活を妻の座から愛と悲しみをもって描く回想記。巻末エッセイ＝松本清張

甘い蜜の部屋　森茉莉

天使の美貌、無意識の媚態。薔薇の蜜で男たちを溺れ死なせていく少女モイラと父親の濃密な愛の部屋。稀有なロマネスク。（矢川澄子）

貧乏サヴァラン　森茉莉／早川暢子編

オムレット、ボルドオ風茸料理、野菜の牛酪煮……。食いしん坊茉莉は料理自慢。香り豊かな〝茉莉ことば〟で綴られる垂涎の食エッセイ。文庫オリジナル。

ことばの食卓　武田百合子／野中ユリ・画

なにげない日常の光景やキャラメル、枇杷など、食べものに関する昔の記憶と思い出を感性豊かな文章で綴ったエッセイ集。（種村季弘）

遊覧日記　武田百合子／武田花・写真

行きたい所へ行きたい時に、つれづれに出かけてゆく。一人で。または二人で。あちらこちらを遊覧しながら綴ったエッセイ集。（巖谷國士）

わたしは驢馬に乗って下着をうりにゆきたい　鴨居羊子

新聞記者から下着デザイナーへ。斬新で夢のある下着を世に送り出し、下着ブームを巻き起こした女性起業家の悲喜こもごも。（近代ナリコ）

神も仏もありませぬ　佐野洋子

還暦……もう人生おりたかった。でも春のきざしの蕗の薹に感動する自分がいる。意味なく生きても人は幸せなのだ。第3回小林秀雄賞受賞。（長嶋康郎）

問題があります　佐野洋子

中国で迎えた終戦の記憶から極貧の美大生時代、読まずにいられない本の話など。単行本未収録作品を追加した、愛と笑いのエッセイ集。（長嶋有）

老いの楽しみ　沢村貞子

八十歳を過ぎ、女優引退を決めた著者が、日々の思いを綴る。齢にさからわず、「なみ」に、気楽に、と過ごす時間に楽しみを見出す。（山崎洋子）

ちくま文庫

ノラや

内田百閒《うちだひゃっけん》集成《しゅうせい》9

二〇〇三年六月十日　第一刷発行
二〇一八年一月二十五日　第十三刷発行

著者　内田百閒（うちだ・ひゃっけん）
発行者　山野浩一
発行所　株式会社　筑摩書房
東京都台東区蔵前二―五―三　〒一一一―八七五五
振替〇〇一六〇―八―四一二三

装幀者　安野光雅
印刷所　株式会社精興社
製本所　株式会社積信堂

乱丁・落丁本の場合は、左記宛にご送付下さい。
送料小社負担でお取り替えいたします。
ご注文・お問い合わせも左記へお願いします。

筑摩書房サービスセンター
埼玉県さいたま市北区櫛引町二―六〇四　〒三三一―八五〇七
電話番号　〇四八―六五一―〇〇五三

ISBN4-480-03769-1 C0195